KB078555

칠마선문(七魔仙門) 1

허담 新무협 판타지 소설

초판 1쇄 찍은 날 § 2022년 12월 23일
초판 1쇄 펴낸 날 § 2022년 12월 30일

지은이 § 허담
펴낸이 § 서경석

총괄팀장 § 황창선
편집책임 § 김우진
디자인 § 스튜디오 이너스

펴낸곳 § 도서출판 청어람
등록번호 § 제387-1999-000006호
등록일자 § 1999. 5. 31
어람번호 § 제2-2913호

본사 § 경기도 부천시 부일로 483번길 40 서경B/D 3F (우) 14640
편집부 § 서울특별시 구로구 디지털로 272 한신IT타워 404호 (우) 08389
전화 § 02-6956-0531 팩스 § 02-6956-0532
http://www.chungeoram.com
E-mail § chungeorambook@daum.net

ISBN 979-11-04-92473-6 04810
ISBN 979-11-04-92472-9 (세트)

도서출판 청어람

허담

新무협 판타지 소설

1

七魔仙門

칠마선문

FANTASTIC ORIENTAL STORY

七魔仙門

칠마선문

목차

제1장

—

버려진 자들

　"…그리하여 삼십육마 중 스물셋의 목을 베었고, 넷을 사로잡았으며, 아쉽게도 아홉은 대막을 넘어 도주했습니다. 도주한 자들에 대한 추격은 향후 맹의 의천대를 중심으로 조직하는 별도의 추격대가 맡을 예정입니다. 다만, 삼십육마의 난에 대한 의천무맹의 공식적인 토벌전은 오늘! 이곳 화록산에서 종료합니다."

　화르르!

　수백 개의 횃불이 어두운 밤을 대낮처럼 환하게 밝히고 있었다. 그 불빛 아래 드러난 무인들의 얼굴에 수많은 감정들이 교차했다.

　여전히 적에 대한 적의로 가득 찬 무인도 있었고, 오랜 싸움에 지친 모습을 한 사람도 있었다.

　그리고… 북방의 변경 너머, 열하 근처에 위치한 중소문파 대월문의 문주 은하검 백문보처럼 야망으로 가득한 마음을 애써 억누르고 있는 사람도 있었다.

그의 시선은 토벌전의 종료와 함께 재편될, 새로운 의천무맹 제 문파의 권력 서열을 발표할 의천단주 양계초의 입에서 한순간도 벗어나지 않았다.

"맹은 삼십육마의 난의 종결을 선언하면서, 맹의 체계를 재정비 하기로 하였습니다. 맹은 향후 천문(天門) 아홉 문파, 장문(長門) 열 여덟 문파 그리고 삼십육 개의 방문(方門)으로 재편될 것이며……."

"…장문으로는 사천의 당문, 호북의 제갈세가… 그리고 마지막 으로 해산의 이하장이 선택되었습니다!"

뿌득!

월문주 백문보의 입에서 이가 부러지는 소리가 흘러나왔다. 그 의 얼굴이 당혹과 좌절, 그리고 분노로 물들었다.

살기 가득한 눈은 당장에라도 십팔장문을 발표한 양계초에게 달려들어 그의 목을 베어버릴 것 같았다.

"문주님!"

노련한 가신(家臣) 고태가 백문보의 소매를 잡으며 백문보를 진 정시켰다.

그러자 백문보의 얼굴에서 거짓말처럼 한순간에 분노의 표정이 사라졌다. 그리고, 냉정을 찾은 백문보가 눈빛보다 차가운 말투로 말했다.

"돌아간다!"

백문보가 미련 없이 등을 돌렸다.

그의 등 뒤에서는 여전히 양계초의 도도한 목소리가 들려왔다.

"…이하 삼십육방의 방문으로는 섬서 별산의 소유문, 대룡협의

칠룡문, 열하의 월문……."

*   *   *

펄럭!

백문보가 검은 천으로 여섯 권의 낡은 무공비급을 덮었다. 그리고 천을 덮은 비급을 굵은 손으로 지그시 내리눌렀다.

"어쩌시려고?"

가신 고태가 걱정스러운 표정으로 물었다.

"선물을 받지 못했으니, 선물을 줄 이유도 없겠지."

"그럼……?"

"애초에 내놓기 아까운 비급이었어. 며칠 동안 고민할 정도로. 이렇게 된 이상 이 비급들은 다른 방식으로 사용될 것이네. 교활한 모용세가 따위에게 선물로 주는 것과는 전혀 다른 방식으로. 시간이 걸리겠지만, 그래서 목표도 달라진다."

"…목표를 달리하신다면……?"

"천문(天門)의 자리!"

"문주님!"

"십팔장문 따위, 애초에 성에 차지도 않았지. 구대천문의 위치에 오르지 못한다면……."

"하지만 구대천문을 목표로 한다는 것이 알려지면… 너무 위험한 일입니다."

"걱정 말게. 때가 될 때까지는 철저히 숨죽여 지낼 테니까. 벼르지 않은 칼을 뽑을 만큼 어리석지 않네."

"알겠습니다."

고태가 백문보에 대한 믿음이 묻어나는 얼굴로 고개를 숙여 보였다.

그때 천막 밖에서 경비를 서던 무사의 목소리가 들려왔다.

"문주님, 모용세가의 부가주께서 오셨습니다."

"음……! 모셔라!"

백문보가 불쾌한 표정을 짓다가 천으로 덮은 비급을 들어 천막 안쪽 서탁으로 옮기며 말했다.

저벅!

입구가 열리면서 날카로운 인상의 초로의 노인이 막사 안으로 들어왔다.

막사 안으로 들어선 노인이 슬쩍 백문보가 옮겨놓고 있는 검은 천에 쌓인 비급을 바라봤다. 자신에게 줄 선물이었다는 것을 알고 있는 눈치였다.

"어서 오십시오."

비급을 옮겨놓은 백문보가 포권을 하며 노인을 맞았다.

"음… 짐을 정리하고 계셨소?"

노인이 물었다.

"그렇습니다. 삼십육마는 흩어지고 토벌전이 끝났으니 이제 본문으로 돌아가야겠지요."

백문보가 정중히 대답했다.

비록 그가 한 문파의 문주이지만, 상대는 구대천문에 속하는 모용세가의 부가주다.

구대천문은 천의무맹의 실질적인 주인들, 십팔장문도 아닌 삼십육방문으로 분류된 문파의 문주 따위가 감히 맞상대할 수 있는 인물이 아니었다.

"앞으로 삼 일간 이 화록산에서 연회가 벌어질 것이고, 그 연회를 통해 무림의 향후 향배가 논의될 것인데……."

모용세가의 부가주 모용지가 무심하게 말했다. 하지만 말과 달리 그의 얼굴은 떠나겠다는 백문보를 굳이 만류하고 싶은 생각이 없어 보였다.

"너무 오래 본가를 떠나 있어서… 그리고 일개 방문의 문주로서 맹의 일에 관여할 위치도 아니니. 역시 서둘러 돌아가는 것이 좋을 듯합니다. 아시다시피 본문이 있는 열하 북방은 워낙 거칠고 험한 곳이라."

"음, 그렇다면 어쩔 수 없구려. 어쨌든… 미안하게 됐소. 나로서는 최선을 다했지만, 구대천문 문주들의 뜻이 해산 이하장으로 기울어져 어쩔 수 없었소."

별로 미안하지 않은 기색으로 모용지가 말했다.

그러자 한쪽에 조용히 서 있는 월문의 가신 고태가 억울함을 토로했다.

"하지만 문주께서는 죽음을 무릅쓰고 삼십육마 중 한 명인 유령마 단석괴를 베셨습니다. 위대한 구대천문을 제외하고 삼십육마를 벤 문파는 다섯 손가락 안에 꼽힙니다. 그런데 왜 월문이 아닌 이하장입니까? 저희로서는……."

"그만! 감히 어느 안전이라고! 당장 부가주께 사죄하지 못할까!"

백문보가 고태의 말을 막으며 호통을 쳤다.

그러자 모용지가 손을 들어 백문보를 제지했다.

"아니오. 그의 말이 틀리지 않소. 이해하오. 사실 이번 토벌전에서의 공으로 따지만 월문은 십팔장문에 들어갈 자격이 충분하오. 다만… 세상일이란 것이 늘 그렇듯 변수가 있게 마련이어서."

"…변수라 하심은……?"

고태를 말리던 백문보도 월문이 이하장에 밀린 이유가 궁금하기는 했다.

"이하장주의 딸을 아시오?"

"…이하련. 요동제일미라는……."

"맞소. 그 아이가 철혈가의 둘째와 혼인을 한다고 하오."

"그게… 전부입니까?"

"문주도 알고 있지 않소. 맹에서 구대천문의 일가가 된다는 것이 어떤 의미인지……."

"겨우 그런 이유로……."

백문보가 허탈한 표정으로 중얼거렸다.

그런 백문보를 힐긋 바라본 모용지가 냉정하게 말했다.

"인정하기 어렵다 해도 어쩌겠소. 이미 결정된 일이니. 다음 기회를 봅시다. 오늘의 결정이 영원한 것은 아니니까. 그래서 일이 약속대로 진행되지 않았으니 문주께서 주기로 한 선물은… 없던 것으로 합시다. 앞서 보낸 선물도 월문으로 돌려보내기로 하겠소."

"아닙니다. 그 선물들은 꼭 본문이 장문이 되기 위해 보낸 것이 아닙니다. 모용세가에 대한 존경의 뜻이지요. 굳이 돌려보내실 필요 없습니다."

"음, 알겠소. 그 마음 고맙게 받겠소. 그럼… 언제 떠나실 생각이시오?"

모용지가 물었다.

"내일 새벽에 조용히 떠나겠습니다. 어떤 자들은… 월문의 처지를 조롱할 테니까요."

"…힘내시오. 반드시 다시 기회가 올 테니. 조심해서 돌아가시구려."

"알겠습니다. 다시 뵙지요."

"그럽시다! 그럼!"

모용지가 고개를 까딱이고는 귀찮은 일을 끝냈다는 듯 서둘러 백문보의 막사를 떠났다.

"…풋!"

모용지가 떠난 후 잠시 허공을 바라보던 백문보가 갑자기 실소를 흘렸다.

"왜… 그러십니까?"

고태가 조심스럽게 물었다.

"어리석은 자가 아닌가?"

"누가 말입니다."

"모용세가의 가주!"

"……?"

"그는 아마도 이하장으로부터 특별한 선물을 받았을 것이네. 우리 월문 대신 이하장을 십팔장문으로 지정하는 데 동의한 대가로. 단순히 이하장이 철혈가의 사돈이 되었다고 순순히 양보할 사람은 아니지. 욕심이 많은 사람이니까."

"그렇긴 하지요."

고태가 고개를 끄떡였다.

그러자 백문보가 천막 안쪽에 놓아둔 비급으로 다가가 비급을 덮었던 검은 천을 벗기며 말했다.

"그래서 어리석다는 것이네. 과연 그가 받은 대가가, 우리 월문의 선물보다 큰 것일까? 과연 이 비급들을 얻는 것보다 가치가 있을까? 자그마치… 육마의 비급인데 말이야, 후후후!"

*　　　　*　　　　*

삼 년 후…….

"파시(罷市)!"

쟁쟁쟁쟁!

황량한 사막 위로 요란한 징 소리가 울려 퍼졌다.

징 소리에 놀란 시월이 퍼뜩 정신을 차렸다. 그리고 본능적으로 손을 머리 위로 가져갔다.

하지만 잠을 깨우는 채찍은 날아들지 않았다.

'뭐지?'

매질이 없다는 걸 깨닫고도 쉽게 손을 내리지 못하던 시월은 앙상하게 마른 팔 밑으로 주변을 살폈다.

시월과 같은 기둥에 짐승처럼 묶여 있던 아이들도 시월처럼 두려운 듯 몸을 움츠리며 주변을 살피고 있었다.

철컹철컹!

아이들의 두 발에 채워진 족쇄와 기둥을 연결한 쇠사슬들이 날카로운 소리를 만들어냈다.

"조용히 해! 맞아 죽고 싶어?"

아이 중 하나가 눈을 부라리며 아이들에게 소리쳤다.

그러자 아이들이 재빨리 소리를 내는 쇠사슬을 손으로 잡았다. 작은 소음조차도 어린 몸으로는 견디기 힘든 매질로 이어질 수 있다는 걸 알고 있기 때문이었다.

그런데 웬일인지 오늘은 그 사나운 노예상들의 채찍이 날아들지 않았다.

대신 아이들 앞에 한 사내의 그림자가 드리워졌다.

태양을 등지고 선 사내가 잔뜩 겁을 집어먹은 아이들을 보며 거친 입을 열었다.

"아이고! 이 쓰레기 새끼들, 어떻게 동전 한 닢에 준다고 해도 데려가는 사람이 없을까."

사내가 허리에 손을 올린 채 한심하다는 표정으로 아이들을 바라보며 욕설을 내뱉었다.

아이들은 쓰레기라는 말을 듣고도 반발을 하기는커녕 두려움으로 몸을 움츠렸다. 사내의 얼굴을 제대로 보는 아이조차 단 한 명도 없었다.

"서둘러라! 지체할 시간이 없다!"

멀리서 누군가의 목소리가 들려왔다.

그러자 사내가 얼른 손을 풀며 대답했다.

"알겠습니다, 대인!"

급하게 대답을 한 사내가 다시 아이들에게 다가왔다. 그러고는 발로 툭툭 아이들을 차대며 몸 상태를 살폈다.

그러다 아이 중 두 명을 골라 쇠사슬을 풀었다.

"일어나! 네놈들은 함께 간다."

사내의 말에 쇠사슬이 풀린 아이들이 뭉그적거리며 마른 몸을 일으켰다.

순간 날카롭게 공기를 가르며 채찍이 날아들었다.

촤악! 촤악!

"악!"

"억!"

채찍에 맞은 아이들이 이삼 장 밖으로 나가떨어지며 비명을 질렀다.

"빨리빨리 움직여! 꾸물대면 목줄을 매서 말에 끌려갈 테니까! 알아들었으면 얼른 못 일어나? 이 벌레 같은 놈들아!"

사내가 쓰러진 아이들에게 소리쳤다.

그러자 아이들이 벌떡 몸을 일으켰다. 채찍을 맞은 아이들의 등에서 붉은 핏물이 뚝뚝 떨어졌다.

"역시 매질만큼 효과 좋은 가르침은 없어, 흐흐흐. 그리고! 네놈들은 이제 자유다!"

사내가 여전히 쇠사슬에 묶여 있는 아이들을 보며 말했다.

철렁!

자유라는 말과 함께 사내가 여러 개의 열쇠가 묶인 열쇠 꾸러미를 아이들 앞에 던졌다. 그러고는 어리둥절한 표정을 짓는 아이들을 보며 사내가 음흉하게 말했다.

"흐흐… 자유라니까 좋냐? 하지만 내일이면 생각이 바뀔 거다. 차라리 노예로 팔려 가는 것이 행운이었다는 걸 알게 될 거야. 아무튼… 행운을 빈다, 쓰레기들!"

*　　　　*　　　　*

사막 노예시장은 삼 일 동안 열렸다.

어느 날 불쑥 황량한 사막 한가운데 수백 개의 천막이 세워지고, 어디서 왔는지 모를 사람 장사꾼들이 사막의 노예시장을 찾아왔다.

그들은 정확히 삼 일 동안만 사람을 거래했다. 그리고 삼 일이 지나자 거짓말처럼 노예시장이 사라졌다.

노예상들이 떠난 사막에는 팔리지 않은 노예들, 누구도 원하지 않는 쓸모없는 인간들이 버려진 채 남았다.

그들에게 주어진 것은 자유, 더 이상 노예상들에게 끌려다니지 않아도 되는 소중한 자유였지만, 그 자유는 결코 행운이 아니었다.

시월을 포함한 소년들에게 열쇠 꾸러미를 던져주었던 노예상의 경고는 사실이었다.

사막에 버려진 아이들이 가장 먼저 한 일은 노예상들이 버리고 간 음식을 주워 먹는 일이었다.

아이들은 노예시장이 섰던 곳을 이 잡듯 헤집고 다니며 버려진 음식과 물이 남아 있는 수통을 찾았다.

가끔은 음식과 물을 두고 쇠약한 몸으로 피가 터질 때까지 싸우기도 했다.

하지만 아이들은 곧 냉혹한 현실을 깨달았다. 노예상들이 버리고 간 음식 찌꺼기를 주워 먹는 것으로는 결코 이 사막에서 살아남을 수 없다는 사실이었다.

아이들은 본능적으로 그 쓰레기 같은 음식들로 허기를 채운 힘이 남아 있을 때, 사막을 벗어나야 한다는 것을 알아챘다.

그래서 어느 순간 누가 먼저랄 것도 없이 동남쪽에 아스라이 보이는 검은 산봉우리를 향해 걷기 시작했다.

*   *   *

탈진한 아이들이 하나둘 쓰러졌다. 옆에서 함께 걷던 아이가 쓰러져도 걸을 힘이 남아 있는 아이들은 쓰러진 아이들을 돌아보지 않았다.

극한의 상황에서 자신을 희생하면서까지 다른 사람을 돌보는 것을 기대하기에 아이들은 너무 어리고, 나약했다.

"헉헉!"

푸스스!

시월이 두 손으로 무릎을 짚고 거칠게 숨을 내쉬었다. 멈춰 선 그의 발밑에서 마른 먼지가 일어났다.

"목말라……."

시월이 고개를 떨군 채 중얼거렸다. 수분이 마른 몸에서는 땀조차 나지 않았다.

털썩!

등 뒤에서 또다시 누군가 쓰러지는 소리가 들렸다. 그러나 시월은 뒤돌아보지 않았다. 쓰러진 아이를 보면 자신도 쓰러질 것 같기 때문이었다.

대신 시월은 고개를 들어 멀리 보이는 산을 바라봤다.

"대체 얼마나 더 가야 하는 거야……."

이틀을 걸었지만 산은 좀체 가까워지지 않았다. 사막에 흔히 나타나는 신기루인가 하는 의심조차 들었다.

그러나 설혹 그것이 신기루일지라도 가지 않을 수 없었다. 살수 있는 다른 방법이 없기 때문이었다.

멈추면 등 뒤에서 쓰러져 가는 아이들과 같은 운명이 되고 말것이다.

"어떻게든… 가야 해. 멈추면 죽는 거야……."

시월이 마른입으로 스스로를 설득하며 다시 걸음을 옮기기 시작했다.

털썩!

"나… 나 좀……."

등 뒤에서 가느다란 목소리가 들렸다.

그러자 이번에는 시월이 걸음을 멈췄다. 다른 때 같으면 신경쓰지 않고 갔겠지만, 이번에는 걸음을 멈추지 않을 수 없었다. 도움을 청하는 아이가 마지막으로 남은 녀석이기 때문이었다.

걸음을 멈춘 시월이 무심하게 고개를 돌렸다. 시월이 바라보자 마른땅에 쓰러진 아이가 손도 들지 못하고 간절한 표정으로 시월을 바라봤다.

그런 아이를 시월은 한동안 바라봤다. 그리고 시월의 시선 속에서 아이는 천천히 잠들듯 눈을 감았다.

물론 아이는 시월을 원망하지 않을 것이다. 도움을 청하기는 했지만, 시월이 도울 수 있는 것이 없다는 것을 아이도 알기 때문이었다.

시월은 잠들듯 눈을 감은 아이를 한참 동안 바라보고 있다가 아이의 몸이 더 이상 움직이지 않자 다시 사막을 걷기 시작했다.

                    *   *   *

쿵!

끝내 시월도 쓰러졌다.

마지막 아이가 쓰러진 후에도 하루를 더 걸은 시월이었다. 어린 나이와 쇠약한 몸을 생각하면 놀라운 정신력이었다.

"다… 왔는데……."

시월이 들리지 않는 머리를 모래에 밀어 일으키며 확연하게 커진 산을 바라봤다.

사막에서 보았던 산은 신기루가 아니었다. 실재하는 산이었다. 바위로 가득하기는 했지만, 드문드문 초록빛 숲도 보였다.

도착하기만 하면 물과 먹을 것을 구할 수 있었다. 그러나 산까지의 거리는 아직도 꽤 많이 남아 있었다.

성한 몸으로 걸어도 반나절은 족히 걸릴 거리, 그런데 아쉽게도 시월의 다리는 더 이상 그의 말을 듣지 않았다.

"그래도… 끝까지……."

시월이 더 이상 힘이 들어가지 않는 다리를 포기하고, 두 팔로 기어가기 시작했다. 마른 먼지가 일어나 입과 코 안으로 밀려 들어왔지만 시월은 멈추지 않았다.

그러나 팔로 기어갈 수 있는 거리는 극히 짧았다. 어린 나이에도 불구하고 놀라운 정신력을 보여준 시월이었지만, 그의 몸은 결국 한계점에 도달하고 말았다.

그륵그륵!

어느 순간부터 시월은 앞으로 전진하지 못했다. 마르고 가는 손가락이 힘없이 마른땅을 긁어댈 뿐이었다.

그리고 그 손가락의 움직임조차 오래가지 않아 멈췄다.

"…할 만큼… 했어. 이젠, 아버지, 어머니를 뵈러 가야지. 나쁘지 않아. 마적 놈들과 노예상 놈들에게 복수를 하지 못한 건 아쉽지만……."

시월이 마른땅에 입을 댄 채 중얼거렸다. 그리고 이젠 쉬고 싶다는 듯 눈을 감으려는 그때, 커다란 발 하나가 그의 머리맡에 불쑥 나타났다.

"…누… 구?"

죽어가면서도 인기척을 느낀 시월이 무겁게 눈꺼풀을 열고 발의 주인을 보려고 했다.

그러나 고개를 들 힘조차 없는 시월이어서 발 주인의 얼굴을 볼 수 없었다.

대신 시월 앞에 다가선 발의 주인이 시월 앞에 쭈그려 앉았다. 그리고 무거운 목소리로 물었다.

"널 내게 팔겠느냐?"

그 순간 시월은 자신에게 새로운 기회가 찾아왔음을 깨달았다. 비록 그것이 누군가에게 자신을 팔아야 하는 노예로서의 삶이라 할지라도.

푹!

대답할 기력이 없던 시월이 고개를 끄떡이려다가 그대로 정신을 잃으며 땅에 머리를 박았다.

그러자 시월을 사겠다는 사람이 고개를 돌려 함께 온 동료를 보며 말했다.

"일단 숲으로 데려가세."

"알겠습니다."

사내의 동료가 대답을 한 후, 급히 다가와 시체처럼 늘어진 시월을 들어 올렸다.

*　　　*　　　*

타탁타탁!

마른 나뭇가지가 열기를 이기지 못하고 소리를 내며 타올랐다.

사막과 인접한 산이어서 밤이 되면 사막의 냉기가 몰려왔다. 그래서 노숙을 하려면 반드시 모닥불을 피워야 했다.

한쪽에 사막에서 데려온 시월을 눕혀놓은 두 사람은 모닥불을 피운 후 육포를 꺼내 불에 살짝 구운 후 요기를 하고 있었다.

"오래 자는군요."

침묵 속에 육포를 먹던 두 사람 중 조금 더 나이가 많지만, 다른 사내의 수하로 보이는 초로의 노인이 문득 입을 열었다.

"양기단은 수면의 효과도 있으니까. 또 수면은 몸의 기운을 회복하는 데 어떤 보약보다 효과가 좋지."

"그렇긴 하지요. 그런데… 여전히 이해가 가지 않습니다."

"뭐가 말인가?"

"왜 저 아입니까? 그동안 데려온 아이들과는 너무 달라서. 무인으로 키우기에는 골격도 작고, 무재(武才)도 그리 대단해 보이지 않습니다만."

"근골을 보면 무인으로 대성하기를 기대하기는 어렵지."

질문을 받은 사내가 동의했다.

"그런데 왜……?"

"하루를 더 걸었네."

"예?"

"다른 아이들이 모두 죽고 난 후에도 그 혹독한 사막을 하루를 더 걸었어. 그리고 죽을 때까지 앞으로 나아가려 했지. 자신에게 남은 마지막 힘이 떨어질 때까지."

"물론 정신력으로 보자면 보기 드문 독종이지요. 하지만 그래도 무공은 일단 근골이 중요하지 않습니까? 그래서 모든 문파가 근골 좋은 아이들을 찾는 일에 매달리는 것이고 말입니다."

"보통의 무공이라면 그런 인재를 찾아야 하겠지. 하지만 구서령의 불사적공이라면 이야기가 다르지 않겠나? 그 무공은… 근골보다 강인한 생존력과 선천적인 인내심이 더 중요한 무공이네. 그래서 지금껏 그에 적합한 아이를 찾지 못했던 것이고."

"아! 그래서 처음부터 노예시장에 들어가 적당한 아이를 찾지 않으시고 버려진 아이들 중 가장 강한 생존력을 보인 아이를 선택하신 것이군요?"

초로의 노인이 그제야 주군의 뜻을 이해하겠다는 듯 고개를 끄떡였다.

"나도 저 아이가 불사적공을 대성할 수 있을지 확신은 없네. 그럼에도 저 아이를 선택한 것은 이제 더 이상 인재를 찾아다닐 시간이 없기 때문이네. 아이들의 쓰임이 머지않았네. 그리고 사실 다른 무공들에 비해 불사적공이 대단히 강하거나 꼭 필요한 무공도 아니어서 완벽한 아이를 찾을 것까지는 없다는 생각이네."

"그런 생각이셨군요. 하긴… 구서령의 불사적공은 의문이 많은 무공이지요. 그가 여러 번의 극한의 위기에서 살아난 것이 불사적공 때문인지 아니면 단순히 운이 좋아서인지도 알 수 없는 일이고 말입니다."

초로의 노인이 말했다.

그러자 사내가 대답했다.

"맞네. 나도 그 의문 때문에 다른 비급들보다 그의 비급을 더 자세히 살펴보았네만… 확신할 수는 없더군. 궁극의 목표가 불괴지신이라고 하는데. 그게 가능할까도 싶고. 하지만 어쨌든 구서령은 결과로써 보여주었으니까."

사내가 말했다.

그러자 초로의 노인이 눈살을 찌푸리며 물었다.

"그런데 그는 정말 죽은 걸까요?"

"구서령?"

"그렇습니다. 시신이 발견되지 않아서… 마금강이라는 별호대로 불사의 몸을 가진 자라고 하니 왠지 꺼림칙하군요."

"그가 죽지 않았다면 그의 비급을 왜 유령마 단석괴가 가지고 있었겠는가? 무인들, 특히 삼십육마 같은 절정의 고수들은 죽기 전에는 절대 자신의 비급을 다른 사람에게 내주지 않네. 유령마가 비급을 얻은 것은 그 빠름을 이용해 사람들이 눈치채지 못하게 죽은 자들의 몸을 뒤졌기 때문이라고 하지 않았나."

"물론 자기 입으로 그렇게 말하기는 했지요."

초로의 노인이 고개를 끄떡였다.

"아무튼, 죽은 동료의 시신까지 뒤지는 유령마의 탐욕이 우리 대월문에게는 좋은 기회를 준 셈이지."

삼십육마의 난에 참전해 유령마 단석괴의 목을 베어 무렵에 명성을 떨친 월문의 문주 백문보가 야망이 가득한 눈으로 말했다.

"위험한 도박이지만, 모든 일이 문주님의 뜻대로 될 것입니다."

월문의 오랜 가신인 장로 고태가 백문보에 대한 강한 믿음이 느껴지는 말투로 말했다.

그때 거친 천 위에 누워 있던 소년 시월의 몸이 움직였다.

"으음……."

몸을 뒤척이며 시월의 입에서 신음 소리가 흘러나왔다.

"깨려나 보군요."

고태가 급히 몸을 일으켰다.

그러자 대월문주 백문보가 나직한 목소리로 주의를 줬다.

"신중하게 대하게. 아이들의 몸이 아니라 마음을 먼저 얻는 것이 중요하니까. 그래야 배신하지 않고 월문을 위해 죽음을 각오하고 싸울 것이네. 그런 충성심이 없는 아이에게 구서령의 무공을 가르칠 수는 없네."

"알겠습니다. 조심하겠습니다."

고태가 굳은 표정으로 대답을 한 후 서둘러 시월에게로 다가갔다.

*   *   *

따뜻한 모닥불 곁에서 물을 마시고, 음식을 먹으니 금세 정신이 돌아왔다. 다만 몸에는 여전히 힘이 없었다.

노예상들에게 잡혀 있는 동안 제대로 먹지 못한 탓이기도 했지만, 오 일 동안 굶주린 채 사막을 걸은 후유증은 쉽게 회복될 수 없는 것이었다.

그럼에도 시월이 그나마 일어나 앉을 수 있고, 팔다리를 움직일 수 있는 것은 월문의 문주 백문보가 시월이 정신을 잃은 동안 복용시킨 양기단 때문이었다.

양기단은 월문의 가전 신약으로 소실된 원기를 회복하는 데 탁월한 효능을 가진 환약이었다.

슥!

시월이 슬며시 들고 있던 숟가락을 내려놓았다.

백문보의 가신 고태는 자신들은 육포로 끼니를 때웠으면서 시월에게는 미음을 끓여 먹였다. 오래 굶주린 시월이 육포 같은 건량을 소화시킬 수 없다는 걸 알기 때문이었다.

"허기는 면했느냐?"

시월이 숟가락을 내려놓자 고태가 물었다.

"예……."

배를 채우고 정신이 돌아온 시월이 두려운 듯 몸을 움츠리며 대답했다.

"겁먹을 것 없다. 네게 해를 끼칠 사람들은 아니니까."

고태가 부드럽게 말했다.

"…절 사겠다고 하신 분들인가요?"

고태의 말에도 불구하고 잔뜩 겁을 먹은 표정인 시월이 조심스럽게 물었다.

"문주께 널 팔겠다고 한 것은 기억하는구나?"

"예……."

정신을 잃기 전 자신이 누군가의 제안에 고개를 끄떡인 것을 기억하는 시월이었다.

대답을 하면서 시월이 모닥불 건너편에 앉아 있는 백문보를 바라봤다.

오십 대 중반의 사내, 사막을 여행하는 사람답지 않게 깨끗한 무복, 그리고 무엇보다 마른 듯하면서도 강인한 의지가 묻어나는 얼굴이 인상적인 사내였다.

이제 이 사내가 자신의 주인이라는 생각이 들자, 시월은 사내에 대한 두려움과 함께 호기심이 생겼다.

정신을 잃었다가 깨어난 이후 사내와 그 수하인 듯한 노인이 보여준 호의를 생각하면, 노예시장에서 보았던 노예상들과는 다를 것 같다는 기대도 있었다.

그런 시월의 생각을 읽었는지 모닥불 건너편에서 백문보가 입을 열었다.

"본래 사람은 사고파는 물건일 수 없다. 그래서 널 사겠다고는 했지만, 네가 원하지 않으면 떠나도 좋다. 다만, 나는 네게 한 가지 제안을 하고 싶구나. 널 구한 것은 그 기회를 주기 위해서였다."

묵직한 백문보의 말투가 자연스럽게 그에 대한 신뢰감을 만들어낸다.

"떠… 떠나도 된다고요?"

믿을 수 없다는 듯 시월이 물었다. 지난 수개월 동안 노예상들에게 짐승 취급을 당해온 시월이었다. 그래서 그의 마음속에는 사람에 대한 경계심과 불신이 가득했다.

사내의 말투에 신뢰감이 가긴 했지만, 그의 말을 곧이곧대로 믿을 수는 없었다.

"그래. 떠나도 된다. 그런데 갈 곳은 있느냐?"

백문보가 다시 물었다.

그러자 시월이 대답을 하지 못하고 고개를 저었다.

"처음부터 노예로 팔려 오지는 않았을 것이고, 고향은 어디고 부모님은 어찌 되었느냐?"

"…어머님은 일찍 돌아가셨고, 아버님은 백두 인근에서 사냥을 해 모피를 파셨는데, 마적들이 마을을 습격해서 아버지는 돌아가시고……"

"백두라… 먼 곳이군. 이곳에서 족히 한 달은 여행해야 닿을 수 있는 곳인데. 그 거리라면 마적들이 직접 널 이 사막의 노예시장에 끌고 오지는 않았을 것이고, 변경을 떠도는 노예상에게 팔렸겠구나."

"그, 그랬어요."

시월이 대답했다.

"그럼 돌아갈 곳도 없겠구나. 고향을 찾아가기도 힘들 것이고 돌아간들 널 돌봐줄 사람도 없을 테니."

백문보의 질문에 시월이 맥없이 고개를 끄떡였다.

그러자 백문보가 잠시 시월을 바라보다가 자리에서 일어나 시월 앞으로 다가왔다.

"난 백문보라고 한다. 열하에 있는 작은 무림문파인 월문의 문주지. 호의를 가진 사람들은 대월문이라고 부르기도 하지만 이름 앞에 대(大) 자를 붙일 만큼 큰 문파는 아니다."

"무, 무림이요?"

시월이 다시 겁에 질린 표정으로 되물었다.

어리지만 시월도 무림인에 대해 들은 바가 있었다. 도검으로 바위를 가르고, 새처럼 하늘을 날며 수백 리 길을 하루에 달릴 수 있다는…….

그리고 사람 목숨을 파리 목숨처럼 생각하는 사람들이라고 했던가.

"그래. 무림인에 대해 아느냐?"

"…칼로 산을 가르고, 새처럼 하늘을 나는 사람들이라고……."

"하하하! 세상에 그런 사람은 존재하지 않는다. 놀라운 능력을 보여주는 사람도 있지만, 하늘을 날지는 못해. 하지만 무림인들이 보통 사람들과는 조금 다른 존재들인 것은 분명하다."

백문보가 강인한 얼굴에 가벼운 미소를 지으며 말했다.

그 미소를 보자 시월의 두려움도 조금 옅어졌다.

"내가 한 가지 제안을 하겠다고 했지?"

백문보가 여유를 찾은 듯한 시월에게 물었다.

"예……."

시월이 대답했다.

"그럼 잘 듣고 신중하게 선택하거라. 난 우리 월문의 제자가 될 인재들을 찾아다니고 있다. 말했지만 월문은 변경의 작은 문파다. 하지만 내 꿈은 그렇게 작지 않아. 월문을 무림에서 존경받는 대문파로 만드는 것이 내 꿈이다. 그러기 위해서 특별한 재능을 가진 제자가 필요하단다. 바로 너처럼 말이다. 어떠냐? 본문의 제자가 되어보는 것이."

"제가요?"

시월이 놀란 표정으로 되물었다.

"왜? 싫으냐?"

"그게 아니라 전… 이렇게 작고 허약한데요? 노예상들이 동전 몇 닢에도 사 가지 않을 만큼. 그리고… 칼을 들어본 적도 없어요. 특별한 재능이란 것도 없고요."

시월이 감히 자신 따위가 어떻게 무인이 될 수 있겠냐는 듯 말했다.

"맞는 말이다. 넌 네 또래의 아이들에 비하면 왜소하고 근골도 약하다. 하지만 인내와 끈기 그리고 생존력만큼은 다른 누구보다 뛰어나지 않느냐. 노예시장에 버려진 아이들은 모두 사막을 건너지 못하고 죽었지만, 넌 결국 이 산에 도달하지 않았느냐?"

"그, 그건… 운이 좋아서……."

"난 그렇게 생각하지 않는다. 네겐 극한의 고난을 견뎌내는 선천적인 능력이 있다고 보고 있다. 물론 그 인내심이 후천적일 수도 있지만… 넌 살아남으면 뭘 하고 싶었느냐?"

백문보가 물었다.

"…할 수 있다면 복수를 하고 싶어요. 마을을 습격했던 마적들, 그리고 절 이곳으로 끌고 온 노예상들에게요."

갑자기 시월이 어린애답지 않은 살기를 드러내며 말했다.

그러자 백문보가 바로 대답했다.

"월문의 제자가 된다면 넌 그 힘을 갖게 될 것이다. 물론 네가 내가 준비한 모든 수련을 견뎌낸다면. 하겠느냐?"

백문보가 진중하게 물었다. 백문보는 시월의 나이가 어리다고 해서 강압하거나 혹은 달콤한 말로 유혹하지 않았다. 선택을 오로지 시월의 의사에 맡겼다.

그런 진솔한 백문보의 모습에 시월의 마음도 움직였다.

"정말 제가 할 수 있을까요?"

"내가 말했지만 넌 특별한 재능을 가지고 있다. 내 눈이 틀리지 않다면 넌 뛰어난 무인이 될 것이다."

백문보가 확신했다.

"그, 그럼… 그렇게 할게요."

"좋아. 그럼 이제 넌 월문의 식구다. 내 아들의 형제이고, 나의 자식이다. 월문은 작은 문파지만 모두가 한식구로서 살아간다. 이제 난 널 가족으로서 대할 것이다. 내 혈육들과 어떤 차별도 없을 것이다. 그러니 너 역시 이제부터 월문의 가족으로 살아가도록 해라."

"가족이요……?"

시월이 당황스러운 표정으로 되물었다.

"믿지 못하겠느냐? 하지만 시간이 내 말을 증명해 줄 것이다. 난 어떤 차별도 없이 너를 내 가족으로 대할 테니까."

백문보가 의심의 빛을 지우지 못하는 시월을 보며 단호하게 말했다.

*   *   *

"이름이 뭐냐?"

다시 사막으로 들어서면서 월문의 장로 고태가 물었다.

"…시월이요."

"성은?"

"…그게 이상하게 생각이 나지 않아요."

"응?"

"산적에게 잡혀서 노예상에 넘겨진 다음 날부터 갑자기 성이 뭐였는지 생각이 나질 않았어요."

시월이 자신도 이해할 수 없다는 듯 고개를 갸웃거리며 대말했다.

"다른 건 다 기억하는데?"

"예."

"이상한 일이군. 큰 충격으로 기억을 잃는 경우는 종종 있지만, 자기 성씨 하나만 기억하지 못하는 경우는 본 적이 없는데……."

"어쩌면 처음부터 성이 없었을지도 모르죠."

시월이 시무룩한 표정으로 대답했다. 세상에는 성씨 없이 살아가는 사람도 많다.

그러자 앞에서 낙타를 타고 가고 있던 백문보가 고개를 돌려 큰 소리로 시월을 불렀다.

"시월!"

"예, 문주님!"

시월이 얼른 대답했다.

"어떤 상황에서도 네 자신을 비하하지 말거라. 그건 대월문의 제자로서 어울리지 않아. 내가 볼 때 돌아가신 네 부모님은 특별한 분들이었을 것이다. 너처럼 특별한 아들을 두셨으니까!"

"…문주님!"

시월이 백문보의 말에 가슴이 뭉클해져 말을 잇지 못했다.

"넌 특별하다. 나 백문보는 허투루 제자를 들이지 않는다. 그러니 너 자신을 특별하게 생각해. 뭐든 해낼 수 있는 사람이라고 말이다. 알겠느냐?"

"예! 그렇게 할게요."

"좋아. 이리 와보거라."

백문보가 턱짓을 하며 시월을 불렀다.

시월이 타고 있던 고태의 낙타에서 내려 재빨리 백문보에게 달려갔다.

"잡거라!"

다가온 시월에게 백문보가 손을 내밀었다. 시월이 잠시 망설이다가 백문보의 손을 잡았다.

잡는 순간 시월은 백문보의 손에서 강한 자의 기운을 느꼈다. 단순히 손을 잡는 것만으로도 백문보에 대한 존경심이 일어날 정도였다.

"올라오너라."

시월의 마음을 아는지 모르는지 백문보가 시월을 잡은 손에 힘을 줬다.

그러자 시월의 몸이 마치 바람에 날리는 종이처럼 허공으로 떠오르더니 백문보가 타고 있던 낙타의 등자 뒤쪽에 가볍게 올려졌다.

시월은 자신을 가벼운 물건처럼 다루는 백문보의 힘에 놀라 눈을 둥그렇게 뜨고 백문보를 바라봤다.

"놀랐느냐? 하지만 이건 놀랄 일이 아니다. 너도 본문의 무공을 수련하면 일이 년 안에 충분히 할 수 있는 일이다."

"정말요?"

시월이 놀란 표정으로 되물었다.

"그럼. 무림의 무인들과 일반 칼잡이들과의 차이가 뭔지 아느냐? 바로 내공의 유무다."

"내공……."

"공력 혹은 진기라고도 한다. 몸속에 무형의 기운을 쌓아 근육으로 낼 수 없는 수준의 힘을 만들어내는 것이다. 보통 무림에서 무공의 고하는 바로 그 내공의 수준으로 결정된다. 물론… 아주 특별한 경우, 도검을 다루는 비법이 내공의 힘을 이기는 경우도 있긴 하지만."

"…그 내공이라는 힘은 어떻게 만드는 건가요?"

시월이 내공에 관심을 드러냈다. 보통 아이들보다 허약한 신체적 불리함을 이겨낼 해결책이 될 수 있기 때문이었다.

"일단 심법을 알아야 한다. 호흡법이라고 해도 좋겠지. 호흡법을 통해 하늘과 땅의 기운을 몸 안으로 끌어들이는 것, 그것이 가장 기초적인 내공 수련법이다. 그래서 이제 네게 그 심법을 알려주려 한다. 받거라."

백문보가 품속에서 얇은 책자를 꺼내 시월에게 건넸다. 시월이 얼른 백문보가 건넨 책자를 받아 들었다.

"묵천금강공이라는 거다. 본문의 독문무공인 묵천신공을 변형시킨 것이다. 일단 그 안의 비결들을 모두 외우고, 그 이후에 자세한 수련법을 가르쳐 주마. 중요한 것은 한 자도 틀리지 않고 비결을 외우는 것이다."

백문보의 말을 들으며 시월이 세상에서 가장 소중한 보물을 얻은 사람의 얼굴로 손에 든 비급을 조심스럽게 쓰다듬었다.

제 2장
—
월문의 사형제들

　백문보는 시월이 천재적인 머리를 가졌다고는 생각하지 않았다.
　하지만 시월은 백문보가 건네준 묵천금강공을 하루 만에 모두
외웠다. 묵천금강공은 평범한 두뇌를 가진 아이가 한 자도 틀리지
않고 외우려면 며칠은 걸릴, 수백 자에 이르는 비급이었다.
　그런데 시월은 하루 만에 비급을 모두 외웠다. 언뜻 생각하면
시월이 뛰어난 두뇌를 가졌다고 생각할 수 있지만, 사실 시월은 비
급을 외우는 동안 전혀 잠을 자지 않았다.
　그러니까 비급을 외운 시월의 하루는 잠을 자는 다른 날과 비
교하면 삼 일 정도에 해당되는 시간이었다.
　그래서 백문보는 하루 만에 비급을 외운 시월의 성과가 천재적
인 두뇌로 인해서가 아니라 인내심과 열정이 만든 작은 결과라는
것을 알고 있었다.

그 모습이 백문보를 흡족하게 했다. 자신이 생각했던 시월의 장점이 자연스럽게 확인되었기 때문이었다.

가신 장로 고태 역시 그런 시월의 모습에서 왜 백문보가 이 나약한 어린아이를 제자로 거뒀는지를 새삼스레 이해할 수 있었다.

"훌륭하구나."

백문보가 지는 태양을 등지고 앉아 자신이 정파의 무공처럼 재해석한 삼십육마의 일 인, 마금강 구서령의 불사적공을 한 자도 틀리지 않고 외운 시월의 머리를 쓰다듬으며 칭찬했다.

백문보는 자신이 변화시킨 불사적공을 월문의 가전신공인 묵천신공의 이름을 따서 묵천금강공이라는 이름으로 불렀다.

무림에 월문이 삼십육마의 무공을 몰래 습득해 제자들에게 전수한다고 알려지면 멸문지화를 당할 수 있기 때문이었다.

백문보로서도 큰 모험인 일이었다.

"이젠 뭘 해야 하나요?"

무공 수련에 대한 기대로 한껏 흥분한 시월이 물었다.

"비급의 비결을 글로 외우는 것은 며칠이면 되지만, 그 비결의 의미를 이해하고, 몸으로 수련하는 것은 아주 오랜 세월이 걸린단다. 그러니 조급해 말거라. 이제부터 무공이라는 것에 대해 하나하나 가르쳐 줄 테니까."

"알겠습니다. 감사합니다, 문주님!"

시월이 백문보에게 절을 하듯 고개를 숙였다.

"하하하, 부모가 자식을 가르치는 것은 당연한 의무인데 감사할 일이 뭐가 있겠느냐? 스승과 제자는 그런 것이다. 부모와 자식 같은 관계지. 특히 우리 월문에서는 더더욱."

백문보가 시월의 머리를 쓰다듬으며 말했다.

그리고 그날부터 백문보는 자신이 말한 대로 시월에게 정성을 다해 무공을 가르치기 시작했다.

꽤 오랜 시간 사막과 초원을 여행하면서…….

*   *   *

칵!

한 대의 화살이 정확하게 목을 꿰뚫고 지나가자 사슴을 사냥하던 늑대 무리 중 한 마리가 날카로운 비명과 함께 허공으로 떠올랐다가 떨어졌다.

즉사였다.

그러자 사슴을 몰던 늑대들이 화들짝 놀라 사방으로 흩어져 달아났다.

"잡았어요!"

작은 철궁으로 늑대를 맞힌 시월이 백문보와 고태를 돌아보며 말했다.

"잘했다. 궁술에도 재능이 있구나."

고태가 칭찬했다.

"가보자."

백문보가 앞장서서 쓰러진 늑대를 향해 움직였다.

화살은 정확하게 늑대의 목을 관통해 있었다. 늑대는 화살을 맞는 순간 즉사한 것 같았다.

누런 풀이 늑대의 목에서 흘러나온 피로 흥건하게 젖어 있었다.

늑대의 주검을 마주한 시월이 살짝 눈살을 찌푸렸다. 사냥에 성공한 기쁨도 잠깐, 자신이 쏜 화살을 맞고 죽어 있는 늑대의 모습이 그의 마음을 불편하게 만들었다.

그런 시월을 보며 백문보가 말했다.

"한 끼 식사용으로는 질긴 늑대 고기보다 부드러운 사슴 고기가 훨씬 좋다. 그런데도 왜 내가 늑대를 사냥하라고 한 줄 아느냐?"

"…정말 왜 사슴이나 토끼가 아니라 늑대를 사냥하라고 하신 거죠?"

시월이 의아한 표정으로 물었다.

"월문이 추구하는 무인의 법을 알려주기 위해서다."

백문보다 대답했다.

"무인의 법이요?"

늑대 사냥과 무인의 법이 무슨 상관이 있는지 알지 못하겠다는 듯 시월이 되물었다.

"그렇다. 검을 쓰는 무인이 된 이상 넌 수많은 죽음과 마주하게 될 것이다. 당연히 네 손으로 누군가를 베어야 할 때도 있을 것이다. 그 누군가를 벨 때의 월문의 법은 이렇다. 첫 번째 나 자신을 지키기 위해서, 두 번째 월문의 가족을 지키기 위해서, 세 번째 약자를 지키기 위해서… 이 세 경우에 월문의 제자는 망설임 없이 검을 뽑아 적을 벤다. 이것이 월문의 제자가 검을 뽑는 이유다."

"나를 지키고, 월문의 가족을 지키고. 약자를 지킨다!"

시월이 백문보의 말을 나직하게 되뇌었다.

"초원에서 늑대가 사슴을 사냥하는 것은 자연스러운 이치다. 결코 죄라고 할 수 없지. 무림 역시 마찬가지다. 강자들은 언제나 자신의 이득을 위해 약자를 사냥한다. 그게 무림이다. 먹이를 위해 사냥하는 늑대들보다 더 사나운 자들이 살아가는 곳이 무림인 것이다. 그 무림에서 난 월문의 제자가 약자가 아닌 강자를 사냥하는 무인이 되길 바란다. 그래서 사슴이 아닌 늑대를 쏘라고 한 것이다."

"강자를 사냥하는 무인……."

시월이 다시 백문보의 말을 중얼거렸다.

"말했지만 우리 월문은 변방의 작은 문파다. 그래서 간혹 억울한 일을 당하기도 한다. 네게는 부끄럽다만……."

백문보가 어두운 표정으로 말했다.

"전 절대 월문을 부끄러워하지 않을 겁니다!"

시월이 고개를 저으며 말했다.

"고맙구나. 그렇게 말해주니. 아무튼 그래서 월문의 문주로서 내 꿈은 세상 그 누구도 감히 월문의 가족을 건드리지 못하게 하는 것이다. 그러자면 월문의 제자는, 사슴을 사냥하는 것이 아니라 사슴을 사냥하는 늑대를 사냥해야 한다."

백문보가 시월의 눈을 보며 말했다.

시월은 그 순간 백문보의 눈에 담긴 강렬한 열망을 보았다. 그리고 그런 백문보의 열망에 자신도 모르게 사로잡혔다.

"반드시 그런 무인이 되겠습니다. 앞으로 문주님께서 말씀하신 월문의 법을 평생 지키며 살겠습니다!"

시월이 자신도 모르게 대답했다.

그러자 백문보가 다시 입을 열었다.

"고맙구나. 시월, 난 널 믿는다. 그러니 앞으로 가족을 위협하는 무림의 늑대를 사냥할 때는 어떤 망설임이나 주저함도 없어야 한다. 한순간의 망설임이나 동정심이 월문 형제에게 치명적인 위험이 될 수 있으니까. 알겠느냐!"

"예, 문주님!"

시월이 다부진 표정으로 말했다.

"좋아. 그럼 오늘 저녁은 네가 준비해 보거라. 그러려면 먼저 늑대를 손질해야겠지?"

"예, 문주님!"

시월이 대답을 한 뒤 죽은 늑대를 얼른 집어 들고 초원을 가로지르는 작은 개울을 향해 달려갔다.

"이 방법으로 가르치는 것이 효과가 있을까요?"

늑대를 손질하기 위해 개울로 가는 시월을 보며 고태가 물었다.

그러자 백문보가 무겁게 대답했다.

"서서히 죽음에 익숙해지는 것! 그리고 월문을 위해서는 어떤 망설임이나 주저함 없이 적을 벨 수 있는 절대적인 충성심을 각인시키는 것! 아마 이런 수련법이 큰 도움이 될 걸세. 어려서부터 자신도 모르게 마음 깊이 각인된 월문에 대한 애정과 사명감이 성장한 후 아이들의 본능으로 자리 잡을 테니까. 물론, 이 아이들을 위해서도 좋은 일이지. 어차피 험난한 무림에서 살아가려면 손과 심장은 독할수록 좋으니까."

*   *   *

늑대 사냥은 시간이 지날수록 익숙해졌다.

사냥이 거듭될수록 늑대의 습성을 알게 되어 놈들이 움직이는 길목에서 수월하게 화살을 날릴 수 있었다.

그럴수록 시월의 손과 마음은 죽음에 익숙해졌다. 언제부터인가 죽은 늑대를 봐도 아무런 감정이 느껴지지 않았다.

사냥이 일상적인 일이 되자 시월의 관심은 온통 백문보에게서 전수받는 무공으로 쏠렸다.

다른 때는 조금 무뚝뚝해 보이는 백문보도 무공을 가르칠 때만큼은 무척 세심하게 시월을 대했다.

그는 정말 시월이 친자식이라도 되는 듯 정성을 다해 시월에게 무공을 가르쳤다.

그런 백문보의 정성이 느껴질수록 시월도 무공 수련에 더욱 매진했다.

그는 백문보와 고태보다 늦게 잠들었고, 일찍 잠자리에서 일어났다. 그리고 그 여분의 시간을 모두 무공 수련에 쏟아부었다.

그런 시월에게 백문보 역시 칭찬과 격려를 아끼지 않았다.

"시월, 넌 누구보다 훌륭한 무인이 될 것이다. 왜냐하면 세상에 재주 있는 사람은 많지만, 너처럼 진심으로 노력하는 사람은 적기 때문이다. 혹, 성취가 느려도 자책하지 말거라. 대기만성이라고 했다. 크게 될 사람들의 성취는 오히려 느린 법이다. 특히 무공에 있어서는 더더욱 그렇다. 그런 면에서 시월, 넌 누구보다 훌륭한 자질이 있어."

가끔 시월이 묵천금강공의 비결이 제대로 이해되지 않거나 몸으로 받아들이지 못해 괴로워할 때면 백문보는 시월을 꾸짖지 않고 오히려 그의 노력을 격려했다.

그런 백문보의 격려를 들으면서 시월은 힘을 냈다.

그리고 그 노력은 헛되지 않았다. 사막과 초원, 그리고 몇 개의 작은 숲을 여행한 지 석 달 가까이 지났을 때, 시월은 결국 묵천금강공을 거의 대부분 이해하게 되었고, 누가 살펴주지 않아도 혼자서 묵천금강공을 운기 할 수 있게 되었던 것이다.

그리고 그즈음 백문보가 긴 여행이 끝났음을 시월에게 알렸다.

*　　　　　*　　　　　*

"저기 산봉우리들이 보이느냐?"

초원의 풀이 조금 더 말랐다고 느낄 무렵 백문보가 시월에게 물었다.

시월이 백문보의 손끝을 따라 시선을 돌렸다. 그러자 아스라이 검은 봉우리들이 눈에 들어왔다.

"저기가 어디죠?"

"우리가 갈 곳이다."

"저기가 열하인가요?"

시월이 다시 물었다.

월문은 열하에 있다고 했었다. 그러니 일행의 여행 끝은 열하의 월문일 것이기 때문이었다.

"아니, 열하의 본가는 여기서 남쪽으로 십여 일 정도는 더 내려가야 한단다. 저 산맥은 흥안령이다."

"아! 흥안령!"

"알고 있지?"

"예. 북방에서 가장 큰 산맥이잖아요."

"그래. 거대한 산맥이지. 흥안령을 넘어가면 혹한의 땅이니 계절을 가르는 산이라고도 할 수 있다."

"그런데 왜 저길……?"

시월이 의아한 표정으로 물었다. 월문은 남쪽 열하 땅에 있는데 굳이 험준한 산맥으로 가는 이유를 알 수 없었기 때문이었다.

"저곳에 가면 네 사형들을 만날 수 있다. 난 저곳에 월문 제자들의 수련처를 따로 만들어놓았단다."

"수련처로는 본가에서 너무 먼 곳 아닌가요?"

어린 시월이지만, 열하의 본가와 흥안령 산맥의 수련처가 너무 멀리 떨어져 있다는 것은 알 수 있었다.

수련을 위해 조용한 곳을 찾을 수는 있지만, 그래도 이렇게까지 먼 곳에 수련처를 만든 이유를 쉽게 이해할 수 없었다.

"멀지. 하지만 어쩔 수 없는 이유가 있단다. 내가 우리 월문이 그리 큰 문파가 아니라고 했었지?"

"예."

시월이 대답했다.

"무림이란 곳에서 우리와 같은 중소문파는 늘 수많은 감시를 당한단다. 나중에 자세히 알게 되겠지만, 우리 대월문은 현 무림에서 삼십육방문으로 분류된다."

"삼십육방문……."

시월이 백문보가 하는 말은 모두 기억하겠다는 듯 백문보의 말을 되뇌었다.

"현재의 무림은 의천무맹이 주도하고 있는데, 의천무맹은 아홉 곳의 천문과 열여덟 곳의 장문, 그리고 그 아래 우리 월문과 같은 서른여섯 곳의 방문으로 구성된다. 이쯤 되면 너도 대월문이 무림에서 어떤 위치에 있는지 짐작하겠지?"

"예. 그런데 삼십육방문이면 그것도 대단한 것 아닌가요?"

"그렇게 생각되느냐? 하지만 현실을 들여다보면 그렇지 않단다. 각 지역의 중소 방문들은 천문과 장문의 통제를 받아야 하니까. 그들은… 방문들이 힘을 키워 자신들의 지위에 도전하는 것을 원치 않는다. 그래서 늘 철저하게 자신들 관할하에 있는 방문들을 감시하지."

"그래서… 그래도 제자를 키우는 것은 무림문파에 자연스러운 일 아닌가요?"

시월이 여전히 이해할 수 없다는 듯 물었다.

그러자 백문보가 정색을 하며 대답했다.

"난… 수년 동안 우리 월문을 장문 이상의 대문파로 키워낼 인재들을 찾아 세상을 떠돌았다. 그리고 너를 포함해 일곱 명의 아이들을 찾아냈지. 그리고 너희들에게 적합한 최고의 무공들을 심혈을 기울여 구하거나 만들었다. 그 무공들을 모두 수련하면 너희들은… 월문을 장문 이상의 위치에 올려놓을 수 있을 것이다. 그런 너희들의 존재를 알게 되면 십팔장문이나 구대천문에서 가만히 있겠느냐. 나로서는 너희들이 안전하게 무공을 수련할 비밀 수련처를 마련하지 않을 수 없었다."

"후… 무림이란 곳은 정말 무서운 곳이군요."

시월이 두려운 듯 한숨을 내쉬며 말했다.

"무림이란 약자를 노리는 늑대가 우글거리는 곳이라고 말하지 않았더냐? 그래서 너희들이 그 늑대를 사냥하는 사냥꾼이 되어야 하는 것이다. 월문을 위해서, 그리고 너희들 자신을 위해서 말이다!"

"예, 문주님!"

시월이 두려움을 떨쳐 버리려는 듯 시원하게 대답했다.

그러자 백문보가 시월의 머리를 쓰다듬으며 말했다.

"난 확신하고 있다. 십 년이 지나기 전에 너희들이 무림의 늑대들을 사냥할, 월문의 영광을 이뤄낼 강력한 무인이 되어 있을 것이라고."

$$* \qquad * \qquad *$$

검은 구름이 산머리를 덮었다. 갑자기 날씨가 급변하고 있었다. 높은 산들이 즐비한 흥안령 깊은 곳으로 들어서고 나서 일어난 변화였다.

그래서인지 일행의 걸음이 빨라졌다. 사막과 초원을 횡단할 때 타던 낙타에서 내려 끌고 이동해야 할 만큼 위태로운 산길이었다.

"서둘러 가야겠습니다. 폭우가 올 것 같습니다."

고태가 짐승들이나 다닐 법한 산길을 앞서 열어가면서 말했다.

"다 왔으니 비 좀 맞는다 한들 무슨 상관이겠나."

백문보가 느긋한 표정으로 대답했다.

그 순간 번쩍이는 번개가 높은 산 위로 내리꽂히더니 뒤를 이어 산을 뒤흔드는 천둥 소리가 들렸다.

콰르릉!

"역시 위험하지요?"

고태가 미소를 지으며 백문보에게 말했다.

그러자 백문보가 고개를 저었다.

"아니, 난 이런 날씨가 좋네. 변화무쌍하고 위태로운 이런 날씨 속에서 천하 만물이 생동하는 무한한 생명력을 느끼지."

"하긴 문주님은 예전부터 폭풍이 치면 항상 밖으로 나가셨지요."

"한여름, 강렬한 폭풍 속에 서 있다 보면 도산검림(刀山劍林)의 무림에 불어대는 혈풍 속에 있는 것 같은 느낌이 들지. 그리고 그 혈풍을 이겨낼 용기와 투지를 얻곤 한다네."

백문보가 대답했다.

"문주님은 그러실지 모르겠습니다만, 늙은 저는 옷이 비에 젖어 축축해지는 것이 딱 질색입니다. 조금 서두르겠습니다."

"알겠네. 그렇게 하게. 나 좋다고 다른 사람까지 폭풍 속으로 몰아넣을 수는 없으니까."

백문보가 대답하자 고태가 낙타를 끌며 소리쳤다.

"어서 가자! 너희들도 산중에서 비를 맞기는 싫겠지?"

쏴아아!

천둥 번개가 기어이 비를 몰고 왔다. 앞을 제대로 볼 수 없을 만큼 강한 폭우다.

비에 젖은 산길은 순식간에 위험한 땅으로 변했다. 조금만 미끄러져도 가파른 산비탈 아래로 낙타와 함께 굴러떨어질 것 같았다.

자연스레 일행의 걸음이 느려졌다. 길을 재촉하려던 월문의 가신 고태도 무척 신중하게 걸음을 옮겼다.

덕분에 일행은 온몸이 비에 젖은 후에야 가파른 산비탈을 지나 깊은 협곡 앞까지 내려왔다.

그런데 그때 갑자기 일행 앞에 불쑥 검은 물체가 나타났다.

"이크!"

갑자기 나타난 검은 물체에 놀란 고태가 화들짝 놀라 뒤로 물러났다.

"장로님!"

어둠 속에서 나타난 물체가 놀라 물러나는 고태를 불렀다.

"엉? 너 부리냐?"

"예, 장로님. 부리입니다."

"아이쿠, 이놈아! 간 떨어지는 줄 알았다. 인기척이나 내고 나타나야지!"

"놀라셨어요? 전 당연히 저라는 걸 아실 줄 알고……."

비를 막기 위해 검은 우비를 머리까지 뒤집어쓴 소년이 말했다. 목소리를 들어보면 변성기를 지나고 있는 나이인 것 같았다.

"이런 빗속에서 나라고 어떻게 사람을 알아보겠느냐? 그나저나 먼저 문주님도 오셨다. 얼른 인사드리거라."

고태의 말에 소년이 고태를 지나쳐 백문보 앞으로 달려가 꾸벅 고개를 숙였다.

"제자 부리가 문주님을 뵙습니다."

"그래. 잘 지냈느냐?"

백문보가 부드럽게 물었다.

"예, 문주님 덕분에 잘 지내고 있습니다!"

소년이 공손하게 대답했다.

"잘 지냈다니 다행이구나. 그런데 이 폭우 중에 여기까지 웬일이냐? 우리가 오는 것을 알고 마중 나온 것은 아닐 것 같은데?"

"그, 그게……."

백문보의 질문에 소년이 지금까지와 달리 당황한 모습을 보였다.

"무슨 일이 있는 거냐?"

백문보가 걱정스러운 표정으로 물었다.

"…대형과 소문주가 아직 돌아오지 않으셔서……."

소년이 죄를 지은 사람처럼 나직하게 대답했다.

"아이들이… 잠룡동을 나갔느냐?"

"예……."

"음… 무엇 때문에 잠룡동을 나갔단 말이냐? 식량은 충분할 터인데?"

백문보는 수련 중인 제자들에게 월문의 비밀 수련처인 잠룡동을 벗어나는 일을 금하고 있었다.

본가에서 멀리 떨어진 홍안령에 수련처를 마련한 이유가 사람들의 이목을 피하기 위해서기 때문이었다.

"그것이……."

"어허! 문주께서 묻고 계신다. 얼른 대답하지 못할까?"

두 사람의 대화를 듣고 있던 가신 고태가 엄한 목소리로 소년부리의 대답을 재촉했다.

"그, 그게… 무령산에 갔습니다."

"무령산? 거길 왜?"

고태가 재촉하듯 다시 물었다.

"무령산의 산적들에게서 사람들을 구하기 위해서……."

"산적들과 싸우러 갔단 말이냐?"

백문보의 표정이 심각해졌다.

"그렇습니다."

"갑자기 왜 그런 결정을 했단 말이냐?"

백문보가 이해할 수 없다는 표정으로 물었다. 한편으로는 어이 없는 듯 보였다.

"어제 해 질 녘에 한 아이가 잠룡동 인근에 나타났습니다. 여 자아이였는데… 그 아이의 부모가 이끄는 작은 상단이 무령산의 산적들에게 습격을 당해 홀로 여기까지 도주를 해왔다고 하더군 요. 그러면서 자기 부모님을 구해달라고 애원을 해서……."

"그래서 그 아이의 부모를 구하기 위해 무령산 산적을 치기로 했다는 거냐?"

고태가 기가 막힌다는 표정으로 물었다.

"그렇습니다. 그 여자아이가 하도 간절하게 부탁을 해서… 무 공을 수련하는 것은 약자를 돕기 위함이 아니냐면서……."

"이… 어리석은… 헛……! 허허……."

고태가 실성한 사람처럼 허탈한 웃음을 흘려냈다.

그런 고태와 달리 백문보는 냉정했다.

"몇이나 갔느냐?"

백문보가 제자 부리에게 물었다.

"저만 남고 모두……."

"그 여자아이는 같이 갔느냐?"

"예."

"혹, 무령산 산적들의 숫자를 들었느냐?"

"그 아이가 말하기로는 열 명은 넘고 스물은 되지 않는 것 같았습니다."

부리가 대답했다.

그러자 고태가 걱정스럽게 말했다.

"습격한 자들의 숫자가 그 정도면 산채에는 꽤 많은 산적들이 있을 겁니다."

"그렇겠지. 그래도 삼십은 넘지 않을 걸세. 산채에 절반 이상의 사람을 남겨두고 도적질을 나서는 산적은 없을 테니."

"그렇긴 하지요. 그래도 삼십 전후면… 걱정이군요. 제가 가보 겠습니다."

"아닐세. 잠룡동에서 기다리세."

"하지만……."

백문보가 허락하지 않자 고태가 당황한 표정을 지었다. 그러자 백문보가 말했다.

"유검은 어려서부터 가문의 무공을 수련했고, 함께 간 아이들 도 길게는 삼 년, 적게는 일 년 이상 무공을 수련했네. 산채 하나 정도는 상대할 수 있어야지."

"하지만 겨우 여섯 명입니다. 아직 어린 나이들이고……."

"혹독한 수련을 이겨내고 있는 아이들이네. 어리다고 해도 무 광의 나이는 이미 열일곱, 현명함은 몰라도 몸과 무공은 능히 산 적들을 상대할 나이네. 다만 걱정은 산적 중에 무공을 아는 자가 있을까 하는 것인데……."

"그러니 가봐야지 않겠습니까?"

고태가 조급함을 내보였다.

"지금 간다 한들 시간이 너무 지났네. 일단 그 아이들을 믿고 기다리세. 내가 자신들을 믿고 기다렸다는 것을 알면 아이들도 큰 자신감을 갖게 될 걸세. 그리고… 사실 난 그 아이들을 믿네. 겨우 산적 따위에게 당할 월문의 제자들이 아니네. 아무리 어려도."

백문보가 단호하게 말했다.

"…알겠습니다."

백문보의 단호함에 고태도 어쩔 수 없이 출행을 포기했다.

"부리!"

백문보가 제자 부리를 불렀다.

"예, 문주님!"

"새 식구가 왔다. 이름은 시월, 너희들의 막내 사제가 될 것이다. 잘 보살펴 주거라!"

백문보의 말에 소년 부리가 한쪽에 서 있는 시월에게 시선을 돌렸다. 그러고는 반짝이는 눈으로 시월을 보며 말했다.

"안녕, 난 부리라고 한다. 월문의 제자가 된 걸 환영한다. 잘 지내보자."

시원시원한 부리의 인사에 시월이 얼른 고개를 숙이며 대답했다.

"시월이라고 합니다. 잘 부탁드립니다."

"부탁은 무슨, 월문의 제자면 모두 형제인데 당연히 내가 잘해줘야지. 반갑다."

부리가 시월에게 다가가 손을 내밀었다. 그러자 시월이 자신도 모르게 그 손을 잡았다.

부리의 손은 나이답지 않게 단단했다. 큰 것은 아니지만 마른 손임에도 마치 강철 같은 느낌이었다. 고된 수련을 통해 소년이지만 이미 무사의 손을 가지고 있는 부리였다.

"잘 왔다. 월문에 들어온 건 큰 행운이야. 너도 차차 알게 되겠지만."

"이미… 그렇게 생각하고 있어요."

부리의 말에 시월이 얼른 대답했다.

"하긴, 그동안 문주님과 여행을 했다면 문주님과 장로님들이 정말 좋은 분들이란 걸 이미 알았겠구나?"

"예……."

툭!

"이 녀석! 쓸데없는 소리 말고 어서 잠룡동으로 가자."

고태가 부리의 머리를 툭 치며 말했다.

"아얏! 알았습니다. 시월! 가자. 조심해서 날 따라와. 비가 와서 길이 좋지 않으니까."

"알겠어요."

시월이 얼른 대답했다.

그러자 부리가 시월을 데리고 앞서서 협곡을 따라 걷기 시작했다.

"걱정할 일은 없겠지요?"

부리가 시월을 데리고 앞서가자 고태가 그들이 걸어온 산 쪽을 보며 걱정스럽게 말했다.

그러자 백문보가 담담하게 대답했다.

"아이들이 수련한 무공이 어떤 것인지 고 장로도 잘 알고 있지 않은가?"

"그야……."

"그 무공들은 나조차도 두려움을 느끼는 무공들이네. 그 무공들에 깃든 마기와 살기를 본문의 묵천신공으로 억눌렀다고 해도… 그런 무공들은 일 년만 수련해도 제법 쓸 만한 무사가 만들어지지. 더군다나 이 아이들은 내가 천하를 돌며 고른 기재들이네. 그래서인지 지난 몇 년간 내 예상을 훨씬 뛰어넘는 성취를 보였네. 겨우 산적들 따위야……."

백문보가 시월과 부리가 있을 때보다 훨씬 더 강한 자신감을 보였다.

"아이들… 정말 이대로 괜찮을까요? 정말 아이들이 육마의 무공이 가진 마기를 이겨낼 수 있을까요?"

고태가 걱정스러운 표정으로 물었다.

무령산 산적들을 사냥하러 간 것 말고도 다른 걱정이 있는 듯 보였다.

"난 사람의 의지가 육체를 지배한다고 믿는 사람이네. 나 또한 아이들을 위해 많은 준비를 했고. 내가 천하를 돌며 강한 의지를 지닌 아이들을 찾은 이유네. 어느 정도 영향은 받겠지만, 마성에 물든 마인이 되지는 않을 걸세."

"마기는 통제된다 해도, 강한 고수로 성장한 이후에 그 아이들이 월문에 충성을 다할까요?"

"물론 사람은 믿을 존재가 못 되지. 삼십육마의 난이 끝난 후 배신의 절정을 맛보기도 했고. 그래서 절대 월문을 배신하지 않을 사람들로 키우려는 것이네. 아이들을 유검과 차별 없이 대하는 것도 그래서지. 아이들이 유검을 문파의 소문주가 아닌 자신들의 형제로 생각하게 만들 걸세. 또 날 문주가 아닌 아버지로 여기게 만들겠네. 그렇게 되면 아이들은 월문을 위해 무슨 일이든 할 걸세."

백문보가 확신에 찬 말투로 말했다.

"부디 문주님의 계획대로 모든 일이 이뤄지기를 바랄 뿐입니다."

"난 이 일에 모든 것을 걸었네. 육마의 마공을 취하고 그 무공을 제자들에게 가르친다는 것이 세상에 알려지면 월문은… 멸문지화를 면치 못할 걸세. 하지만 그런 모험 없이는 월문을 천문에 이르게 할 수 없어. 그러니 할 수밖에. 일의 성취는 하늘에 맡기고. 물론 아이들의 쓰임은 한계가 있겠지. 영원히 비밀로 하기는 어려우니까."

"그럼……?"

"어쩔 수 없는 일이지. 사냥이 끝나면… 내가 원하는 것은 가장 중요한 한두 번의 사냥. 그걸 위해 십 년을 노력하는 걸세."

백문보가 폭우를 쏟아내는 검은 하늘을 바라보며 말했다.

*　　　　　*　　　　　*

시월을 협곡 안 깊은 곳으로 데리고 간 부리가 절벽 사이로 난 작은 길을 따라 오르기 시작했다.

가파르기는 했지만 말 한 필 정도는 끌고 이동할 수 있는 길이어서 뒤따라오는 백문보와 고태가 낙타를 끌고 오를 수 있는 길이었다.

그렇게 일각 여를 오르자 갑자기 시야가 환하게 트였다.

여전히 폭우가 내리고 있었지만, 절벽이 사라지고 나타난 하늘은 밤을 지나고 아침이 찾아온 느낌이었다.

"여기가 우리가 수련하는 잠룡동이야."

부리가 절벽 중턱에 위치한 반경 십여 장의 공터를 가리키며 말했다.

"잠룡동이라고 해서 전 동굴인 줄 알았는데요……"

예상과 다른 잠룡동의 모습에 당황한 시월이 중얼거렸다.

"물론 동굴도 있지. 저기! 통나무 문 뒤에. 우리도 이런 공터에서 잘 수는 없으니까. 여긴 무공을 수련하고 비무를 하는 곳이야. 따라와."

부리가 시월의 어깨를 툭 치고 시월을 오른쪽 절벽으로 데려갔다.

절벽에 다가서자 투박한 통나무 문이 앞을 막았다. 부리가 통나무 문을 열자 서늘한 한기를 뿜어내는 석동이 나타났다.

"여기가 우리가 생활하는 곳이야. 겉에서 보기에는 이래도 안으로 들어가면 제법 아늑해. 입구는 여기 하나지만 안쪽에는 여러 개의 석실이 있지. 사람이 만든 건 아니고, 자연 동굴이었는데 문주님께서 사람이 살 수 있는 곳으로 만들어주셨어. 수련하면서 지내기에는 안성맞춤이야. 불을 피워도 밖에서 보이지 않고. 들어가자."

부리가 동굴의 서늘함에 주눅이 든 시월을 데리고 동굴 안쪽으로 들어갔다.

부리의 말대로 동굴 안쪽은 겉에서 보는 것보다 훨씬 아늑했다. 화려함과는 거리가 먼, 투박하게 꾸며진 석실들이 원형의 중앙 석실을 중심으로 흩어져 있었고, 중앙 석실에는 수련을 위한 병장기들이 한쪽 벽을 가득 채우고 있었다.

시월과 부리가 석실에 들어온 이후에도 백문보와 고태는 한동안 동굴 밖 공터에 비를 맞으며 머물러 있었다.

"왜 안 들어오시는 거죠?"

시월이 동굴 밖에서 비를 맞으며 서 있는 백문보와 고태를 보며 부리에게 물었다.

"아무래도… 걱정이 되시는 거지."

"그런데 정말 여섯 명이서 서른 명 가까이 되는 산적들과 싸우러 간 거예요?"

시월이 물었다.

"음!"

부리가 고개를 끄떡였다.

"그럼… 아무래도 위험하지 않을까요?"

시월이 두려운 표정으로 다시 물었다.

"난 소문주님과 무광 대사형을 믿어. 두 사람이 있으니까 분명히 이기고 돌아올 거야."

"그렇게 대단하신 분들인가요? 나이도 어린 것 같던데……."

부리의 자신 있는 대답에 시월이 조심스럽게 물었다.

"내가 보기엔 그래. 소문주님은 어려서부터 월문의 가전 무공을 수련해서 이미 뛰어난 검사시고, 무광 대사형은… 뭐, 그야말로 타고난 싸움꾼이니까. 그리고 다른 사형제들도 어려서부터 워낙 고생을 많이 해서 다들 독하게 싸울 수 있는 사람들이야. 산적들 숫자가 많다고 해도 우린 무공을 수련한 사람들이니까. 충분히 이길 수 있을 거야. 솔직히 난 좀 부러워."

부리가 아쉬운 표정을 지으며 말했다.

"월문에 들어오신 지 얼마 되지 않으셨나 보군요?"

시월은 부리가 다른 사람의 무공을 부러워한다고 생각하며 물었다.

그러자 부리가 피식 실소를 흘리며 고개를 저었다.

"내 말을 오해했구나? 사형제들의 무공이 부럽다는 말이 아니야. 무공이라면 나도 다른 사람들에 비해 처지지 않는단 말씀이야. 내가 부러운 것은 이번 출행에 함께 가지 못한 거야. 무광 대형이 잠룡동을 지켜야 할 사람으로 날 지목해서… 사실 그동안 우린 고된 무공 수련을 해왔지만 실전은 해본 적이 없거든."

"그럼 이번이 처음이에요?"

시월이 놀란 표정으로 되물었다.

"음, 그래서 부러운 거야. 사실 무공은 실전을 해봐야 자신의 실력을 정확하게 가늠할 수 있으니까. 그리고 실전을 통해 무공이 비약적으로 발전할 수도 있다고 문주님이 그랬거든. 그래서 아쉬운 거지. 이런 기회를 놓치다니… 에휴!"

부리가 한숨을 쉬며 투덜거렸다.

"무섭지는 않으세요?"

"뭐가?"

"싸우는 거요. 사람을 죽이고 또……."

"…사제는 어떻게 사부님을 만났지?"

부리가 불쑥 시월에게 물었다.

시월이 갑작스러운 질문에 잠시 당황했다가 얼른 대답했다.

"사막 노예시장에 끌려갔는데 절 사는 사람이 없어서 사막에 버려졌어요. 그래서 사막을 건너다 죽기 직전에 문주님께서 구해주셨지요."

"음, 역시 평범한 과거는 아니군. 사실 우리 사형제 모두 막내 사제 이상의 비참한 과거가 있어. 다시는 돌아가고 싶지 않은… 그래서 성정들이 다들 아주 독해. 싸움을 두려워하는 건 우리에겐

사치지."

부리의 말에 시월이 얼른 고개를 끄떡였다. 그 역시 다시 노예상들에게 끌려다니고 싶은 생각은 추호도 없었다.

그런 시월을 보며 부리가 다시 입을 열었다.

"두렵냐고? 물론 두렵지. 사람을 베는 일이 어디 쉬운 일이겠어. 하지만 누군가를 베는 두려움보다 비참한 과거로 돌아가는 게 더 두려워. 그래서 난 우릴 위협하는 적은 가차 없이 베어버릴 거야. 조금의 망설임도 없이!"

그 순간 시월은 다정다감했던 부리의 눈에서 갑자기 튀어나온 살기에 당황했다.

부리의 눈에서 흘러나온 안광은 마치 굶주린 늑대의 그것 같았다.

"……."

시월이 부리의 살기에 겁을 먹은 듯 아무 말도 하지 못하자 부리가 얼른 눈에서 힘을 빼며 멋쩍은 웃음을 흘렸다.

"히… 나도 모르게 흥분했네. 어려서 하도 독한 일을 겪어서인지 그 일을 생각하면 나도 모르게 눈에 힘이 들어가. 놀랐다면 미안해."

"아, 아닙니다. 그러니까… 음… 솔직히 조금 놀라기는 했어요. 겁도 나고요."

"음, 그래? 나쁘지 않네."

"예?"

"누군가를 두렵게 만들 수 있는 눈을 갖는다는 것은 무인으로서는 좋은 일이잖아? 난 그런 사람이 되고 싶어. 상대가 날 보는 것만으로도 두려움을 느끼는!"

"……"

"원래 어떤 싸움이든 기선 제압이 중요하잖아? 어린애들 몸싸움에서도."

"그렇긴 하죠."

시월이 주눅이 든 모습으로 고개를 끄떡였다.

"에이, 그렇다고 사제까지 겁을 먹으면 안 되지. 이제 우린 사형제인데."

"사형제… 예, 알겠습니다, 사형!"

시월이 사형제라는 말이 마음에 드는지 씩씩하게 대답했다.

"그래, 사제. 다시 한번 월문의 제자가 된 걸 환영한다. 잘 지내보자!"

부리가 시월의 어깨에 손을 올리며 말했다.

얼마간 동굴 밖에서 제자들을 기다리던 백문보와 고태도 결국은 비를 피해 동굴 안으로 들어왔다. 이후 지루한 기다림이 이어졌다. 부리가 한 차례 차를 다려 내온 것을 제외하고는 대화조차 거의 없었다.

그리고 시간이 갈수록 동굴 안 분위기는 무거워졌다. 아무리 산적을 치러 간 제자들의 실력을 믿는다 해도 걱정이 되지 않을 수 없는 상황이었다.

그리고 그 걱정은 밤이 찾아오자 더 깊어졌다. 가뜩이나 폭우로 어두워진 하늘은 밤이 되자 한 줌의 빛조차 허락하지 않았다.

석실에 밝혀놓은 등불이 아니라면 시월은 이 어둠의 공포를 이겨내지 못할 것 같았다.

그런데 그렇게 사위가 어둠에 짓눌려 있던 어느 순간 문득 백문보가 입을 열었다.

"오는군."

백문보의 말에 시월과 부리는 물론 장로 고태까지도 자리에서 벌떡 일어났다.

그러나 백문보만큼은 미동 않고 그대로 앉아 있었다.

반면에 부리와 고태는 마음이 급한지 서둘러 동굴 입구로 달려갔다.

시월 역시 덩달아 두 사람을 따라가다가 문득 걸음을 멈췄다. 아무리 사형제가 될 사람들이라도 일면식도 없는 사람들을 마중한다는 것이 어색했기 때문이었다.

그사이 입구로 달려간 부리의 놀란 듯한 외침이 들렸다.

"사제!"

"어떻게 된 것이냐?"

뒤를 이어 고태의 급한 물음도 이어졌다.

"장로님!"

"장로님께서 어떻게……?"

돌아온 월문의 제자들이 고태의 등장에 놀라는 소리가 들린다.

시월이 고개를 빼꼼히 돌려 동굴 입구를 바라봤다. 하지만 동굴 밖 어둠에 가려 돌아온 사람들의 모습이 제대로 보이지 않았다.

"많이 다쳤느냐?"

다시 고태의 목소리가 들렸다.

"죽을 정도는 아닙니다!"

"음… 일단 안으로 들어가자. 문주님을 뵙고 치료를 하자!"

"문… 문주님도 오셨습니까?"

고태가 나타났을 때보다 더 놀란 목소리가 터져 나왔다.

"그래. 오셨다. 그러니 들어가 인사를 드려라."

"…예, 장로님!"

무거운 대답이 들리고 뒤를 이어 동굴 입구를 통해 여러 명의 사람이 밀려 들어왔다.

시월의 눈이 커졌다.

동굴로 들어온 사람들의 모습이 예상보다 처참했기 때문이었다.

빗물에도 씻기지 않은 붉은 피가 옷에 물들어 있었고, 개중 몇은 지저분한 천으로 상처를 감싸고 있었다.

상처를 감싼 천들도 역시 붉은 핏물에 물들어 있었다.

그 모습이 마치 거친 전쟁을 치르고 돌아온 병사들 같아서 시월의 마음을 놀라게 했다.

그런데 놀란 것은 시월만이 아니었다.

동굴로 들어오던 소년들 역시 시월을 발견하고는 놀란 표정을 지었다.

"어?"

"누구……?"

시월을 발견한 소년들이 호기심을 드러내는데 뒤에서 고태의 꾸지람이 들려왔다.

"어허! 어서 문주님께 인사를 드리지 않고!"

고태의 호통에 그제야 소년들이 석실 안쪽에 앉아 있는 백문보 앞으로 다가가 무릎을 꿇고 앉았다. 그리고 그중 한 명이 백문보에게 고개를 숙이며 입을 열었다.

"제자, 무광이 문주님께 인사 올립니다."

"… 누가 다쳤느냐?"

백문보가 무광이란 소년의 인사를 받는 대신 되물었다.

"곽부와 무릉이 제법 다쳤습니다!"

무광이란 소년이 얼른 대답했다.

"음……."

"폐관의 명을 어기고 산을 내려가 사제들을 다치게 했습니다. 벌은 달게 받겠습니다."

무광이란 소년이 다시 한번 고개를 숙이며 말했다. 죄를 청하고 있지만 목소리와 태도에 당당함이 묻어났다.

그러자 그의 곁에서 다른 소년이 입을 열었다.

"아닙니다, 아버님. 무광 형님 잘못이 아닙니다. 제가 출행을 고집했습니다. 제가 벌을 받겠습니다."

백문보를 아버지라 부른다면 그는 백문보의 하나뿐인 아들 백유검이다.

백문보가 서로 자신의 잘못이라고 주장하는 두 소년을 잠시 바라보다가 불쑥 물었다.

"갔던 일은 어찌 되었느냐?"

"무령산의 산적들은 완전히 소탕했습니다. 다만… 사람들을 구하지는 못했습니다, 이미 모두 팔려 가거나 죽어서……."

무광이 대답했다.

"그나마 이겼다니 다행이다. 기왕에 싸우러 나갔으면 반드시 이겨야지. 싸움이란… 승리한 자만이 가치를 찾을 수 있는 일이니까. 고 장로!"

백문보가 고태를 불렀다.

"예, 문주님!"

"곽부와 무릉을 치료해 주시게. 다른 사람들은 피곤할 테니 휴식을 취하고. 몸을 회복한 다음 너희들의 잘못에 어떤 벌이 필요한지 생각해 보겠다. 아! 그 전에 새로운 사제에게 인사들 하거라. 아마도··· 너희들의 마지막 사제가 될 것이다."

백문보가 손으로 시월을 가리키며 말했다.

그러자 일곱 소년의 시선이 일제히 시월에게로 향했다.

제3장
—
수련의 세월

"이름이 뭐야?"

십오륙 세 정도 되어 보이는 소년이 시월에게 물었다. 이미 소년 티를 벗기 시작한 아이다.

시월은 소년이 누군지 알고 있었다. 소년이 대월문의 문주 백문보를 아버지라고 불렀기 때문이었다.

백유검, 백문보의 유일한 아들이다. 그럼에도 다른 제자들과 함께 잠룡동에서 거친 수련 생활을 이어가는 소년이었다.

"시월… 입니다."

부드러운 인상의 백유검이지만, 그래도 첫 만남의 어색함이 있어서 시월이 조심스럽게 대답했다.

"시월… 이름 멋지네. 성은?"

"……"

다시 이어진 백유검의 질문에는 시월이 대답할 수 없었다. 산적들이 고향 마을을 습격한 그날, 이상하게도 자신의 성씨를 잊어버린 시월이기 때문이었다.

"성을 잃은 아이다."

석실이 넓다 해도 시월과 백유검의 대화는 누구나 들을 수 있었다. 그래서 성씨를 묻는 백유검의 질문에 백문보가 시월을 대신해 대답해 주었다.

"아, 그렇구나. 역시 사연이 많다는 거지?"

백유검이 찡긋 미소를 지어 보이며 시월에게 다시 물었다.

그러자 시월이 조심스럽게 고개를 끄떡였다.

"우리 사형제들은 모두 사연이 참 많구나. 안 그래요? 무광 형?"

백유검이 잠룡동의 소년들 중 가장 어른스러워 보이는 소년에게 물었다.

"음."

백유검의 질문을 받은 소년, 소년이라고 부르기에는 지나치게 어른스러워 보이는 소년이 고개를 끄떡였다.

"에이, 무슨 대답이 그렇게 짧아요. 역시 무광 형은 재미가 없어. 그래도 막내 사제인데 인사 좀 제대로 하죠?"

백유검이 무뚝뚝한 무광에게 말했다.

그러자 무광이 고개를 끄떡였다.

"그럴까? 시월이라고? 잘 왔다. 난 무광이라고 해. 환영한다. 잘 지내보자."

무광이라는 소년의 말투는 여전히 무뚝뚝했지만 이상하게도 시월은 무광이란 소년에게 믿음이 갔다.

"시월… 입니다."

무광이 고개를 꾸벅 숙이며 다시 한번 자신의 이름을 말했다.

그러자 시월을 빤히 지켜보고 있던 다른 두 소년이 기다렸다는 듯 다가와 입을 열었다.

"난 소후라고 해."

"난 도원! 잘 왔다, 사제!"

두 소년이 자신들을 소개하자 시월이 연신 두 소년에게 꾸벅 고개를 숙였다.

여전히 조심스럽고 어색한 시월이다. 그러자 백유검이 부드러운 미소와 함께 다시 입을 열었다.

"처음이라 어색하지? 하지만 걱정마. 우리 사형제들은 모두 좋은 사람들이야. 너도 곧 편해질 거야. 물론, 수련은… 극악스럽게 힘들테지만."

백유검이 마지막에 백문보의 눈치를 보며 소리 죽여 말했다. 물론 그러면서도 그의 얼굴에서는 미소가 사라지지 않았다.

"열심히 수련할게요."

시월이 굳은 표정으로 대답했다.

"하하, 긴장하지 말라니까. 힘들어도 재미있는 곳이야. 이 잠룡동은… 그나저나 조금 더 소개를 해야겠지? 부리 사제는 이미 인사를 했을 것이고. 저기 치료를 받고 있는 사제들은 무릉과 곽부 사제야. 무릉 사제는 여기 도원 사제와 쌍둥이 형제고. 그리고, 보통 문파들은 입문한 순서대로 사형제의 서열을 정하는데, 우린 나이로 형, 아우를 정했어. 무광 형이 열일곱으로 가장 나이가 많고,

그다음 나와 소후, 부리가 열여섯으로 동갑이고, 무릉과 도원, 곽부가 열다섯 살이야. 시월 사제는 나이가 어떻게 되지? 음… 내가 보기에는 열 살 전후 같은데."

백유검이 시월의 얼굴과 몸집으로 시월의 나이를 가늠했다.

그러자 시월이 조금 창피한 표정으로 말했다.

"전… 열두 살입니다."

"어? 그래? 생각보다 어리지 않구나?"

"제가… 몸이 작아서……."

시월의 나이 때는 몸집이 작은 것이 부끄러운 일이 된다. 시월 역시 그런 면에선 다른 아이들과 같았다.

특히 노예시장을 거치면서 그의 왜소한 몸집은 더더욱 시월을 주눅 들게 만들었다. 작고 왜소한 몸 때문에 사막의 노예시장에서도 그를 사려는 사람이 없었다.

"몸이 작은 게 창피한 일은 아니야. 왜 주눅이 들고 그래. 여기서 수련을 열심히 하면 너도 단단한 몸을 가지게 될 거야."

백유검이 이번에는 조금 엄한 표정으로 말했다.

"예. 열심히 수련할게요."

시월이 백유검의 마음을 읽고 자신없는 모습을 보이면 안 되겠다는 생각에 얼른 대답했다.

"좋아. 우리 월문의 사형제들은 어떤 어려움도 이겨낼 사람들이야. 너도 잘할 수 있을 거야. 아버님이 널 월문의 막내 제자로 들인 데는 그만한 이유가 있을 테니까. 우리 월문의 제자가 아무나 되는 것은 아니거든!"

용기를 주는 말을 하면서 백유검이 슬쩍 백문보를 바라봤다.

그러자 기다렸다는 듯이 백문보가 입을 열었다.

"사내놈이 말이 많은 것도 좋은 것이 아니다. 그쯤 하고 내게 소개할 사람이 한 명 더 있는 것 같은데."

백문보의 말에 백유검이 아차 하는 표정을 지었다.

"죄송합니다. 그리고 보니 가장 먼저 인사시켜 드렸어야 할 사람을 잊고 있었군요."

백유검이 황급히 자리에서 일어나 그때까지도 석동 입구 근처에서 불안한 표정으로 서 있는 소녀에게로 다가갔다.

"미안해요. 기다리게 해서."

소녀에게 다가간 백유검이 사과를 먼저 했다.

"아, 아니에요. 저야……"

소녀가 시월보다도 더 주눅 든 표정으로 고개를 저었다.

"아버님께 인사를 드려야 할 것 같은데요……"

백유검이 소녀의 마음을 진정시키려는 듯 부드럽게 말했다.

그러자 소녀가 대답했다.

"그렇게 할게요."

대답을 한 소녀가 살짝 입술을 물어 마음을 다잡은 후 당당하게 고개를 들고 백문보 앞으로 걸어왔다. 그리고는 조금 전에 보였던 주눅 든 모습을 얼굴에서 지워 버리고 정중하지만 당당한 표정으로 백문보에게 인사를 했다.

"인사드립니다. 설우담이라고 합니다. 제 고집으로 월문의 제자분들이 다치게 되었습니다. 죄송합니다. 이 은혜는 반드시 갚도록 하겠습니다."

소녀 설우담이 백문보 앞으로 다가와 인사를 하는 순간 석실에 있던 모든 사람들의 시선이 두 사람에게로 향했다.

백문보의 명을 어기고 잠룡동을 나가게 된 이유가 소녀이기 때문이었다.

"…몸이 상하지는 않았느냐?"

백문보가 덤덤한 말투로 물었다.

"예. 저는 괜찮습니다."

백문보의 덤덤한 태도와 자신의 몸 상태를 먼저 물어보는 마음 씀씀이에 안심이 되었는지 소녀 설우담이 차분하게 대답했다.

"일의 전후 사정은 들었다. 네 부모님 일은 유감이구나. 그래. 돌아갈 곳은 있느냐? 이 흥안령을 너 혼자 여행을 할 수는 없고, 갈 곳이 있다면 내가 데려다주마."

백문보가 설우담이 긴장하지 않도록 차분하게 말했다.

"전… 돌아갈 곳이 없습니다."

설우담이 굳은 얼굴로 대답했다.

"그래? 네 부모님께서는 크지는 않지만 작은 상단을 이끌고 있었다고 들었다만, 그럼 본가가 있을 것 아니냐?"

"저희 아버님은 요동의 심양과 서역을 오가면서 장사를 하셨어요. 그래서 본가는 심양에 있었는데, 이번에 아예 서역으로 이주하기로 결정하시어 심양의 가산을 모두 정리하고 떠난 후였습니다. 그래서 저와 어머님도 이번 상행에 동행했던 것인데……"

말을 하다 말고 설우담이 지그시 입술을 깨물었다. 자신의 사정을 말하다 보니 갑자기 부모님을 잃은 슬픔이 밀려든 것 같았다.

"음… 그런 사정이 있었구나. 그럼 이제 어떻게 하려느냐?"

백문보가 다시 물었다.

그러자 설우담이 손으로 눈에 맺힌 물기를 닦아내며 말했다.

"외람되지만 소녀가 월문에 머물 수는 없을지요?"

설우담의 말에 백문보가 뜻밖이라는 듯 되물었다.

"월문에 머물고 싶다고?"

"그렇습니다. 부탁드립니다."

"음… 본문에 대해서 얼마나 알고 있느냐?"

"월문에 대해선 절 도와주신 월문의 무사님들께 어느 정도 들었습니다."

"그럼 월문이 변방의 작은 문파라는 것은 알겠구나?"

"작기는 하지만 강하고 정의로운 무사를 길러내는 문파라고 들었습니다."

"그 말은 월문에 들어와 무공을 배우고 싶다는 뜻이냐?"

"그렇습니다."

설우담이 굳은 얼굴로 대답했다.

"무림은 여자가 살아가기에 좋은 곳이 아니다. 본문 역시 외부에서 여제자는 들이지 않고 있다. 다만 본문에서 태어난 여아들은 어쩔 수 없이 무공을 가르치곤 있다만."

"…그런 전통에 대해서도 들었습니다. 하지만 저로서는… 부디 은혜를 베풀어주십시오."

설우담이 고개를 숙이며 간청했다.

"음… 무공을 배우고 싶다면 여제자를 들여 무공을 가르치는 문파들을 소개해 줄 수 있다. 물론 화산이나 아미처럼 대단한 문파들은 아니지만 그래도 네가 몸을 의탁하기에는 부족함이 없는 문파들이 있긴 하다만……."

"…월문에서는 안 되는 것입니까?"

설우담이 실망한 표정으로 되물었다.

"왜 월문을 고집하는 거냐? 내가 소개해 주는 문파들은 월문 이상의 무공을 가르쳐 줄 수 있는 곳들인데. 여문도들이 많아 외롭지도 않을 것이고……."

백문보의 월문을 고집하는 설우담이 이해가 되지 않은 듯 물었다.

"돌아가신 아버님께서 말씀하시길, 본래 사람은 신뢰하기 어려운 존재라고 하셨지요. 그래서 장사를 하는 사람은 상대가 하는 말의 절반만 믿어야 한다고 하셨습니다."

"그래서?"

백문보가 설우담의 말에 관심을 보였다.

"그런데 월문의 무사님들은 생면부지인 제 어려움을 들으시고, 의(義)를 위해 검을 드셨습니다. 그것도, 아직은 어린 무사님들께서요. 그리고 산적들을 상대하실 때는 두려우실 텐데도 마치 두려움을 느끼지 못하는 분들처럼 용맹하게 싸우셨습니다. 그때 느꼈습니다. 이분들은 절반이 아니라 전부를 믿어도 되겠다고, 그래서……."

"음… 그리 싸우더냐?"

백문보가 만족한 표정으로 설우담에게 다시 물었다.

"예, 심양에서 무사들 간의 싸움을 종종 구경했고, 상단을 따라오며 규모가 작은 산적들과 실랑이도 있었습니다만, 여기 계신 월문의 무사님들처럼 용맹하게 싸우는 사람은 처음 보았습니다. 그래서 저도 그런 무사가 되고 싶습니다."

"음……."

백문보가 설우담의 말에 말없이 고개를 끄떡이며 고민에 들어갔다.

그러자 백유검이 얼른 입을 열었다.

"아버님, 설 소저의 청을 받아주세요. 어머님께서도 항상 여제자가 없음을 서운해하셨지 않습니까?"

"본문의 전통이란 것이 있다. 본문은 친족이 아닌 이상 여아를 제자로 들이지 않는다는 것을 알고 있지 않느냐?"

"그렇긴 하지만 특별한 인연은 예외를 둘 수도 있지 않겠습니까?"

"특별한 인연이라······."

백문보가 백유검이 한 말을 중얼거렸다.

그러자 부상당한 제자들의 치료를 마친 장로 고태가 입을 열었다.

"일단 설 소저를 본가로 데려가서 주모님께 결정을 맡기시는 것이 어떻겠습니까?"

"···고 장로도 그리 생각하는가?"

"비록 여자라고는 해도 좋은 인재를 놓치는 것은 아쉬운 일이지요. 문주께서도 설 소저가 특별한 인재라는 것을 이미 알아보셨으리라 생각합니다. 이 늙은이 눈에도 보였으니까요."

고태가 가볍게 미소를 지으며 말했다.

그는 백문보가 특별한 무재를 지닌 인재에 대해 늘 관심을 보이는 것을 알고 있었다.

만약 설우담에게서 그런 자질을 발견하지 못했다면, 백문보는 설우담이 아무리 간청을 해도 고민하지 않고 설우담의 청을 거절했을 것이다.

"후후, 고 장로에게는 마음을 속일 수 없군. 좋다. 일단 나와 함께 본가로 가자. 가서 내 안사람에게 널 맡기겠다. 널 월문의 제자로 들이고 안 들이고는 그 사람이 결정할 것이다."

"감사합니다, 문주님!"

설우담은 이미 입문을 허락받은 것처럼 미소를 지으며 고개를 숙였다.

"후후, 이미 결정되었다고 생각하나 보군. 하긴… 그 사람은 유검의 청이라면 널 제자로 들이는 것을 거절하지 않을 것이다."

"월문을 위해 모든 노력을 다하겠습니다."

"그래. 부디 좋은 제자가 되어다오. 그만 쉬거라."

백문보의 말에 설우담이 다시 한번 고개를 조아린 후 밝은 얼굴로 월문의 제자들이 모여 있는 곳으로 물러났다.

그러자 소년 무사들이 설우담을 둘러싸고 축하의 말을 건네기 시작했다.

그 모습을 보고 있던 백문보가 장로 고태에게만 들리는 나직한 말투로 말했다.

"운이 좋군."

"어느 쪽이 말입니까?"

"둘 다. 나야 특별한 자질을 지닌 제자를 얻어서 좋고, 저 아이는 이유도 모르고 죽을 죽음의 위기에서 벗어났으니 좋고……."

"사실은 그래서 저 역시 저 아이를 제자로 들일 것을 청한 것입니다. 잠룡동의 비밀을 지키기 위해 저 아이를 죽이는 것보다는 제자로 들이는 게 나으니 말입니다."

고태가 말했다.

"나도 그렇게 생각했네. 아이들의 수련을 끝날 때까지는 가급적 피를 보는 일은 없이 하고 싶어서. 가뜩이나 마(魔)기를 빌어 시작한 일인지라……."

백문보가 무겁게 말했다.

   *   *   *

소년들은 단 하루만 같이 지내도 금세 친구가 된다.

나이가 들면 타인에 대한 경계심도 강해져서 누군가와 쉽게 친해질 수 없게 마련인데, 소년들은 그 경계심의 벽이 낮다.

오히려 경계심보다는 호기심이 강해서 잠시만 같이 있어도 마치 오래 알고 지낸 사람처럼 친숙해지게 마련이었다.

그건 마적에게 부모가 죽고, 노예시장으로 끌려다니다가, 죽음을 무릅쓰고 맨몸으로 사막을 횡단한 시월 역시 마찬가지였다.

시월 역시 처음의 어색함과 경계심은 금세 사라지고 월문의 어린 제자들과 자기도 모르는 사이에 친숙해졌다.

그리고 며칠이 지나지 않아 시월은 잠룡동에서 수련하는 여섯 사형제들과 소문주가 어떤 성격을 가지고 있는지, 그들이 어떻게 월문의 제자가 되었는지 자연스레 알게 되었다.

월문의 소문주인 백유검을 제외한 나머지 여섯 명은 모두 시월과 비슷한 방식으로 월문의 제자가 된 사람들이었다.

그중 대사형으로 불리는 무광은 노예시장에서 백문보가 직접 금자를 주고 구해 왔다고 했다.

큰 체격을 가진 것은 아니지만, 뼈가 단단하고, 의지가 강해 노예시장에서도 인기가 많았던 무광을 사기 위해 백문보는 월문의 규모를 생각하면 막대한 금자를 쓴 끝에 무광을 월문의 제자로 만들었다고 한다.

그는 올해 나이 열일곱으로 잠룡동의 제자들 중 가장 나이가 많아 자연스럽게 대사형으로 불리고 있었다.

소후와 부리는 열여섯, 같은 나이였다.

소후는 노예시장에서 탈출해 초원으로 도주하는 와중에 백문보의 구출을 받았다. 그는 선천적으로 강한 다리를 타고나서 노예상들의 추격조차 어렵지 않게 벗어날 만큼 달리기에 능했다.

시월이 잠룡동에 와서 처음 만났던 부리는 초원 유목민 출신이었다.

부리가 속한 부족이 다른 부족과의 싸움에서 패해 죽을 운명에 처한 것을 백문보가 어렵게 구해 월문의 제자로 삼았다.

초원 부족 출신답게 다른 사람에 비해 시력이 서너 배는 좋고, 궁술에 능했다.

나머지 세 명은 모두 열다섯 살로 시월보다 세 살이 많았다.

그중 무릉과 도원은 쌍둥이 형제였다. 두 사람의 부모가 워낙 가난해 자식들을 굶어 죽이지 않기 위해 부유한 상가에 아이들을 맡겼으나, 그 상가에서 노예 취급을 받자 어렵게 도망 나와 구걸을 하며 살다가 백문보의 눈에 들었다.

곽부는 열다섯의 나이에 스무 살 청년의 몸을 가지고 있었다.

아니, 보통 청년보다 더 위압적인 체격을 지녔었다.

당연히 천부적으로 장사인 곽부였다.

무모할 정도의 용기도 가지고 있어서 지난번 무령산 산적과의 싸움에서도 가장 앞장서 산적들과 싸우다가 적지 않은 부상을 입기도 했다.

그렇게 여섯 명의 소년들은 각자 녹록지 않은 사연을 가지고 월문의 제자가 되었고, 월문의 문주 백문보가 탐낼 만한 자질들을 가지고 있었다.

그런데 각자 특별한 과거와 성격을 가진 그들이 한 가지에 있어서만큼은 한 사람처럼 같은 마음을 가지고 있었다.

그건 바로 월문과 문주 백문보에 대한 충성심이었다.

"사실 처음에는 나도 믿지 않았어. 어떻게 믿을 수 있겠어. 노예로 팔려 나온 아이를 정식 제자로 들여 가문의 무공을 전수하겠다는 말을 말이야. 더군다나 당신의 자식과 차별 없이 대하시겠다는 말씀도 지나치다고 생각했지."

절벽 아래쪽에 있는 작은 샘에서 물을 뜨며 소후가 말했다.

잠룡동은 동굴이지만 절벽 중턱에 있어서 식수가 없었다. 그래서 월문의 소년 제자들은 하루에 한 번 절벽 아래로 내려와 물을 길어 가야 했다.

오늘은 소후과 시월이 물을 길어 가는 날이었다.

"전 사실… 지금도 정말 그럴까 하는 생각이 있어요. 문주님을 의심하는 것은 아니지만……."

시월이 조심스럽게 말했다.

"그래, 그럴 거야. 하지만 시간이 지나면 알게 돼. 문주님은 정말 진심으로 우리를 월문의 식구, 아니, 당신의 자식들로 생각하신다는 것을……."

"그게… 가능한 일인가요?"

"음, 나도 처음에는 왜 그렇게까지 하시나 이해할 수 없었지. 하지만 이 무림이라는 세계는 내가 알던 세계와는 좀 다르더라고."

"어떻게요?"

시월이 호기심을 드러내며 물었다.

"그러니까. 무공 전수를 통해 맺어지는 스승과 제자의 관계가 부자 관계와 다를 바가 없는 세계랄까. 물론 조금 과장해서 말하자면 말이야. 그중에서도 우리 월문은 조금 더 강한 결속력을 가진 문파이고."

"……."

"물론 이것만으로는 설명이 되지 않겠지? 사실 문주께서 우릴 자식처럼 대해주시는 것은 우리에 대한 기대가 크기 때문이야."

"기대요?"

"응, 문주께서는 우리 사형제들이 유검 소문주님을 도와서 월문을 무림에서 가장 강한 문파, 그러니까 구대천문에 버금가는 문파로 만들길 바라신다고 하셨어."

"구대천문이요?"

"들어봤지?"

"문주께서 말씀해 주셨어요. 우리 월문은 천문과 장문 아래에 위치한 삼십육방문의 일원이라고……."

시월이 대답했다.

"그럼 월문이 사실은 십팔장문 정도에는 속해야 하는 문파라는 건 알아?"

"아뇨. 그건 듣지 못했는데……."

"몇 년 전에 무림에 삼십육마라는 무림 역사상 최악의 마인들이 등장했어. 그들의 잔혹함은 이루 말할 수가 없었다고 해. 그래서 의천무맹에서 토벌대를 만들었고, 각 문파는 자파에서 가장 뛰어난 고수들을 토벌대에 파견했지. 우리 월문에서는 문주께서 직접 참여하셨고."

"그래서요?"

어린 나이에는 싸움 이야기처럼 재미있는 이야기가 없다. 시월이 소후의 말에 깊은 관심을 보였다.

"근 삼 년 넘게 걸린 토벌전 끝에 삼십육마 중 단 아홉 명만이 살아서 새외로 도주를 했다 해. 그때 문주께서도 삼십육마 중 한 명인 유령마 단석괴를 베셨어."

"와!"

시월이 놀란 표정으로 탄성을 흘렸다. 백문보가 월문이 변경의 작은 문파라고 해서 그런 줄만 알았는데, 삼십육마 중 한 명을 벤 문파라니 놀라지 않을 수 없었다.

"당시 구대천문의 고수를 제외하고, 나머지 문파 중에서 삼십육마 중 한 명이라도 벤 곳은 다섯 손가락 안에 꼽는다고 해. 그중 하나니까 월문은 의천무맹에서 천문은 몰라도 장문에는 당연히 속했어야 하지. 그런데 삼십육마를 벤 다른 문파는 모두 장문 이상의 지위에 올랐는데 월문만 제외되었어."

"아니, 왜요?"

시월이 따지듯 물었다.

"북동 변방 무림에서 월문을 대신해 해산 이하장이 십팔장문이 되었는데, 이하장과 구대천문 중 하나인 평산 철혈가가 사돈이었다고 하더라고."

"아무리 그래도……."

"무림이 그런 거지. 아니, 세상이 다 그렇지, 뭐. 사제도 알다시
피 힘 센 놈 맘대로 하는 거지. 구대천문의 문주들이 그리 결정했
으니 문주님도 어쩔 수 없었다고 해. 그때 문주께서 결심하셨다고
해. 월문을 구대천문조차 무시할 수 없는 강한 문파로 만드시겠다
고. 그리고 우리는 그런 문주님의 꿈을 실현해 줄 제자들인 거고.
그러니까 문주님께 우린 무척 소중한 존재인 거지. 뭐, 꼭 그래서
문주님이 우릴 잘 대해주시는 것은 아니겠지만."

"맞아요. 문주님은 본래 훌륭한 인품을 가지고 계셔서 저흴 거
둬주신 걸 거예요."

시월은 자신을 단지 백문보의 꿈을 위한 도구쯤으로 여기고 싶
지는 않았다. 그리고 그건 소후도 마찬가지였다.

"그래. 문주님은 그런 분이지. 그래서 더더욱 난 문주님의 꿈을
실현시켜 드리고 싶어. 열심히 수련해서 월문을 세상에서 가장 강
한 문파로 만드는 거지. 우리 사형제들은 모두 그런 생각을 하고
있어."

"…저도 그렇게 할 겁니다."

시월이 다부지게 대답했다.

"하하하, 그래, 사제. 우리 한번 해보자. 우리 사형제들의 과거
야 노예로 팔려 다니는 비참한 것이었지만, 미래는 달라야지. 월문
이 강해지면 우리도 강해지는 거니까."

"알았습니다, 사형!"

시월이 얼른 대답했다.

"자, 그럼 이제 올라가 볼까? 물통이 제법 무거워서 힘들지만 이 것도 근력과 인내심을 기르는 수련의 한 방편이니까 참고 가야 해."

"알겠습니다, 사형!"

시월이 씩씩하게 대답하고는 먼저 물지게를 지고 일어섰다.

그리고 잠시 기우뚱거리다가 얼른 중심을 잡고 절벽 사이로 난 길을 걸어 오르기 시작했다.

"조심해! 넘어지면 다시 내려와서 물을 길어야 하니까!"

시월의 뒤를 따라가면서도 소후가 소리쳤다.

*　　　　*　　　　*

백문보와 고태는 대략 보름 정도 잠룡동에 머물렀다.

잠룡동에 머무는 동안 그들은 어린 제자들의 무공을 살펴보고 부족한 점을 세심하게 지도했다.

그리고 보름째가 되자 소녀 설우담을 데리고 잠룡동을 떠났다.

"석 달 뒤에 삼장로께서 오실 거다. 삼장로의 성품은 너희들도 잘 알 테니 수련을 게을리하지 말거라."

잠룡동을 떠나면서 백문보가 제자들에게 남긴 말이었다.

그런데 그 말을 들은 소년들의 얼굴에 갑자기 긴장감이 감돌았 다. 그리고 백문보와 고태 등이 절벽 아래로 내려가자 갑자기 소후 가 걱정스러운 표정으로 중얼거렸다.

"큰일 났네. 삼장로께서 오시면 얼마간은 죽었다고 생각해야 할 텐데."

"그러게 말이야. 아이고, 벌써부터 오금이 저린다."

부리가 고개를 저으며 중얼거렸다. 그리고 정말 다리에 힘이 빠졌는지 공터 한쪽에 있는 돌의자에 털썩 주저앉았다.

그렇다고 부리가 엄살을 피우는 것 같지는 않았다. 다른 소년들 역시 걱정하는 기색이 역력해 보였다.

"삼장로님이 어떤 분이신데요?"

시월이 소년들에게 물었다.

그러자 백유검이 시월을 보며 대답했다.

"그리고 보니 시월 사제는 삼장로님을 뵌 적이 없구나. 그럼… 흐흐, 마음 단단히 먹어라. 삼장로님은 처음 만났다고 해서 사제를 봐줄 사람이 아니니까."

"그럼 그럼, 삼장로님이 어떤 분인데. 처음 만났을 때 난 절벽 길을 장장 반나절 동안 쉬지 않고 오르내렸다니까."

소후가 고개를 끄떡이며 맞장구를 쳤다.

그러자 곽부가 손을 저으며 소리쳤다.

"하이고! 사형, 그건 약과지요. 난 도끼 하나가 아작 날 때까지 절벽에 동굴을 팠다고요. 젠장! 시월 사제, 저기 저 동굴 보이지?"

곽부가 손을 들어 남쪽 절벽에 파인 제법 큰 동굴을 가리켰다.

"설마 저걸 사형이 팠다고요?"

시월이 믿을 수 없다는 듯 물었다.

"이것 봐. 누구도 믿을 수 없는 일을 시킨다니까. 삼장로님은."

곽부가 투덜거렸다.

그러지 무광이 진중하게 말했다.

"하지만 그래서 사제의 무공이 크게 늘었지. 사제의 부법이 지금처럼 발전하는 것은 삼장로님의 특별한 가르침 때문이란 걸 부인할 수 없잖아. 그러니까 불평들 그만하라고."

"그야, 뭐… 대사형 말이 맞긴 하지요. 덕분에 지금은 이 도끼가 내 팔처럼 느껴지니까요."

웅웅!

곽부가 손에 들고 있던 도끼를 나뭇가지 휘두르듯 가볍게 휘둘렀다.

"정말 그렇게 호된 수련을 거치고 나면 우리 무공이 한 단계씩 진보하기는 했어요."

부리가 고개를 끄떡였다.

"아아, 그래도 난 이번에는 좀 조용히 넘어가 주시면 좋겠어."

백유검이 두 손을 들고 고개를 저으며 말했다.

"하하하, 우리 소문주께서도 삼장로님께 제법 괴롭힘을 당하셨지요?"

소후가 웃으며 물었다.

"내가 제일 심하게 당했지. 그때마다 이놈의 소문주 자리 당장 때려치우고 싶었는데, 외동아들이니 그럴 수도 없고. 무광 형! 차라리 형이 아버님 후계자가 되는 게 어때요?"

백유검이 무광을 향해 소리쳤다.

"소문주도 참, 내가 왜 그런 골치 아픈 일을 합니까? 그리고 월문은 누가 뭐래도 백씨의 가문입니다. 사람들이 백가장이라고도 부르잖습니까. 그러니까 다른 사람에게 짐을 지울 헛된 꿈은 버리시고, 조금이라도 더 수련에 힘쓰는 게 그나마 제일 좋은 방법입니다. 자! 수다 그만 떨고 수련들 하자!"

무광이 사제들을 보며 말했다.

"에이, 그럽시다. 그나마 그게 삼장로님께 조금이라도 덜 괴롭힘을 당하는 유일한 방법이니까요!"

백유검이 어쩔 수 없다는 듯 검을 뽑아 들고 공터 한쪽으로 걸어가며 소리쳤다.

*   *   *

시월은 한동안 주눅 들어 있었다.

사형제들이 그를 무시하거나 거칠게 대해서가 아니었다. 오히려 잠룡동의 소년들은 시월을 친동생처럼 살갑게 대했다. 말은 부드러웠고, 잠룡동 생활에 불편함이 없는지 수시로 챙겨주었다.

그래서 시월은 자신이 정말 새로운 가족을 만났다는 것을 실감하고 있었다. 그럼에도 그가 주눅이 든 이유는 사형제들의 무공 때문이었다.

잠룡동의 소년들은 길게는 삼 년, 짧으면 일 년 정도의 무공 수련 기간을 가지고 있었다.

그런데 그들의 무공은 마치 수십 년 동안 무공을 수련한 사람들처럼 강렬했다.

특히 비무를 할 때면 그 격렬함에 가슴이 떨릴 정도였다.

비무에서 임하면 잠룡동 소년들은 상대가 사형제가 아니라 불구대천의 원수인 것처럼 강하게 격돌했다.

그 때문에 크고 작은 부상을 입는 경우가 허다했다. 그러나 누구 하나 비무의 격렬함을 두고 불평을 하는 사람은 없었다.

그들은 마치 그 비무가 밥을 먹거나 얼굴을 씻는 것 같은 일상적인 일처럼 해내고 있었다.

그런 소년들의 고된 무공 수련을 본 시월이 무공이라는 것을 이제 막 수련하기 시작한 자신에 대해 의기소침해지는 것은 당연했다.

사형제들과 자신의 실력 차이가 하늘과 땅만큼 벌어져서 도저히 따라잡을 수 없을 것처럼 느껴지기도 했다.

그래서인지 시월의 무공 수련은 무척 소극적이었다. 가급적 사형제들의 시선이 닿지 않는 곳에서 도둑질을 하듯 조심스럽게 무공을 수련하는 시월이었다.

그리고 그런 시월을 대사형 무광과 소문주 백유검이 유심히 지켜보고 있다가 어느 날 결국 시월을 불렀다.

"시월! 이리 좀 와볼래?"

그날도 절벽 사이 공터 한쪽 구석에서 조용히 묵천금강공을 수련하고 있는 시월을 백유검이 소리쳐 불렀다.

"예, 소문주님!"

시월이 도둑질을 하다 들킨 사람처럼 급히 대답하고는 서둘러 백유검 앞으로 다가갔다.

"잠깐 앉아봐."

백유검의 말에 시월이 백유검의 맞은편 돌의자에 조심스럽게 앉았다.

그러자 다른 쪽에서 무공을 수련하던 무광도 두 사람 옆으로 다가와 자리를 잡고 앉았다.

"시월, 넌 우리 사제이고 형제야."

"…감사합니다."

"아니, 고마워해야 할 일이란 게 아니야. 형제끼리는 그런 말 하는 게 아니야."

백유검이 고개를 저으며 말했다.

"죄, 죄송합니다."

시월이 더욱 더 주눅이 든 표정으로 말했다.

그런 시월을 보며 백유검이 한숨을 쉬었다. 그러고는 다시 입을 열었다.

"사제, 사제가 뭘 잘못했다고 그런 말을 해. 사제가 잠룡동에 온 이후 우리에게 잘못한 일이 있어?"

"……."

시월이 백유검의 말에 쉽게 대답하지 못했다. 사실 잠룡동에서 지낸 이후 시월이 특별하게 잘못한 일은 없었다.

"없잖아. 열심히 물을 길어 오고, 청소하고, 조용히 수련했지. 오히려 우리에게 많은 도움을 주었다고. 그런데 왜 그렇게 의기소침한 거야. 사제를 부른 건 그것 때문이야. 우리가 사제에게 실수한 게 있나 싶어서."

"그, 그건 아닙니다."

시월이 얼른 고개를 저었다.

"그럼 왜 그렇게 주눅이 들어 있는 거지? 마치 있지 말아야 할 곳에 있는 사람처럼?"

백유검이 부드럽지만 진지하게 물었다.

그러자 시월이 망설이다가 대답했다.

"그게… 사형들의 무공 수련을 보고 나니, 제가 너무 초라하게 느껴져서요. 전 사형들만큼 재능이 없는 것 같기도 하고요. 도저히 사형들 같은 사람이 될 수가 없을 것 같아요. 그래서… 자격이 없는데 월문의 제자가 된 게 아닌가 해서……."

"하하! 역시 그렇구나. 형님, 제가 이겼죠?"

백유검이 갑자기 웃음을 터뜨리며 무광에게 말했다.

"음, 내가 졌군요."

무광이 덤덤하게 대답했다.

"내기는 내기니까 나중에 제 부탁을 세 번 들어주세요."

"그렇게 하지요."

무광이 순순히 백유검의 말에 동의했다.

"자, 내기에서 이겼으니 좀 더 가벼운 마음으로 대화를 해볼까, 사제."

백유검이 다시 시월을 불렀다.

"예, 소문주님!"

"아이들이 대체로 언제부터 걷지?"

"예?"

백유검의 말뜻을 이해하지 못한 시월이 되물었다.

"갓난아이들 말이야. 언제쯤부터 서고 걷지?"

"…잘 모르겠습니다."

"음… 대체로 한 돌, 그러니까 태어난 지 열두 달이 지날 무렵부터 서기 시작한 후에 빠르게 걷는 법을 배워. 그 전에는 누구나 일 년 정도 걷지 못한단 말이지. 물론 조금 빠른 아이도 있고 느린 아이도 있지만 처음부터 걷는 아이는 없어. 무공도 마찬가지야. 무공에 처음 입문한 사람에게는 무공 그 자체에 익숙해지는 시간이 필요해. 그 이후에야 제대로 무공을 수련할 수 있는 거야.

사제는 지금 아직 걷지 못하는 아이와 같은 시기야."

"……."

백유검의 말에 시월이 말없이 고개를 끄떡였다.

그러자 이번에는 무광이 입을 열었다.

"우리 모두 사제와 같은 시기를 거쳤다. 처음 일 년 정도는 내가 뭘 하고 있는지 모르면서 문주님이 시키신 대로 수련을 했지. 그리고 일 년쯤 지나 단전에 내공이 깃들고 손에 검이 익숙해지자, 검이란 물건이 마구잡이로 휘두르는 것이 아니라는 것을 느끼게 되었지. 그때부터 본격적인 무공 수련이 시작된 거야. 내가 하는 수련이 뭘 위한 것인지 명확한 목표가 보이기 시작하는 것도 그쯤이야. 그때부터 이전과는 다른 수준의 성취를 얻게 돼. 걷게 되면 곧 뛰게 되는 것처럼."

무광의 말에 시월이 다시 고개를 끄덕였다.

무공에 대해 자신이 너무 성급하게 생각하고 있었다는 것을 깨달은 것이다.

처음부터 하늘을 나는 새는 없다. 깃털이 자라고 뼈가 강해져야 새도 하늘을 날 수 있는 것이다.

"우리 사형제들 중 누구도 사제를 비웃거나 무시하지 않아. 우리 모두 그런 과정을 거쳤으니까. 그러니까 뒤로 물러나지 말고 앞으로 나서서 당당하게 수련해. 궁금한 것은 꼭 물어보고. 사형들이 있어 좋은 점은 그런 거 아니겠어? 모르면 물어볼 사람이 있다는 거."

"알겠습니다."

시월이 한층 밝아진 얼굴로 대답했다. 무광의 충고에 마음이 한

결 편해진 듯했다.

"앞으로는 절대 어떤 일에도 주눅 들지 마. 사실 무공은 사람마다 차이가 있을 수밖에 없어. 같은 무공을 수련해도 자질에 따라 성취가 다르니까. 하지만 그렇다고 월문 제자로서의 자부심을 잃으면 안 되지. 월문 제자는 항상 당당해야 해. 알았지?"

무광이 약속을 받듯 물었다.

"알겠습니다."

시월이 얼른 대답했다.

"좋아. 사형들의 충고를 이해해 주니 고맙다. 그런 의미에서 사제에게 선물을 주지."

"선물… 이요?"

뜻밖의 말에 시월이 되물었다.

"사제가 수련에 좀 더 몰두할 수 있게 해주겠다는 거야. 수련 속도도 좀 더 높일 수 있을 것이고. 내일부터 무조건 나와 반 시진씩 비무를 한다!"

"와! 그건 너무하는 거 아니에요? 대사형!"

멀리서 부리가 소리쳤다.

"맞아. 막내 사제만 너무 예뻐하시는 거 같아!"

"맞아, 맞아. 막내만 편애하시는 거야."

무광의 말에 시월이 대답하기도 전에 여기저기서 소년들의 불만이 쏟아졌다.

그런 사형제들의 반응에 시월이 당황한 표정을 지었다. 그러자 백유검이 웃으며 말했다.

"하하, 사제, 이 반응이 이해가 가지 않지? 하지만 사실 이건 무광 형님이 대단한 선물을 준 거야. 사실 무공을 배우는 방법 중에서는 비무가 제일이거든. 물론 실전은 그보다 더 낫지만 지금 실전을 할 수는 없으니까. 무광 형님과 하루에 반 시진 비무를 하면 사제 혼자 수련하는 것보다 서너 배는 빠르게 무공을 배울 수 있을 거야."

"그, 그런가요?"

시월이 기쁜 얼굴로 되물었다.

"그럼, 더군다나 무광 형님의 성하검은 아버님도 인정하시는 수준이니까. 사제도 성하검의 기본은 배웠지? 성하검은 본문을 대표하는 검법이니까."

"예."

시월이 고개를 끄떡였다.

"그래, 그럼 아주 좋은 사부를 만난 거야. 아버님과 장로님들께서 성하검에 더 정통할 수는 있어도, 비무를 하면서까지 사제를 가르치시지는 않으니까. 솔직히 나도 좀 부럽다."

백유검이 정말 부러운 얼굴로 말했다.

"소문주님은 어려서부터 성하검을 수련하지 않으셨나요? 그럼 이미……."

시월이 물었다.

"성하검을 모르는 것은 아니지만, 내가 수련한 검은 본문의 문주에게만 전해지는 만월검이야. 기본은 비슷하지만 성하검과는 좀 다른 검법이지."

"아, 그렇군요."

시월이 그제야 백유검이 다른 사형제들과는 다른 신분의 사람임을 떠올리고는 고개를 끄떡였다. 사실 그동안 백유검과 사형제들이 스스럼없이 지내다 보니 그가 대월문의 후계자임을 종종 잊을 때가 있었다.

"소문주님께 도움을 받는 것도 나쁘지 않아. 무공에 대해선 우리 중에서 가장 박학다식하시니까. 무공 수련에서 시간의 힘은 무시할 수가 없다. 그런 면에서 소문주의 무공에 대한 지식은 무림 일류고수들을 능가하지. 어려서부터 무공을 배웠으니까. 나야 이제 겨우 삼 년이 조금 넘었고."

무광이 담담하게 말했다.

"형님도 참, 무슨 말씀을 그렇게 하세요. 형님의 자질이 얼마나 뛰어난지 모르는 사람이 없는데. 아버님도 항상 미안해하셨잖아요. 형님이 월문이 아닌 다른 대문파의 제자가 되었으면 미래에 강호십대고수에 꼽히는 고수가 되었을 거라시면서."

"후후, 그야 문주께서 내 기를 살려주기 위해서 하신 말씀이지요. 강호십대고수가 아무나 되는 것은 아니지요. 하지만 사람은 꿈을 크게 갖는 게 좋으니까 우리 모두 강호십대고수가 되는 것을 목표로 수련하는 것도 나쁘지는 않겠죠."

"하하하! 그렇긴 하죠. 사내가 야망이 있어야지. 강호십대고수라… 여기 있는 사람들이 모두 강호십대고수가 되면 월문이 강호십대고수 중 여덟 명을 배출하게 되는 거니까 당연히 강호제일문이 되겠군요."

멀리서 곽부가 날이 넓은 도끼를 어깨에 걸쳐 메며 소리쳤다.

"강호제일문! 듣기만 해도 소름이 쫙 끼친다. 생각만 해도 참 멋진 일이야. 정말!"

부리가 입맛을 다시며 중얼거렸다.

"자, 그렇게 되려면 게으름 피워선 안 되겠지? 수련을 시작하자."

무광이 사제들을 돌아보며 소리쳤다.

"예, 대사형!"

무광의 말에 잠룡동의 소년들이 일제히 대답을 하고 다시 무공 수련을 시작했다.

그러자 무광이 시월을 보며 말했다.

"사제, 나와 비무를 통해 검법을 수련하는 것을 행운으로만 생각하면 안 돼."

"……?"

"난 아무 엄한 사부가 될 거야. 사제가 비무 수련을 포기하겠다고 말하고 싶을 만큼."

"아뇨. 전 절대 포기하지 않을 겁니다."

시월이 다부진 표정을 말했다.

"그러길 바란다. 하지만 정말 쉽지 않을 거야. 난 사정을 봐주지 않을 테니까."

"걱정 마십시오. 문주님께서 그러셨어요. 제가 다른 아이들에 비해 체구도 왜소하고 근골이 강한 것도 아닌데 월문의 제자로 선택한 이유가 있다고요. 그건 어떤 고난도 견뎌낼 수 있는 오기와 끈기 때문이라고 하셨어요. 전… 견디는 데는 자신 있어요."

"그런 말씀을 하셨어? 좋아, 그럼 내일부터 사제의 끈기를 시험해 보지."

무광이 살짝 미소를 지으며 말했다.

*　　　　　*　　　　　*

　무광은 약속대로 시월과의 비무 수련을 시작했다.

　정확하게 하루에 반 시진, 그 반 시진 동안 무광은 시월과 목검으로 비무를 했다.

　사실 비무라고는 하지만 처음 며칠 동안은 검을 잡는 자세나, 기수식 그리고 성하검의 원리와 기본 움직임을 몸으로 가르쳐 주는 시간이 대부분이었다.

　본격적인 비무는 시월이 성하검법의 초식들을 그런대로 흉내 낼 수 있게 되었을 때부터 시작됐다.

　그리고 그 순간부터 비무는 정말 무광의 약속대로 시월에게 엄청난 인내심을 요구했다.

제 4장

—

사냥의 세월

타타탁!

"흐읍!"

주르륵!

시월의 몸이 대여섯 걸음 뒤로 주룩 밀려났다.

"후욱! 후욱!"

뒤로 밀려난 시월이 목검을 들어 가슴을 막으면서 심호흡을 했다.

시월의 몸은 만신창이가 되어 있었다. 무복은 넝마처럼 찢어져 있었고, 그 안쪽의 팔에는 목검에 긁혀 피가 난 흔적과 멍 자국이 가득했다.

그러나 그럼에도 불구하고 시월의 눈은 두려움 없이 대사형 무광을 응시하고 있었다.

들고 있는 목검 또한 전혀 흔들리지 않았다.

"더 할 수 있겠어?"

무광이 만신창이가 된 시월을 보며 물었다.

"예, 사형! 멀쩡합니다!"

전혀 멀쩡해 보이지 않는 시월이 씩씩하게 대답했다.

"힘들면 좀 쉬었다가 하든지. 상처도 치료하고."

"아닙니다. 긁힌 정돈데요. 치료할 것도 없습니다."

시월이 고개를 저으며 말했다.

"후우… 좋아. 수련 중에 그 정도 상처는 늘 있는 거니까. 다시 간다!"

"예, 사형!"

시월이 목검을 재차 부여잡으며 씩씩하게 소리쳤다. 그런 시월을 향해 무광이 매섭게 목검을 찔러 넣었다.

파파팟!

"핫!"

매서운 무광의 공격을 시월이 비 오듯 땀을 흘리며 막아냈다.

그러나 무광의 검술이 워낙 뛰어나서 서너 번 공격하면 한 번은 반드시 시월의 몸에 목검이 닿았다.

그럴 때마다 시월의 옷이 찢겨 나가고, 몸에 멍이 들었다. 그러나 시월은 결코 비무를 포기하지 않았다.

무광의 공격을 검으로 막지 못하면 땅을 뒹굴면서라도 피하려 했다. 그리고 그조차 안 되면 몸으로라도 무광의 목검을 막으며 자신의 검을 뻗어냈다.

시월의 비무는 예정 시간보다 일찍 끝나는 경우가 없었다. 시월은 무광이 허락해 준 반 시진의 비무를 모두 채워야지만 목검을 내려놓곤 했다.

그런 시월의 비무는 독한 수련에 익숙한 월문 소년 제자들조차 혀를 내두르게 만들었다.

"저러다 정말 큰일 한번 나지 싶다."

비슷하게 생긴 두 소년이 팔짱을 끼고 시월의 비무를 보며 서 있었다. 걱정스러운 말을 내뱉은 사람은 그중 한 명이었다.

두 소년은 쌍둥이 형제가 함께 월문의 제자가 된 무릉과 도원이었다. 시월을 걱정한 사람은 그중 도원이었다.

"설마 대사형이 막내 사제를 죽이기야 하겠어?"

무릉이 고개를 저으며 말했다.

"누가 죽인대? 자칫하면 큰 부상을 입을 수도 있다는 거지. 대사형의 공격도 처음과는 달라. 요즘 들어 무척 날카롭다고. 마치 정식으로 비무를 하는 것처럼."

"그렇긴 하지. 그것참 볼수록 이상한 녀석이야."

무릉이 머리를 긁적이며 말했다.

"막내 사제?"

"응. 무너질 듯 무너질 듯 하면서도 무너지질 않네. 아니, 무너지지 않아도 나 같으면 벌써 몇 번은 비무를 포기했을 텐데 말이야."

"난 막내 사제의 인내심보다 타고난 본능이 무섭다."

"타고난 본능?"

"응, 사실 가만히 보면 대사형의 공격에 속절없이 당하는 듯 보여도 결정적인 한 방은 끝내 막아내거든. 그래서 온몸에 멍이 들고 피가 나도 버틸 수 있는 거고. 급소만큼은 어떻게든 막아내거나 피하고 있어. 그리고 그건 배워서 몸에 익힌 게 아니라 본능으로 해내고 있는 것 같고."

무릉이 여전히 대사형 무광에게 사냥감 몰리듯 몰리고 있는 시월을 보며 말했다.

"네 말을 듣고 보니 그렇게 보이기도 한다. 역시… 문주께서 아무나 제자로 들인 것은 아닌 것 같아."

"응, 문주께서는 저런 막내 사제의 자질을 파악하셨을 거야. 그래서 왜소한 체구에 허약한 몸을 가진 사제를 월문의 제자로 선택하신 거겠지."

무릉이 시월에게서 눈을 떼지 않으며 말했다.

그 순간 무광이 허공으로 일 장 이상 도약하며 잔뜩 웅크린 시월을 향해 날아갔다.

콰아!

무광의 목검이 시월을 향해 폭포수처럼 떨어졌다.

시월은 무광의 목검이 여러 개로 갈라져 자신의 온몸을 여러 조각으로 잘라오는 것 같은 느낌을 받았다.

검 한 번 휘두르는 정도로는 절대 막을 수 없는 공격이었다. 그렇다고 몸을 굴러 피하기에는 무광의 검영이 차지하는 범위가 너무 넓었다.

이대로라면 시월은 속절없이 무광의 목검에 온몸을 두들겨 맞아야 하는 상황이었다.

어쩌면 그 와중에 큰 부상을 입을 수도 있었다.

"아이고!"

"저런!"

여기저기서 사형제들의 탄식 소리가 들렸다. 그들은 무광의 목검에 흠씬 두들겨 맞아 곤죽이 된 시월의 모습이 보이는 듯했다.

그런데 한순간 시월이 입술을 깨물고 손에 든 목검을 비스듬히 누이더니 한쪽 무릎을 꿇으면서 있는 힘껏 검을 앞으로 내밀었다.

딱!

퍼퍼퍽!

"욱!"

한 차례 강력한 충돌음이 터져 나온 직후 여러 번의 타격음이 쏟아졌다. 뒤를 이어 신음 소리가 흘러나오면서 시월이 몸을 웅크린 채 뒤로 굴러갔다.

그러고는 무광에게서 삼사 장 거리를 벌리자마자 재빨리 몸을 일으키며 목검을 들어 자신의 앞을 가렸다.

"후우! 후우!"

목검을 들고 있는 시월의 팔이 부르르 떨리고 그의 입에서 거친 숨소리가 연신 흘러나왔다.

"반 시진 지났다. 비무 끝!"

여전히 비무를 이어가려는 시월을 향해 무광이 빙긋 웃으며 말했다.

순간 시월이 긴장이 풀린 얼굴로 검을 내려놓고는 그 자리에 대(大)자로 누워버렸다.

"하아하아!"

바닥에 누운 시월이 연신 거친 숨을 몰아쉬었다.

"이번에는 좀 힘들었지?"

벌렁 누워버린 시월 옆으로 다가온 무광이 시월 옆에 털썩 주저앉으며 물었다.

"전 사형이 절 죽이시려는 줄 알았어요, 윽!"

말을 하다 말고 시월이 신음을 내뱉었다.

마지막 격돌에서 얻어맞은 팔다리에서 뒤늦게 통증이 일어난 것이다.

"어디 부러진 건 아니지?"

무광이 걱정스럽게 물었다.

"부러진 곳은 없어요. 그래도 며칠 고생해야겠어요."

시월이 여기저기 부은 곳을 만지며 말했다.

"그 고통이 널 성장시킬 거야."

"알고 있어요, 으챠!"

시월이 얼추 숨을 고른 듯 몸을 일으켜 앉았다.

그러자 무광이 시월을 보며 말했다.

"시월! 솔직히 말하면 난 꽤 놀랐다. 네가 내 마지막 공격에서 급소를 방어할 수 있을 거라고 생각지 못했거든. 아니, 급소를 파고드는 초식을 찾아낼 수 있으리란 생각도 못 했다. 그런데 넌 다른 곳은 내주고 급소를 공격하는 하나의 초식을 정확하게 막았어. 그게 보이든?"

"보였다기보다는⋯ 본능적으로 느꼈어요. 심장과 목을 파고드는 검초가 있다는 것을. 그래서 다른 곳은 부러지거나 말거나 신경 쓰지 않고 심장과 목은 막아내자 생각했던 거고요."

"그랬구나. 하지만 평범한 사람이라면 알아도 그 두 초식을 막지 못했을 거야. 왜냐하면 팔다리로 향하는 초식이 앞서 있었으니까. 보통은 앞선 공격을 먼저 막기 위해 움직이지. 그런데 넌 그 와중에도 치명적인 공격을 막기 위해 팔다리를 포기했단 말이야.

참 대범한 선택이었다! 그리고 잘했다."

"…히히, 고맙습니다, 대사형, 그러고 보니 오늘은 너무 힘들어서 고맙다는 말씀을 드리지도 못하고 누워버렸네요. 죄송해요."

"후후, 아냐. 죄송은 무슨. 그런데 질문이 하나 더 있는데, 넌 왜 반격은 하지 않는 거지? 아마 지금까지 대련에서 네가 반격을 한 경우는 손에 꼽을 정도지?"

무광이 물었다.

"아이고, 대사형도 무슨 질문이 그래요. 반격할 여유가 있어야 반격을 하죠."

시월이 말도 안 되는 질문이라는 듯 얼굴을 찌푸리며 말했다.

"내가 볼 때는 분명히 반격할 기회가 적지 않았어. 일부러 내가 그 기회를 주기도 했고. 그런데 넌 거의 반격을 하지 않더구나. 이유가 뭐지?"

무광이 다시 물었다.

그러자 시월이 잠시 생각에 잠겼다가 대답했다.

"생각해 보니 몇 번 기회가 있었던 것 같긴 해요. 그런데 전 그걸 공격할 기회로 보지 않았어요."

"기회로 보지 않았다고?"

"예."

"왜?"

"그냥… 본능적으로 반격을 하면 더 큰 위험에 빠질 수 있다고 생각했던 것 같아요. 반격보다는 다음 공격을 대비할 때라고 생각했던 것 같아요."

"공격보다는 방어라……."

무광이 중얼거렸다. 뭔가 아쉬움이 느껴지는 말투다.

그러자 시월이 무광의 눈치를 보며 물었다.

"제 선택이 잘못된 건가요?"

"아니, 아니, 잘못이라기보다는… 나와는 좀 다른 것 같다는 거지. 나라면 위험을 감수하고서라도 반격을 했을 것 같아. 더군다나 이건 비무니까 위험하다고 해도 목숨을 잃게 되는 일은 없잖아?"

무광의 말에 시월이 머리를 긁적이며 말했다.

"아마 저는 사형들만큼 용기가 없나 봐요, 히……."

무광의 말을 듣고 보니 반격을 하지 않은 것이 조금 부끄러워지는 시월이었다.

그런데 그때 갑자기 잠룡동 입구에서 한 사람의 목소리가 들렸다.

"용기가 없는 게 아니라 성향이 다른 것이다. 부끄러워할 일은 아니다!"

"엇!"

"어? 삼장로님!"

공터 이곳저곳에 흩어져 잠시 휴식을 취하며 시월과 무광의 대화를 듣고 있던 월문의 소년 제자들이 화들짝 놀라 자리를 박차고 일어났다. 그리고는 재빨리 공터로 올라선 노인 앞으로 달려갔다.

"어서 오십시오, 장로님!"

무광이 제자들 앞으로 나서 강렬한 안광을 흘리는 노인에게 인사를 했다.

초로의 나이에도 불구하고 쇠처럼 단단해 보이는 몸을 가진 노인은 월문의 세 명뿐인 장로 중 한 명인 삼장로 천중한이다.

천중한은 월문에서 손속이 가장 독한 인물로 알려져 있었다.

삼십육마의 난에서 그는 그 추종자들을 여럿 베었는데, 그때마다 마인보다 더 독한 손속을 선보여 사람들의 간담을 서늘하게 만든 인물이었다.

그런 사람인만큼 월문의 문도들도 그에 대한 두려움이 있었다. 특히 무공을 가르칠 때는 조금도 사정을 봐주지 않고 몰아붙여 월문의 문도들 사이에선 지옥의 사자 같은 존재였다.

"잘들 지냈느냐?"

천중한이 인사를 하는 무광에게 물었다.

"예, 장로님! 특별한 일은 없었습니다."

"수련들은 열심히 한 모양이구나."

천중한이 잠룡동의 제자들을 죽 둘러보며 말했다.

그의 말처럼 소년들은 그동안 쉬지 않고 수련해 얼굴은 검게 타고, 무복은 남루하기 이를 데 없었다.

"게으름을 피우지는 않았습니다만… 장로님의 기대에 미칠지는……."

무광이 말꼬리를 흐렸다.

"그거야 보면 알겠지. 그나저나 이 아이지? 문주께서 너희들의 마지막 사제로 데려온 아이가?"

천중한이 시월을 보며 물었다.

"그렇습니다. 사제, 인사드려. 삼장로셔!"

무광이 시월에게 말했다.

사형제들로부터 삼장로 천중한의 무서움에 대해 귀가 따갑게 들었던 시월이 조심스럽게 천중한에게 고개를 숙이며 인사했다.

"삼장로님을 뵙습니다. 시월이라고 합니다."

"문주님께 너에 대해 들었다. 역시 들은 대로구나."

천중한이 날카로운 눈으로 시월을 살피며 말했다.

시월은 찌르는 듯한 천중한의 시선을 견디기 힘들었지만, 무례를 범하지 않기 위해 물러나거나 회피하지 않았다.

천중한은 그런 시월을 시험이라도 하듯 꽤 오랫동안 말없이 시월을 응시했다. 그러다가 시월의 이마에 땀방울이 맺히기 시작하자 시선을 풀며 입을 열었다.

"정말 강한 인내심을 타고났구나."

"사제의 인내심에는 저도 감탄하고 있습니다. 검을 수련한 적이 없으면서도 반 시진의 비무를 중도에 포기한 적이 없습니다."

무광이 시월을 칭찬했다.

그러자 천중한 고개를 끄떡였다.

"그래서 비무에서 보여준 이 아이의 선택이 나쁘지 않다는 거다. 용기의 문제가 아니다. 사람은 각자 자신에게 가장 유리한 방식으로 싸워야 하니까. 이 아이는 공격이 아닌 끈기 있는 수비가 자신의 장점이라는 걸 본능적으로 알고 있는 거다. 무공은 자신의 장점을 극대화하는 것이 기본이니까. 그래서 문주께서도 너희들 각자의 특성에 맞는 무공들을 어렵게 준비해 주신 것이다."

"항상 문주님 은혜에 감사하고 있습니다."

무광이 대답했다.

"그래야지. 그런 문주님께 보답하는 길은 오직 하나, 너희들이 자신의 무공을 최고의 경지까지 수련하는 것이다. 그런 의미에서 이제 너희들이 그간 수련한 성과를 좀 볼까?"

천중한의 마지막 말에 무광등 소년들의 얼굴이 올 것이 왔다는 듯 굳어졌다.

*   *   *

천중한은 단 일 푼의 자비도 없었다.

일곱 명의 소년들이 연이어 그와 비무를 펼쳤다. 그리고 모두 천중한에게 처절하게 패배했다.

천중한은 비무임에도 진검을 사용했다. 치열한 비무의 양상으로 보면 소년들 중 한두 명은 팔다리가 잘려 나가도 이상할 것이 없었다.

그는 마치 실전을 하듯 소년들을 몰아붙였다. 그럼에도 불구하고 소년들 중 치명적인 부상을 입은 사람은 없었다.

그건 곧 천중한이 실전과 같은 비무 속에서도 자신의 검을 완벽하게 통제하는 절정의 고수 반열에 오른 사람이라는 것을 의미했다.

그리고 천중한의 시험에선 소문주 백유검 역시 예외가 아니었다.

여섯 번째 비무자로 나선 백유검 역시 천중한의 사정없는 공격에 옷이 찢겨 나가고 몸에 멍이 든 채 검을 거두고 물러났다.

그렇게 시월을 제외한 여섯 명의 소년들이 천중한의 검에 속절없이 고꾸라졌고, 이제 마지막으로 무광이 천중한의 검을 받아내고 있었다.

카카캉!

"욱!"

쿵!

"다시!"

천중한이 바닥에 나뒹구는 무광을 향해 소리쳤다.

그러자 무광이 허공에 떠오르듯 몸을 일으켜 재차 천중한을
향해 달렸다.

파파팟!

무광의 검이 허공에 짧고 강렬한 검광을 만들어냈다. 천중한의
목과 심장을 동시에 노리는 무광의 검은 예리하기 이를 데 없었다.

무광의 공격에선 비무와는 거리가 먼 날카로움이 엿보였다.

"흠!"

무광의 날카로운 공격에 맞선 천중한이 침중한 음성을 흘렸다.
그 역시 무광의 무공을 인정하는 것 같았다.

천중한이 옆으로 이동하며 검을 아래서 위로 그어 올렸다.

차앙!

천중한의 심장을 노리던 무광의 검이 천중한의 검에 밀려 사선
으로 튕겨 나갔다.

그런데 무광은 이런 상황을 예상했다는 듯 검과 함께 허공에서
비스듬한 자세로 몸을 회전시키더니 갑자기 땅으로 꺼지듯 떨어
지며 천중한의 두 다리를 공격했다.

무광의 검을 쳐내느라 허공으로 향했던 천중한의 검은 미처 무
광의 검을 막아낼 여유가 없어 보였다. 천중한 역시 그 사실을 깨
닫고 조금 더 높이 도약했다.

팟!

무광의 검이 천중한의 발밑을 살짝 비껴 지나갔다.

그러자 천중한이 허공에서 제비를 돌더니 머리를 아래로 한 채
무광을 향해 검을 뻗어냈다.

"흡!"

창!

무광이 자신의 어깨를 향해 꽂히는 천중한의 검을 가까스로 쳐내고는 땅을 뒹굴었다. 무광은 서너 번 몸을 굴려 천중한의 검세에서 벗어난 후 튕기듯 다시 몸을 일으켰다.

"후욱!"

무광이 크게 숨을 들이마셨다.

무광의 얼굴은 하얗게 변해 있었다. 이 한 번의 격돌에 모든 힘을 몰아 쓴 듯한 모습이다. 하지만 그러면서도 무광은 재차 천중한을 공격하기 위해 조금씩 앞으로 전진했다.

순간 천중한이 검을 내리며 소리쳤다.

"그만! 여기까지!"

천중한의 외침에 무광이 즉시 검을 거두고 천중한에게 허리를 굽혔다.

"가르침 감사드립니다!"

"열심히 수련했구나!"

천중한이 고개를 끄떡이며 말했다.

그런데 그런 천중한의 모습이 잠룡동의 소년 무사들을 놀라게 했다. 지금껏 천중한은 단 한 번도 누구를 칭찬한 적이 없었다. 언제나 날카로운 지적과 소년들을 주눅 들게 만드는 꾸지람이 있었을 뿐이었다.

그런데 천중한의 입에서 칭찬이 흘러나온 것이다.

"게으름을 피우지는 않았습니다만… 여전히 부족합니다."

무광도 천중한의 칭찬에 당황한 표정으로 대답했다.

"아니다. 너의 실력이라면 당장 무림에 나가도 쉽게 죽지는 않을 것이다."

칭찬이지만 말이 박한 천중한이다. 하지만 그 정도라도 무광에게는 대단한 칭찬이었다.

"과찬이십니다."

무광이 어색한 표정으로 대답했다.

"너 듣기 좋으라고 한 말이 아니다. 강호에 나가면 자신의 실력을 정확히 알고 있어야 제대로 싸울 수 있기 때문에 해주는 말이다. 넌 그만한 실력이 있으니 누굴 만나든 주눅이 들어 제 실력을 발휘하지 못하는 일이 없도록 하라는 의미다. 알겠느냐?"

천중한이 냉정하게 충고했다.

"예, 장로님!"

천중한의 가르침을 이해한 무광이 얼른 대답했다.

그러자 천중한이 자신에게 얻어맞아 피폐한 모습으로 흩어져 있는 소년들을 둘러보며 말했다.

"비무 결과가 마음에 드는 것은 아니지만, 그렇다고 실망스럽지도 않다. 그동안 모두 열심히 수련한 것 같아 마음이 놓이는구나."

"감사합니다, 장로님!"

이 정도 말도 엄청난 칭찬임을 알기에 월문의 소년 제자들이 목청껏 대답했다.

"하지만 아직 네 녀석들이 애송이인 것은 달라지지 않았다. 너희들은 여전히 더 단련되어야 할 애송이들이다. 그런데 그 애송이들이 무령산 산채를 쳤다지?"

기쁨도 잠시 천중한의 입에서 흘러나온 말에 소년들이 다시 고개를 숙였다.

문주 백문보는 크게 나무라지 않고 넘어갔으나 장로 천중한은 다를 것이기 때문이었다.

"장로님! 그 일의 잘못을 따진다면 제게 구 할이 있습니다. 제가 설 소저를 돕자고 고집을 피웠습니다. 저 혼자서라도 가겠다고 말입니다. 그래서 무광 형님과 다른 형제들이 어쩔 수 없이 무령산 산채를 치게 된 것입니다. 그러니 벌을 주시려거든 제게 주십시오."

월문의 소문주 백유검이 벌떡 일어나 두어 걸음 앞으로 나서며 말했다.

"음, 그 이야기도 들었습니다. 그리고 오해 마세요, 소문주. 난 그 일을 탓할 생각은 없으니 말입니다."

비무에서는 다른 사람과 차별 없이 가차 없이 백유검을 몰아쳤던 천중한이지만, 소문주 백유검을 대하는 천중한의 태도는 다른 사람을 대하는 것과는 확연히 달랐다.

나이로 보자면 손자뻘 되는 백유검이지만 월문의 소문주인 그에게 예의를 잃지 않는 천중한이었다.

설혹 백유검이 괜찮다고 해도 문파의 권위를 생각해서 소문주 백유검은 문파의 누구에게든 존중받아야 한다고 생각하는 천중한이었다.

"정말이십니까?"

백유검이 조심스럽게 물었다. 사실 그는 천중한이 오자마자 함부로 수련처를 벗어나 산적을 친 일에 대해 벌을 내릴 거라 생각하고 있었다.

"사내라면 그 정도 의기는 있어야지요. 더군다나 우리 월문은 의천무맹에 속한 문파, 불의를 보고도 참는다면 그게 더 아쉬운 일입니다. 아무튼 내가 하고자 하는 말은, 기왕에 실전을 경험했으니 이젠 수련 방법을 좀 달리해야 할 때가 되었다는 겁니다."

"수련 방법을 달리한다면 어떻게 말입니까?"

백유검이 다시 물었다.

"문주께서도 말씀하셨을 테지만, 무공을 수련하는 데 있어서 가장 좋은 방법은 실전이지요."

"그럼……?"

백유검과 소년들이 바짝 긴장한 채로 천중한을 바라봤다.

"장성 이북, 특히 흥안령 동쪽과 서쪽의 초원과 사막에는 잔혹한 마적들이 즐비하지요. 그들에게 희생되는 사람만 일 년에 수천에 이를 정도입니다. 특히 이 지역은 워낙 광활한 곳이라 관의 힘도 미치지 못할뿐더러, 무림문파도 없어서 더욱 더 마적들이 활개를 치고 있습니다. 의천무맹의 문파로서 협행을 실천하면서 실전을 경험하기에는 아주 좋은 상대라고 할 수 있습니다."

"마적과 싸운다……."

백유검이 중얼거렸다.

그러자 천중한이 다시 입을 열었다.

"또한 협행을 통해 본문이 위치한 열하 이북의 여행로를 안전하게 만든다면 월문은 인근 상가들의 인심도 크게 얻을 수 있을 겁니다, 일석이조라고 할 수 있지요."

"아버님의 명이십니까?"

백유검이 물었다.

"제안은 내가 했고, 문주께서 허락하신 일입니다."

천중한이 짧게 대답했다.

"그럼 언제부터……?"

이번에는 무광이 물었다.

"검 하나 들고 무작정 마적들을 찾아다닐 수는 없는 일이다. 이 일은 월문의 이름으로 협행을 하는 일이기도 하지만, 그보다는 수련에 방점이 찍힌 일이니 악명 높은 적을 찾고, 그들의 행적을 추적하고, 공격하는 것까지 모두 너희들이 알아서 해야 한다. 당장 내일부터 그 준비를 시작한다. 난 조언을 할지언정 직접 검을 드는 일은 없을 것이다. 그러니 신중하고 조심스럽게, 그리고 적을 상대할 때는 호랑이처럼 용맹하라."

"예, 장로님!"

무광과 소년들이 일제히 대답했다.

이미 한 번 무령산에서 실전을 경험한 소년들에게 더 이상 마적을 상대하는 일에 두려움은 없는 듯 보였다.

하지만 시월까지 그럴 수는 없었다.

'사람을 죽인다고?'

시월이 손에 든 목검을 내려다보며 생각했다.

잠룡동의 소년들 중 시월만이 유일하게 천중한과 비무를 하지 않았다.

잠룡동에 들어온 지 겨우 한 달, 사막을 여행하면서 문주 백문보의 가르침을 몇 달 받았다고 해도 무공 수련은 이제 갓 시작인 시월이었다.

그런 시월에게 천중한과 비무를 할 자격이 있을 리 없었다. 더군다나 천중한과 월문 제자들의 비무는 실제 병장기를 들고 하는 비무였다. 무광과 목검을 들고 비무하던 시월이 욕심낼 일이 아니었다.

그런데 그 비무조차 하지 못하는 자신이 마적들과 싸운다니 두려움이 앞서는 시월이었다.

그런 시월의 마음을 읽었는지 소년들이 흩어지는 와중에도 멍하니 목검을 들고 서 있는 시월을 천중한이 불렀다.

"시월!"

"예, 장로님!"

"두려우냐?"

"그… 그게……."

시월이 말을 더듬었다. 두렵다고 하면 겁쟁이가 될 것 같고, 그렇지 않다고 하면 거짓말쟁이가 될 것이기 때문이었다.

"두려우냐?"

천중한이 다시 물었다.

"예."

시월이 대답했다. 그는 거짓말쟁이보다는 겁쟁이가 되는 쪽을 택했다.

"당연한 일이다. 네 실력도 문제지만, 네 나이가 실전을 치를 나이는 아니지. 하지만! 예외는 없다. 너도 함께 간다."

"…알겠습니다. 감사합니다!"

시월이 얼른 대답했다. 그는 혹시라도 천중한이 자신을 홀로 잠룡동에 두고 가지 않을까 하는 걱정도 하고 있었다.

실력이 되지 않는 사람을 싸움터에 데리고 다니는 것은 거추장스러운 일이기 때문이었다.

"너에게는 가혹한 수련일 수도 있다. 하지만 넌 이미 가혹한 세상 경험을 했지?"

"…예, 장로님!"

마적이 고향 마을을 불태우고, 부모를 죽였으며, 그 자신은 노예 시장에 팔려 나갔던 시월이었다. 생각하고 싶지도 않은 일이었다.

"네가 겪은 일들은 안타깝다. 하지만 어떤 시련이라도 그 경험을 통해 배울 게 있다. 네가 겪은 고난을 통해 강해졌기를 바란다. 죽이지 않으면 죽게 되는 곳이 무림이다. 그러므로 독하지 않으면 살아남을 수 없다. 네가 겪은 일들… 널 독하게 만들었느냐?"

천중한이 물었다.

그러자 시월이 잠시 망설였다. 그러다가 이내 고개를 끄떡였다.

"그렇습니다."

"좋아. 그럼 겁이 나서 검을 휘두르지 못하는 일은 없겠지?"

"예!"

시월이 굳은 표정으로 대답했다.

"좋아. 내가 한 가지 비밀을 말해줄까?"

문득 천중한이 고개를 숙여 시월과 눈을 맞추며 말했다.

"……"

시월이 눈을 동그랗게 뜨고 자신을 바라보자 천중한이 다시 입을 열었다.

"사람들은 날 독하다고 하지. 특히 적을 향해 검을 들었을 때는 더더욱. 월문이 아니라면 마인이 되었을 사람이라고도 하고. 하지만 사실, 나도 언제나 두렵단다. 검을 들고 무림에 나갈 때는 말이지. 난 그 두려움을 견디며 평소에 수련한 내 무공을 가장 완벽하게 쓰기 위해 노력한다. 마치 전혀 두렵지 않은 사람처럼… 그걸 뭐라고 하는지 아느냐?

"……."

시월이 얼른 대답하지 못하고 천중한을 바라봤다.

"사람들은 독심이라고 하지만, 난 그걸 용기라고 생각한다. 너의 비참한 과거가 네게 그런 용기를 선물해 주었기를 바란다."

천중한이 깊은 눈으로 시월을 응시하며 말했다.

*　　　*　　　*

두두두두!

초원이 거친 말발굽 소리로 뒤흔들렸다.

구름 한 점 없는 파란 하늘, 칼로 자른 듯한 지평선 자락… 그 아름다운 풍경에 붉은 피가 솟구쳤다.

"악!"

날카로운 단말마의 비명 소리가 터져 나왔다.

"으아앙!"

뒤를 이어 아이들의 울음소리가 말발굽 소리에 섞여 들려왔다.

"반항하는 놈들은 모두 죽여!"

아비규환의 약탈이 벌어지는 광경을 말에 탄 채 지켜보던 사내가 냉혹하게 소리쳤다.

그러자 다시 비명 소리가 터져 나왔다.

"악!"

"끄윽… 이, 이 악독한 놈들… 욱!"

투박한 검을 들고 마적과 대항하던 사내가 미처 말을 끝내지 못하고 마적이 찌른 창에 관통되어 즉사했다.

두두두!

대여섯 가구로 이뤄진 초원 유목민을 습격한 마적들은 숫자로 보아 그리 큰 마적단은 아니었지만, 어떤 마적들보다도 잔혹했다.

그들은 마치 짐승을 사냥하듯 사람을 창으로 꿰어 던져 버리거나, 단칼에 목을 날려 버리기도 했다.

유목민 중에서 검을 들 수 있는 장정의 숫자는 겨우 십여 명밖에 되지 않아서 제대로 된 반항도 이뤄지지 않았다.

마적들은 유목민들을 포위한 채 하나둘 놀이를 하듯 반항하는 유목민들을 죽이고 있었다.

결국 마적들이 마을을 습격한 지 채 이각이 지나지 않아 검을 들고 대항하던 사내들은 모두 죽고, 여자들과 아이들만 살아남았다.

"쓸 만한 것들은 살려두고, 쓸모없는 것들은 모두 죽여라!"

약탈을 지켜보던 마적 두목이 재차 명을 내렸다.

그러자 마적들이 피 묻은 창을 들어 한곳에 몰려 앉아 있는 여자와 아이들을 툭툭 건드리기 시작했다.

"아아앙!"

공포감을 이기지 못한 어린애가 울음을 터뜨렸다.

"시끄럽다. 우는 놈도 죽여 버려!"

마적들 중 한 명이 소리쳤다.

그러자 우는 아이 앞에 있던 마적이 말에 탄 채 창으로 아이를 찌르려 했다.

순간 유목민들 사이에서 열 살쯤 되어 보이는 아이가 검을 들고 뛰어나오며 소리쳤다,

"그만해! 이 악마 같은 놈들아!"

서걱!

자세를 낮추고 뛰어나온 아이의 검이 한순간에 마적이 타고 있던 말의 다리를 베어버렸다.

"히히힝!"

다리를 베인 말이 비명을 내지르며 한쪽으로 쓰러졌다.

쿵!

말이 큰 소리를 내며 쓰러지자 말 위에 타고 있던 마적이 급하게 땅을 구른 후 벌떡 몸을 일으켰다.

그러고는 검을 휘두르며 자신을 향해 달려오는 사내아이를 노려보더니 드득 이를 갈았다.

"이 빌어먹을 놈! 감히 내 말을… 사지를 찢어주마!"

마적이 허리춤에서 거대한 월도를 뽑아 들어 다가오는 사내아이를 향해 휘둘렀다.

캉!

마적이 휘두른 월도에 아이가 들고 있던 검이 맥없이 허공으로 튕겨 나갔다.

"요런 망할 놈!"

콱!

마적이 검을 놓친 사내아이의 머리카락을 움켜쥐었다. 그리고 번쩍 허공으로 들어 올렸다.

사내아이는 사냥당한 짐승처럼 마적의 손에 대롱대롱 매달려서도 살려달라고 애원하는 대신 살기 가득한 눈으로 마적을 노려봤다.

"하! 요놈 눈깔 봐라. 오냐. 그 눈깔을 먼저 파내주마!"

마적이 월도를 들어 사내아이의 눈을 겨눴다. 그러고는 도 끝으로 소년을 눈을 찌르는 순간, 갑자기 공기를 뚫고 한 대의 화살이 날아오더니 거짓말처럼 마적의 관자놀이를 뚫어버렸다.

퍽!

쿵!

마적은 비명조차 지르지 못하고 쓰러졌다. 덕분에 마적의 손에 머리를 잡혀 매달려 있던 아이 역시 덕분에 땅 위에 나뒹굴었다.

"커컥!"

갑자기 땅에 떨어진 아이가 숨이 막혀 헛구역질을 하면서도 급히 고개를 들어 주위를 살폈다.

그러자 아이의 눈에 허리까지 오는 풀숲에서 검을 든 소년들이 뛰쳐나오는 것이 보였다.

퍼퍽!

"컥!"

"악!"

다시 두 대의 화살이 날아와 말을 탄 마적들을 꿰뚫었다. 화살에 적중당한 마적들이 말 위에서 바위처럼 굴러떨어졌다.

"막앗! 기습이다!"

"웬 놈들이냐?"

마적들이 흥분해서 날뛰는 말들을 진정시키며 소리쳤다.

그런 마적들을 향해 월문의 소년 무사들이 뛰어들었다.

시월 역시 그런 사형제들의 뒤를 따라 적들에게 달려들었다.

"두려움을 견디는 것이 용기!"

시월은 천중한이 자신에게 한 말을 되뇌었다.

사나운 마적들을 향해 달려드는 일은 심장이 멎을 것 같은 두

러움을 만들어냈다. 그럼에도 시월은 그 두려움을 견디며 적을 향
해 뛰어들었다.

다행스러운 것은 사형제들이 옆에 있다는 것이었다. 든든한 사
형들과 함께한다는 것만으로도 시월은 두려움을 극복할 용기를
낼 수 있었다.

"먼저 말을 베어!"

가장 앞서 달리던 무광이 소리쳤다.

그러자 월문의 소년들이 일제히 미끄러지듯 자세를 낮추며 마
적들이 타고 있는 말들의 다리를 공격했다.

쿵!

히히힝!

순식간에 말의 비명 소리가 장내에 가득 찼다.

"몇 놈 안 된다. 모두 죽여 버려!"

마적 두목은 자신들을 공격한 월문 제자들이 겨우 여덟 명에
지나지 않는 것을 확인하고 핏대를 올리며 소리쳤다. 그러고는 자
신이 먼저 검을 뽑아 들고 가장 앞에 있는 무광을 향해 달려갔다.

두목이 반격에 나서자 급습을 받아 당황하던 마적들도 정신을
차리고 월문 제자들을 상대하기 시작했다.

특히 공격한 상대가 하나같이 나이 어린 것을 확인하자 마적들
의 포악성이 금세 살아났다.

"요 어린 새끼들!"

마적 한 명이 도끼를 휘두르며 자신들이 탄 말을 공격한 곽부
를 향해 달려들었다.

"어려서 뭐?"

곽부가 월도를 휘두르며 달려드는 마적을 면이 넓은 도끼로 후려쳤다

쾅!

"악!"

곽부의 도끼가 마적의 월도를 밀고 들어가 무지막지한 힘으로 마적의 가슴을 가격하자 마적이 비명을 지르며 뒤로 튕겨 나갔다.

"으으……."

곽부의 도끼에 가슴을 가격당한 마적이 몸을 일으키지 못하고 비틀거렸다.

그런데 그 순간 앞서 죽을 고비를 넘긴 유목민의 어린아이가 어디서 주워 들었는지 시퍼런 검을 들고 달려 나와 비틀거리는 마적을 찔렀다.

"억!"

아이에게 등을 찔린 마적이 재차 비명을 터뜨리며 고개를 돌려 자신을 찌른 사람을 찾았다. 그러고는 상대가 열 살 정도의 어린애인 것을 확인하고는 분노를 폭발시켰다.

"요런 쥐새끼가 감히! 죽여주마!"

마적이 정말 쥐를 잡아채듯 아이의 목을 움켜쥐었다.

곽부의 도끼에 가슴을 맞고, 아이에\게 등을 찔려 죽어가면서도 열 살짜리 아이의 목을 꺾을 힘은 남아 있는 마적이었다,

컥!

마적에게 목을 잡힌 아이가 신음을 토했다. 피가 통하지 않자 아이의 얼굴이 순식간에 붉게 달아올랐다. 더군다나 마적이 다른 손으로 아이의 이마를 밀어 아예 목뼈를 부러뜨리려 했다.

그런데 아이의 목이 꺾이려는 순간 한 자루 검이 날아들어 마적의 손목을 잘라 버렸다.

그러고는 죽음의 공포에 휩싸인 아이를 번개처럼 잡아채 마적의 손에서 아이를 구해냈다.

"이, 이런 찢어 죽일……."

손목이 잘린 마적이 아이를 낚아챈 어린 소년을 보며 욕설을 하려는데 그의 머리에 다시 곽부의 도끼가 날아들었다.

퍽!

곽부의 도끼가 마적의 머리에 떨어졌다. 그러자 마적이 비명도 지르지 못하고 그 자리에서 즉사했다.

"사제, 사제는 애들을 돌봐줘. 난전에 죽지 않게."

곽부가 유목민 아이를 안고 있는 시월을 보며 말했다.

"알겠습니다, 사형!"

한 손에는 아이를 안고, 다른 한 손에는 마적의 손목을 벤 검을 들고 있던 시월이 얼른 대답했다.

"자! 나는 다시 사냥을 시작해 볼까?"

곽부가 검은 도끼를 어깨에 걸쳐 멘 후 마적들을 향해 달려갔다.

"괜찮니?"

시월이 자신의 팔에 안긴 채 부들부들 떨고 있는 아이를 보며 물었다.

그러자 아이가 대답을 하지 못하고 고개만 끄떡였다.

"좋아. 그럼 가족들이 있는 곳으로 가자. 가서 가족들을 지켜야지?"

시월이 말했다.

그러자 아이가 다시 고개를 끄떡이고는 시월의 손에서 벗어나 땅에 떨어진 검을 집어 들었다.

"정말 용기가 있구나."

시월이 아이를 보며 감탄했다.

시월 자신도 어린 나이지만 아이는 겨우 십여 세에 지나지 않았다. 그럼에도 아이는 죽음의 공포를 견뎌내면서 가족을 위해 검을 들고 있었다.

"싸울 수 있어요."

아이가 부들부들 떨면서도 이를 악물며 말했다.

"알아. 하지만 이젠 싸우지 않아도 돼. 월문의 제자들이 지켜줄 테니까."

"…월문… 이요?"

"응. 우린 월문의 사람들이야. 들어봤니?"

시월이 물었다.

그러자 아이가 고개를 저었다. 초원에 사는 유목민 아이가 열하의 중소문파 월문을 알 리 없었다.

"모르는구나. 하지만 이제부터는 많이 듣게 될 거야. 월문이라는 이름을 기억해 둬. 가자!"

시월이 말에 아이가 잠시 마적들과 싸우고 있는 월문의 소년 무사들을 바라보고는 서둘러 가족들이 있는 곳으로 달려갔다.

시월이 유목민 아이를 데리고 아녀자와 아이들이 모여 있는 곳으로 달려가는 사이, 장내의 전세는 크게 변해 있었다.

월문 소년 제자들의 무공은 생각보다 강했다.

그들은 사막과 초원을 무대로 활동하는 거친 마적들을 한순간에 전멸할 지경으로 몰아넣고 있었다.

이십여 명에 가깝던 마적들의 숫자는 이제 겨우 대여섯 명만 남아 있었다.

남아 있는 자들도 대부분 전의를 잃어, 개중에는 병기를 버리고 항복하는 자도 있었다.

하지만 이 변화를 쉽게 받아들이지 못하는 인물도 있었다.

마적들의 두목, 그는 갑자기 찾아든 이 불행을 도저히 용납하지 못하겠다는 듯 무광을 향해 마지막 발악을 하듯 월도를 휘두르며 소리쳤다.

"대체 네놈들은 누구냐?"

제5장
—
늑대가 되어가다

"월문!"

무광의 입에서 짧은 대답이 흘러나왔다. 뒤를 이어 그의 검이 허공을 갈랐다.

"컥!"

마적 두목의 목에서 붉은 핏물이 솟구쳐 올랐다. 마적 두목이 월도를 떨어뜨리고 본능적으로 자신의 목을 부여잡았다. 하지만 손으로 막을 수 없는 양의 피가 손가락 사이를 뚫고 나왔다.

"워… 월… 문이 왜……"

목이 베인 마적 두목이 제대로 말을 잇지 못하면서도 끝내 물었다.

열하의 월문은 그도 아는 무림문파다. 문주 백문보는 월문의 처지를 한탄하고 있지만, 마적들에게는 감히 범접할 수 없는 문파다.

그런 대단한 문파의 무인들이 왜 자신들과 같은 하찮은 마적단을 공격하는지 이해할 수 없는 마적 두목이었다.

"세상의 악을 처단하는 것이 무인의 의무니까."

무광이 대답했다.

"…무인… 의 의무? 흐… 어린… 놈……."

무광의 대답을 들은 마적 두목이 비웃음을 흘리다가 끝내 숨이 끊겼다.

죽은 마적 두목의 얼굴에는 지우지 못한 비웃음이 죽은 후에도 남아 있었다.

무광은 그 웃음이 마음에 들지 않았다. 마치 죽은 자가 자신을 철부지 취급하는 듯한 느낌이 들었기 때문이었다. 죽은 자는 그 웃음을 통해 '넌 아직 세상을 모르는 구나' 라는 말을 하고 있는 듯싶었다.

쾅!

무광이 마적 두목의 가슴을 발로 찼다.

쿵!

무적 두목의 몸이 무광의 발길질에 땅에 나뒹굴었다.

"어쨌든 죽은 건 당신이지."

먼지투성이가 된 채 땅에 나뒹구는 마적 두목의 시신을 보며 무광이 차갑게 쏘아붙였다.

마적 두목이 죽는 것으로 싸움은 끝이 났다. 살아남은 마적은 겨우 셋, 두목이 죽은 이상 반항은 의미가 없었다.

마적들은 병기를 버리고 마른 초원에 무릎을 꿇고 앉아 월문 소년 무사들의 처분을 기다리고 있었다.

그리고 잠시 후 시체가 너부러진 싸움터로 초로의 노인이 여러 필의 말을 끌고 나타났다. 월문 삼장로 천중한이었다.

뚜걱뚜걱!

장내에 도착한 천중한은 폭풍이 지나간 듯한 싸움터를 말 위에서 쭉 둘러봤다.

"좀 늦었군."

천중한이 중얼거렸다.

"그렇습니다. 이미 많은 사람들이 죽은 후였습니다."

무광이 대답했다.

"모두 기억해 둬라. 때를 맞추는 것이 그만큼 중요한 것이다. 제때에 도착했다면 이 사람들을 구할 수도 있었을 것이다."

천중한이 마적들의 손에 죽은 유목민 사내들을 가리키며 말했다.

"예, 장로님!"

월문의 소년 무사들이 일제히 대답했다.

"그래도 첫 시작치고는 나쁘지 않구나. 죽은 자들을 묻어주고 돌아가자."

"이들은 어쩔까요?"

커다란 도끼를 든 곽부가 사로잡은 세 명의 마적들을 가리키며 물었다.

그러자 천중한이 백유검에게 말했다.

"소문주께서 결정하는 것이 좋겠군요. 이 싸움은 월문의 이름으로 하는 것이니까."

천중한의 말을 들은 백유검이 잠시 생각에 잠겼다. 그러다가 고개를 저으며 말했다.

"그 결정은 우리 월문의 몫이 아닌 것 같습니다."

"……?"

백유검의 대답에 천중한이 백유검을 바라봤다.

그러자 백유검이 시월이 지키고 있는 유목민 무리에게 다가가
물었다.

"저들에 대한 처분은 여러분이 결정하시는 게 좋겠습니다. 어
떻게 할까요?"

갑작스러운 백유검의 질문에 살아남은 유목민들이 당황한 채
대답을 미뤘다.

백유검은 유목민들이 대답을 할 때까지 묵묵히 기다렸다. 그러
자 유목민 중 갓난아이를 안은 여인이 자리에서 일어나 단호하게
말했다.

"무사님도 아시겠지만 초원에는 초원의 법이 있습니다. 죽은 자
의 빚은 죽음으로만 갚을 수 있습니다."

여인의 말에 백유검이 천중한을 바라봤다.

그러자 천중한이 되물었다.

"소문주도 같은 생각입니까?"

"반대할 생각은 없습니다. 이미 많은 사람들을 죽인 자들이
니……."

백유검이 대답했다.

그러자 천중한이 고개를 끄떡이고는 무광 등을 보며 말했다.

"고통 없이 보내줘라."

천중한의 명에 월문의 소년 무사들이 잠시 망설였다. 싸울 때는

몰랐지만, 반항하지 않는 자들을 죽이려니 마음이 꺼려지기 때문이었다.

"한순간의 동정심이 비극을 초래할 수 있다. 이자들을 살려주면 우리가 떠난 후 다시 돌아와 이 사람들을 공격하지 않으리라 어찌 장담하겠느냐? 베거라. 모든 일은 끝이 확실해야 하는 법이다."

천중한이 냉정하게 말했다.

그러자 무광이 무겁게 대답했다.

"예, 장로님!"

대답은 무겁게 했지만 무광은 검은 빠르고 간결했다.

파파팟!

무광의 검이 세 차례 허공을 가르자 살아남은 세 마적이 비명도 없이 그 자리에 쓰러졌다.

고통은커녕 자신들이 죽는 것조차 느낄 수 없을 만큼 빠르고 날카로운 검이었다. 세 사람을 벤 무광이 무표정한 얼굴로 검을 회수해 검집에 넣었다.

그 모습을 지켜보고 있던 천중한이 한 차례 고개를 끄떡인 후 다시 명을 내렸다.

"죽은 자들을 묻어줘라. 초원의 바람에 흩어지게 놓아두는 것도 좋겠지만, 시신이 여럿이니 역시 묻는 것이 좋겠다."

"예, 장로님!"

천중한의 명에 월문의 제자들이 죽은 자들의 시신을 땅에 묻기 시작했다.

순식간에 초원에 여러 개의 봉분이 만들어졌다. 죽은 유목민들은 한 명씩 각자의 무덤을 가지게 되었고, 마적들은 한곳에 모아 봉분 없이 땅에 묻었다.

살아남은 유목민들은 자신들의 남편이거나 혹은 자식이었던 사내들의 무덤 앞에서 오열했다.

한동안 시신을 묻는 일에 열중했던 시월도 그제야 죽음이 그의 곁에 아주 가까이 있다는 것을 실감했다.

조금이라도 방심을 하면 땅에 묻힌 것은 유목민 사내들이나 마적이 아니라 자기 자신이 되었을 수도 있었다.

"후우……."

시월이 월문의 제자가 된 후 처음으로 치른 싸움에서 무사히 살아남았음을 실감하며 자신도 모르게 길게 안도의 한숨을 내쉬었다.

아마도 앞으로는 이런 날들의 연속일 것이다. 그것이 무림을 사는 무인의 길이니까.

"살아남을 수 있을까?"

시월이 나직하게 혼잣말로 중얼거렸다. 그러다 얼른 고개를 저었다.

"살아남아야겠지. 반드시……."

굳은 결심을 하는 시월이 눈에 한순간 날카로운 안광이 번뜩였다. 누군가 보았다면 섬뜩한 살기를 느낄 수 있는 안광이었다.

"떠날 준비들을 해라."

삼장로 천중한의 목소리가 들리자 시월도 상념에서 벗어났다.

그러고는 재빨리 달려가 천중한이 끌고 온 말들 중에서 자신의 말을 찾아 말 위에 올라탔다.

"이곳에서 살아갈 수 있겠소? 원한다면 안전한 마을까지 데려다 주겠소."

천중한이 살아남은 유목민들을 보며 말했다.

"여기가 우리가 살아갈 곳입니다. 초원이 아이들을 키우고, 찬
바람이 아이들을 강하게 만들 겁니다."

마적들의 죽음을 결정했던 여인이 대범하게 말했다.

사내들이 모두 죽은 초원에 남는 것은 극히 위험한 일이다. 그
럼에도 여인은 어떤 망설임도 없이 초원에 남는 것을 선택했다.

"알겠소."

천중한도 군말 없이 여인의 선택을 인정했다. 그는 초원에 사는
사람들의 강인한 생명력을 잘 알고 있었다. 세상 어디에 간들 초
원에서의 삶만큼 그들을 행복하게 만들어줄 곳은 없을 것이다.

"늦었지만 저희 부족을 도와주신 것에 감사드립니다. 월문이라
고 들었습니다만… 언젠가 저희 아이들이 자라 오늘의 은혜를 보
답할 날이 있기를 바랍니다."

"보답을 기대하고 한 일은 아니오. 그리고… 이걸 받아두시오."

천중한이 품속에서 작은 은패를 꺼내 여인에게 건넸다.

"이게 무엇인지요?"

얼떨결에 은패를 건네받은 여인이 은패를 살피며 물었다. 은패
위에 새겨진 초승달이 도드라져 보였다.

"월문의 신패요. 이 은패를 지니고 있는 사람은 월문의 친구라
는 뜻이오. 그러니 혹 누군가 위협을 해오면 이 은패를 보여주시
오. 월문의 이름을 알고 있는 자라면 감히 은패를 무시하고 여러
분을 해하지 않을 것이오. 물론… 월문은 멀리 있으니 패악한 자
들을 만나면 소용없는 일이지만……."

"저희같이 미천한 사람들이 월문의 친구라고 말해도 될는지……."

여인이 두려운 표정으로 물었다.

"월문의 이름으로 화를 면할 수 있다면 오히려 월문의 영광이오. 걱정 말고 월문의 이름을 앞세우시오."

"감사합니다, 대인!"

여인이 감격한 표정으로 고개를 숙여 보였다.

"혹, 근처를 지날 일이 생기면 한 번쯤 들러보겠소. 그럼 잘들 계시오. 자, 그만 가자!"

천중한이 월문의 제자들을 보며 소리쳤다. 그러고는 자신이 먼저 말을 몰아 앞으로 나아갔다.

"잘 지내! 어머니 잘 모시고!"

시월이 자신이 구한 아이에게 소리쳤다.

"무사 형님 이름은 뭐예요?"

아이가 달려 나오며 소리쳤다.

"하하, 아직 무사랄 것은 없고, 내 이름은 시월이다."

"시월… 형님도 월문의 무사죠?"

"그렇지. 그런데 왜?"

"나중에 크면 꼭 찾아뵐게요. 그래서 오늘 구해주신 은혜를 갚을게요."

"그래? 알았어. 기대할게. 그럼 잘 있어."

시월이 시원한 웃음을 지어 보이고는 말을 몰아 앞서가는 사형제들을 따라갔다.

"제 이름은 흑오예요!"

소년이 다시 소리쳤다.

"흑오! 알았어. 기억할게."

시월이 손을 흔들며 대답했다. 그러고는 더 이상 말을 건넬 수 없는 거리로 순식간에 멀어졌다.

아홉 필의 말이 순식간에 초원의 구릉 위로 올라섰다. 높지는 않지만 넓은 시야가 확보되는 구릉 위에서 월문의 무사들이 잠시 멈춰 섰다.

그리고 그들은 남겨진 유목민들에게 시선을 주었다.

구릉 위 그들을 보았는지 유목민들이 먼 거리에서도 손을 흔들었다.

"우리가 보이나?"

곽부가 고개를 갸웃하며 중얼거렸다.

"초원에서 자란 사람들은 시력이 보통 사람보다 몇 배 좋아."

부리가 대답했다.

"아, 맞아. 부리 형님도 초원에서 살았죠?"

부리는 초원 유목민 출신이었다. 그래서 그의 시력 역시 다른 사형제들에 비해 월등하게 좋았고, 그 뛰어난 시력을 바탕으로 한 활 솜씨도 일품이었다.

마적들을 기습할 때의 화살도 모두 부리가 쏜 것들이었다.

"그런데 정말 괜찮을까요?"

시월이 걱정스러운 표정으로 물었다.

그러자 부리가 대답했다.

"장담할 수는 없지. 하지만 위험해도 그게 초원 사람들의 삶이야. 누가 강요할 수 없는… 저 사람들을 안전한 남쪽 마을에 데려다 놓으면 쉽게 적응 못 해. 시름시름 앓다가 죽을 수도 있어. 초원의 삶에 길들여진 사람은 초원에서 살아야 해. 마치 물고기가 물에서 살아야 하는 것처럼. 바람 같은 자유로움이 몸에 밴 사람들이지."

"부리, 너도 초원의 삶이 그리워?"

소후가 물었다.

"가끔… 하지만 아주 심하지는 않아. 다행히 난 월문의 제자가 되었으니까. 무공을 수련하는 일이 무척 재미있거든."

부리가 웃으며 말했다.

그러자 천중한이 월문의 제자들을 둘러보며 말했다.

"첫 시작치고는 나쁘지 않았다. 하지만 오늘 상대한 자들은 마적들 중에서도 약한 자들이었어. 앞으로는 점점 강한 적들을 만나게 될 것이다. 각오들 단단히 해."

"알겠습니다, 장로님!"

월문의 제자들이 일제히 대답했다.

"이 초원과 사막, 그리고 흥안령의 깊은 숲에는 무림인을 두려워하지 않는 강한 마적들이 즐비하다. 그자들을 하나하나 상대해 나가다 보면 너희들은 자신도 모르는 사이에 단단한 쇠처럼 강해져 있을 것이다. 더불어 월문의 협행도 소문을 타고 조용히 퍼져 나가겠지. 그러다 보면 어느 순간 너희들의 협행이 장성 이북 변경의 전설이 되어 있을 것이다. 수련에 더해 월문의 이름으로 전설을 만드는 것, 그것 역시 이 수련행 목표임을 잊지 말거라."

"예, 장로님!"

월문의 소년 제자들이 굳은 표정으로 대답했다.

그리고 천중한의 말처럼 그날부터 월문 소년 무사들이 작은 전설들을 만들어가기 시작했다.

*   *   *

삼 년 후……

까악까악!

홍안령 서쪽 경계, 숲이 사라지고 초원이 시작되는 곳으로 일단의 무리들이 말을 타고 몰려나왔다.

그들의 머리 위에 언제부터인지 까마귀 떼들이 따라오고 있었다.

"빌어먹을 놈의 까마귀 새끼들! 왜 따라오고 지랄이야!"

초원으로 달려 나온 자들 중 한 명이 욕설을 뱉어내며 까마귀 떼를 향해 화살을 날렸다.

쐐액!

화살이 무섭게 하늘을 갈랐지만, 까마귀 떼들은 가볍게 화살을 피한 후 다시 모여들었다.

"이곳에서 흩어지자!"

무리 중 검은 천으로 얼굴까지 둘둘 감은 사내가 말했다.

"단주! 모여 있는 것이 낫지 않을까요?"

까마귀를 향해 화살을 날린 자가 걱정스러운 표정으로 물었다.

"흩어지는 게 나아. 놈들의 숫자가 그리 많지 않다. 우리가 흩어지면 놈들도 흩어질 거야. 무사히 초원을 지나 사막으로 들어가면 놈들의 추격은 끝날 거다. 우린 사막의 길을 알지만 놈들은 사막을 모른다. 함께라면 모를까 흩어져서 사막으로 추격해 들어오지는 못할 거야. 귀풍곡에서 만난다. 한동안은 그곳에 숨어 있어야겠다."

"알겠습니다."

활을 든 자가 대답했다.

"모두 살아서 만나자!"

단주라 불린 자가 명을 내리자 이십여 명의 사내들이 삼삼오오짝을 지어 초원으로 흩어졌다.

"우리도 가자."

수하들을 흩어 보낸 사내가 그의 곁에 남은 수하들에게 명령을 한 후 자신이 먼저 초원으로 말을 몰기 시작했다.

*　　　　　*　　　　　*

황량한 북방 초원의 바람은 차다.

북방의 겨울은 초원을 극한의 장소로 만든다. 사람의 생존력을 시험하는 땅, 그나마 늦은 가을 바짝 마른 풀들이 겨울을 준비하는 자들에게 유일한 위안거리다.

툭!

거친 손이 허리까지 자란 마른 풀을 잘라냈다. 그러고는 꺾은 풀을 입으로 가져가며 말했다.

"사제, 운은 우리 편인 것 같지?"

이십 세 전후의 청년, 그리 크지도 작지도 않은 몸이지만, 태양에 검게 그을린 얼굴과 근육들이 바위처럼 단단해 보였다.

"거봐요. 제 말이 맞죠?"

청년 곁에서 왜소한 체구의 소년이 말했다. 바짝 마른 몸에 그리 크지 않은 키를 가진 소년은 올해가 지나면 열여섯 살이 되는 시월이었다.

나이를 먹어서인지 몸은 여전히 왜소했지만, 그의 얼굴에선 처음 월문에 들어왔을 때의 앳된 모습을 찾아볼 수 없었다.

또한 몸은 왜소해도 나약해 보이지는 않았다. 마른 몸이지만 팔다리는 마치 쇠를 단련해 놓은 듯 강인해 보였다.

"어떻게 안 거지? 적풍단주 천귀가 이쪽 길로 올 거라는 걸?"

이십 대의 청년이 된 무광이 물었다.

침착하면서도 진중한 무광은 이제 누구도 무시할 수 없는 뛰어난 무인으로 변해 있었다.

그래서인지 무광의 곁에 서 있는 시월은 단단해지기는 했지만 무광에게 비교되어 여전히 어린애 같은 느낌이 들었다.

"말발굽 자국을 보고 판단했어요."

시월이 대답했다.

"말발굽 자국?"

"예. 그자가 탄 말이 적풍단의 다른 마적들 말에 비해서 덩치가 컸거든요. 한눈에도 차이를 느낄 만큼요. 당연히 말발굽도 크고 자국도 더 깊이 파인 거죠."

"흠, 어느새 그걸 살폈네. 부리도 알아채지 못한 것 같던데."

무광이 대견하다는 듯 시월을 보며 말했다.

"아마 사막이었으면 부리 사형이 당연히 알아챘을 거예요. 하지만 초원에서는 말발굽을 살피기 쉽지 않죠. 자국이 제대로 남지 않거든요."

시월이 어깨를 으쓱하며 대답했다.

"오라. 그래서 네가 초원 초입에서 흩어질 때 주변을 넓게 서성였던 거구나?"

"맞아요. 그 덕에 내기에서 우리가 이긴 거죠."

"후후, 그렇긴 한데. 먼저 저자를 잡고 난 후의 이야기지."

무광이 초원을 가르며 말을 몰아오고 있는 다섯 명의 사내를 턱으로 가리키며 말했다.

"그건 뭐 걱정할 게 있나요? 대사형이 있는데."

"저들 다섯을 모두 내게 맡기겠다는 뜻이냐?"

"한두 명 정도는 제가 상대할게요."

"그럴래? 다른 때처럼 뒤로 물러나 있을 줄 알았는데?"

무광이 의외라는 듯 시월을 바라봤다.

"지금은 다른 사형들이 없잖아요."

"그러니까. 싸움을 미룰 사람이 있을 때는 굳이 네가 싸울 필요가 없다?"

"전 어리니까요. 막내의 특권이란 것이 있잖아요, 히히."

시월이 빙글거리며 웃어 보였다. 사나운 마적들과의 싸움을 앞둔 소년 같지가 않았다.

"요 녀석, 그런 핑계로 게으름을 피울 생각을 하다니. 아무튼 이번에는 조심해야 한다. 적풍단은 일반적인 마적단과는 조금 달라."

"무공을 쓰는 자들이 있다고 했죠?"

"음, 천의무맹의 강력한 통제를 버티지 못하고 대막으로 도주한 자들이 만든 마적단이니까. 특히 천귀는 무림에서 활동할 당시에도 뛰어난 무공을 자랑했다고 하더군."

"사형의 말을 들으니 괜히 긴장이 되는데요."

시월이 긴장을 풀려고 손으로 얼굴을 비비며 말했다.

"그래도 한 가지 걱정은 없다."

"어떤 거요?"

"네 녀석이 죽을 걱정, 넌 어디에 데려다 놔도 살아 돌아올 녀석이니까."

"에이! 제 몸에는 칼이 안 들어가나요?"

"칼이 들어갈 기회를 주지 않을 거잖아? 위험하면 멀리 도망갈 거니까."

"설마 비난하시는 거예요?"

"아니, 오히려 너의 그 생존 본능이 내 마음을 편하게 한다는 거다. 네 걱정을 안 하고 마음껏 싸울 수 있으니까. 그런 면에서 우리 사형제들 중 네가 가장 안심이 되지."

"칭찬으로 들을게요."

"당연히 칭찬이지. 이 험난한 무림에서 살아남는 능력만큼 중요한 게 뭐가 있겠느냐? 그건 그렇고 이제 시작해 볼까!"

무광이 어느새 오십여 장 안쪽으로 다가온 적풍단의 마적들을 보며 말했다.

"예, 대사형!"

스릉!

시월이 검을 뽑았다.

"언제나 말했듯이 싸움은 잡념 없이 단호하게! 순간의 망설임이 나와 형제를 위험에 빠뜨린다."

무광이 지금까지와 달리 정색을 한 표정으로 말했다.

"예, 사형!"

시월이 굳은 표정으로 대답했다.

"좋아. 가자!"

무광이 고개를 끄떡인 후 자세를 낮추더니 빠르게 수풀을 헤치며 달리기 시작했다.

          *   *   *

좌아악!

비록 월문의 공격을 받고 도주하고 있지만, 사막 마적들의 맹주를 자처하는 적풍단의 단주 천귀는 초원이 끝나가고, 멀리 사막의 눈부신 광채가 보이자 마음에 여유가 생겼다.

그를 따라온 수하들 역시 자신들의 터전인 사막이 보이자 마음이 놓이는 듯 달리던 말의 속도를 늦췄다.

그리고 그 안도감 때문에 멀리서 갑자기 흔들리는 초원의 풀들을 보면서도 적이라는 생각 대신 짐승이 나타났다고 생각했다.

"잘됐군. 먹을 것이 필요했는데……."

도주하느라 한동안 음식을 먹지 못한 천귀가 중얼거렸다.

"잡아 오겠습니다."

그를 따라온 수하 한 명이 말에서 날아 내리더니 수풀이 흔들리는 방향으로 달리기 시작했다.

그런데 마적이 십여 장 정도 전진했을 때, 갑자기 수풀에 가려졌던 짐승이 허공에 떠올랐다. 그리고 그 짐승에게서 눈부신 광채가 뻗어 나와 사냥을 하기 위해 달려가던 마적에게 떨어졌다.

"조심해! 적이다!"

천귀의 입에서 다급한 경고성이 터져 나왔다.

그러나 그의 경고가 들리기도 전에 사냥에 나섰던 마적은 이미 적의 검에 베어지고 있었다.

팟!

촤아악!

무광의 검이 단번에 마적의 목과 어깨 사이를 갈랐다. 혈관이 베인 마적의 목 언저리에서 피 분수가 솟구쳤다.

"컥!"

마적이 솟구치는 피를 막으려고 목 언저리를 잡아 가다가 그대로 풀밭에 너부러졌다.

"천귀! 네놈의 악업은 여기까지다!"

쓰러진 마적의 시신을 날아 넘은 무광이 적풍단주 천귀를 향해 돌진하며 소리쳤다.

"감히… 어디서 굴러먹던 놈이냐?"

갑작스러운 기습에 놀란 천귀가 대도를 꺼내 들고 말 위에서 날아올라 무광을 향해 뛰어내리며 소리쳤다.

"대월문의 이름으로 네놈의 목을 베겠다!"

무광이 천귀를 향해 검을 뻗어내며 소리쳤다.

"월… 문! 어떻게 벌써?"

천귀가 자신의 다리를 잘라오는 무광의 검을 향해 대도를 휘두르면서 당혹스러운 표정을 지었다.

캉!

도검이 충돌하면서 날카로운 불꽃이 터져 나왔다.

"흡!"

천귀가 예상을 뛰어넘는 강력한 무광의 힘에 놀라 뒤로 밀려나면서 헛바람을 토해냈다.

주르륵!

천귀는 뒤로 밀리는 몸을 굳이 세우지 않고 무광으로부터 사오장 정도까지 물러난 후에야 다리에 힘을 줘 움직임을 멈췄다.

그리고 재빨리 검을 들어 무광의 다음 공격에 대비하면서 빠르게 주위를 살폈다. 다행히 자신을 공격한 자 말고는 어린놈 하나만 눈에 보였다.

적이 단 두 명에 지나지 않는 것을 확인한 천귀의 입가에 냉혹한 미소가 지어졌다.

"겨우 둘?"

천귀가 비웃듯 중얼거렸다.

"둘이면 충분하지."

무광이 차갑게 대답했다.

그런 무광을 노려보던 천귀가 다시 입을 열었다.

"머리에 피도 안 마른 어린놈인 걸 보니 네놈도 요즘 장성 이북에서 이름깨나 날린다는 월문의 일곱 마리 늑대 중 하나겠구나."

"사람들이 그렇게 부르더군."

무광이 대답했다.

"역시… 그동안 네놈들 손에 죽은 마적들의 숫자가 수백에 이른다지? 협행이라는 명목으로 손에 피가 마를 날이 없다는 젊은 살귀들……"

"그 덕에 장성 이북의 상로는 안전해졌고, 유목민과 화전민들은 평화롭게 살아가고 있지. 그것이 바로 월문의 정의다."

무광이 호랑이 같은 기백을 드러내며 말했다.

"개떡 같은 소리 하고 있네. 정의는 무슨… 월문의 문주 백문보가 자신의 야심을 위해 애꿎은 사람 사냥을 하는 거지."

천귀가 경멸하듯 중얼거렸다.

"월문의 명성을 시기하는 자들이 종종 그런 말을 한다고는 하더군. 그러나! 분명한 사실이 있다. 월문의 협행으로 인해 장성 이북이 훨씬 평화로워졌다는 것, 그 평화가 바로 월문의 협행을 증명하는 것이다."

무광이 검을 들어 천귀를 겨누며 말했다.

"명청한 놈! 칼 든 자에게 평화는 허상일 뿐이란 걸 모르는구나. 어린놈아, 너도 내 나이쯤 되면 알게 될 것이다. 이 일이 결국 백문보의 야심에 의해 자행된 일이라는 것을!"

"문주님을 모독했으니 항복의 기회조차 네게는 없다!"

무광이 천귀를 향해 다가가며 말했다.

"모두 모여! 놈은 한 놈이다. 아! 저 어린놈도 있었군. 동삼, 어린놈은 네가 맡아!"

무광이 수하 중 한 명에게 소리쳤다.

"예, 단주!"

천귀의 명을 받은 동삼이라는 마적이 번뜩이는 검을 들고 시월을 향해 달려갔다.

시월이 비스듬히 검을 들었다.

워낙 마른 몸이라 검을 든 그의 신형이 초원의 수풀처럼 바람에 흔들리는 것처럼 보였다.

"쯔쯔… 월문주도 고약한 자군. 이렇게 어리고 허약한 놈에게 검을 들려 보내다니. 죽으라는 소리네. 후 불면 날아가 버릴 것 같은 놈이 아닌가."

시월에게 달려들던 마적 동삼이 중얼거렸다. 그 순간 시월이 가볍게 허공으로 도약했다.

바짝 마른 시월의 몸이 바람에 날리듯 마적을 향해 다가왔다. 그 가벼운 몸놀림에 놀란 마적 동삼이 급히 시월을 향해 매섭게 검을 휘둘렀다.

마적의 검이 몸에 닿으려는 순간 시월이 자신의 몸을 작은 짐승처럼 웅크렸다.

팟!

갑자기 작아진 시월의 머리 위로 마적의 검이 지나갔다. 그 순간, 둥글게 말린 시월의 몸 한구석에서 날카로운 검광이 송곳처럼 튀어나왔다.

갑자기 튀어나온 검광은 마적 동삼이 피할 사이도 없이 그의 옆구리를 벼락처럼 찌른 후 바람처럼 마적의 등 뒤로 사라졌다.

"컥!"

마적 동삼은 자신이 어떻게 당했는지도 모른 채 짧은 신음과 함께 풀밭에 쓰러졌다.

*　　　*　　　*

쩌쩡!

네 명의 적에게 둘러싸인 무광이 날렵한 움직임으로 적의 협공을 피하며 검을 휘둘렀다.

그의 검이 공기를 가를 때마다 마적들은 흠칫흠칫 놀라며 황급히 무광의 검을 피해 뒤로 물러났다.

무광의 검은 빠르고 날카로우면서도 묵직한 힘을 지니고 있었다. 더군다나 여러 명의 적을 상대하면서도 유려한 움직임을 보이는 그의 보법은 그가 젊은 나이임에도 불구하고 완성된 무인임을 보여주고 있었다.

그래서 여럿이 협공하고 있었지만, 싸움은 마적들에게 결코 유리하지 않게 흘러갔다.

그나마 수적 우위 때문에 겨우 승부에 균형을 맞추고 있는 적풍단의 마적들이었다.

적풍단주 천귀의 표정은 무광과 첫 번째 검을 섞는 순간부터 어두워져 있었다. 그는 단번에 이 젊은 무사의 무공이 범상치 않다는 것을 알아챘다.

그 역시 마적이 되기 전 무림에서 이름깨나 날렸던 무인이었다. 당연히 상대의 무공 수위를 알아볼 정도의 눈을 가지고 있었다.

그런데 상황이 조금 더 어렵게 돌아갔다.

무광을 상대로 쉽지 않은 싸움을 이어가는 와중에 손쉽게 제압할 수 있을 것 같았던 월문의 애송이 놈이 오히려 자신의 수하 동삼을 순식간에 베어버렸던 것이다. 그러고는 마치 자신은 이 싸움과 상관없다는 듯 팔짱을 낀 채 자신들의 싸움을 지켜보고 있었다.

무광 하나 상대하는 것도 쉽지 않은 상황에서 생각보다 강한 무공을 가진 것이 확실한 시월까지 신경을 써야 하니 천귀로서는 난감한 상황이 아닐 수 없었다.

"사제! 언제까지 지켜볼 거야?"

홀로 네 명의 마적을 상대하고 있던 무광이 싸움을 지켜보고 있는 시월에게 소리쳤다.

"도와드려요?"

시월이 되물었다.

"애초에 두 명은 사제 몫이었어!"

무광이 천귀를 향해 검을 내려치며 소리쳤다.

캉!

"윽!"

천귀가 무광에게 밀려 서너 걸음 뒤로 물러났다. 그러자 좌우에서 두 명의 마적이 천귀를 압박하려는 무광을 공격했다.

무광이 재빨리 몸을 낮춰 상대의 공격을 흘려내고는 훌쩍 뒤로 물러났다. 그리고 다시 시월에게 물었다.

"정말 구경만 할 거냐?"

"제가 없어도 될 것 같아서요."

"말했지! 어떤 싸움도 검을 든 싸움에서는 방심이 허락되지 않는다고. 작은 여유가 큰 변수를 만드는 것이 무림의 싸움이다."

무광이 엄한 표정으로 말했다.

그러자 시월이 고개를 끄덕였다.

"알았어요. 저도 오래 구경할 생각은 없었어요."

대답을 한 시월이 망설임 없이 마적들을 향해 날아갔다.

"요놈!"

무광을 상대하던 마적 중 한 명이 자신을 향해 달려드는 시월을 향해 욕설을 쏟아내며 검을 휘둘렀다.

창!

시월의 검과 마적의 검이 격돌하며 날카로운 불꽃을 만들었다.

"엇!"

시월이 힘에서 밀린 듯 황급히 뒤로 물러났다.

"요, 어린놈! 늑대 밥을 만들어주마!"

시월을 물러나게 만든 마적이 승기를 잡았다고 생각했는지 시월을 쫓아오며 소리쳤다.

그러자 시월이 맞서 싸울 생각은 하지 않고 조금 더 멀리 달아났다.

시월이 달아나자 마적이 걸음을 멈추고 천귀를 돌아봤다. 급한 것은 무광과의 싸움이어서 함부로 시월을 추격할 수 없었다.

"빨리 죽여 버려! 동삼이 놈처럼 실수하지 말고!"

천귀가 소리쳤다.

"예, 단주!"

천귀는 죽은 동삼이라는 마적이 방심해서 시월에게 당했다고 생각하는 듯했다. 그래서 방심만 하지 않으면 쉽게 시월을 죽일 수 있을 거라 생각한 것이다.

천귀의 허락을 받은 마적이 멀찍이 물러나 있는 시월을 향해 달려가기 시작했다.

시월이 마른 풀을 가르며 달려와 내리찍는 마적의 검을 다시 한 번 뒤로 물러나며 가볍게 피해냈다.

쾅!

시월이 물러난 곳에 마적의 검이 떨어졌다.

푸스스!

마른 풀과 흙이 함께 일어나 초원의 바람에 날려갔다.

"쥐새끼 같은 놈!"

자신의 검을 피한 시월을 향해 욕설을 해대며 마적이 재차 검을 휘둘렀다.

좌악!

마적의 검이 마른 풀들을 자르며 다가왔다.

시월이 재빨리 몸을 낮췄다.

삭!

마적의 검이 아슬아슬하게 시월의 머리카락 몇 올을 자르며 지나갔다.

"요놈이!"

쉽게 죽일 수 있을 것 같은데 쉽게 죽지 않는 시월에게 화가 난 마적이 허공으로 도약하며 검을 머리 위로 치켜들었다.

더 이상 피할 기회를 주지 않고 단번에 시월의 머리를 박살 낼 생각이었다.

그 순간 시월의 눈빛이 늑대처럼 변했다. 그리고 마적의 검이 자신의 머리에 떨어지기 전, 짐승처럼 웅크렸던 몸을 펼치며 사선으로 도약했다.

팟!

한 줄기 검광이 섬뜩한 소음과 함께 여전히 검을 머리 위에 들고 있던 마적의 옆구리를 스치고 지나갔다.

"요놈이!"

마적이 옆으로 빠져나가는 시월을 향해 몸을 틀며 들고 있던 검을 내려쳤다.

그런데 검이 시월을 향해 나아가지 않고, 오히려 마적이 온몸의 힘을 잃고 풀밭으로 떨어졌다.

쿵!

마적은 땅에 처박힌 후에도 자신의 몸을 제어하지 못하고 허우적거렸다. 그런 그의 옆구리에서 붉은 피가 흘러나와 누런 초원을 적셨다.

"이… 이게……."

자신의 피를 본 마적이 급격하게 기운을 잃어갔다. 느낌도 없이 베인 검상이 생각보다 깊어서 죽음을 피할 길이 없었던 것이다.

마적이 자신의 죽음을 믿지 못하겠다는 듯 마지막 시선을 시월에 돌렸다.

그러나 시월은 죽어가는 마적에게는 눈길도 주지 않았다. 그는 다시 걸음을 옮겨 무광과 세 명의 마적이 싸우는 곳으로 걸어갔다.

"이… 노……."

마적이 등을 보이고 걸어가는 시월을 향해 욕설을 내뱉으려 했지만, 말이 끝나기도 전에 풀밭에 머리를 떨궜다.

시월은 팔짱을 낀 채 다시 무광의 싸움을 지켜보기 시작했다. 물론 이번에는 이전과 조금 달랐다.

지켜보기 전에 먼저 무광의 의사를 확인한 것이다.

"더 도와드려요?"

시월이 팔짱을 낀 채 소리쳤다.

"벌써 끝났어?"

한 명의 마적이 빠져 한결 여유가 생긴 무광이 마적들을 몰아

붙이며 되물었다.

"예. 끝났어요. 도와드려요?"

시월이 다시 물었다.

"아니, 됐어. 이젠 나 혼자도 충분하다!"

무광이 시월의 도움을 거절한 후 좀 더 강하게 적들을 밀어붙이기 시작했다.

*　　　　*　　　　*

"젠장!"

적풍단주 천귀가 씹어뱉듯 욕설을 내뱉었다. 검을 들기에도 허약해 보이는 어린놈에게 두 명의 수하를 잃은 당혹감 때문이었다.

수하가 어린놈을 빨리 죽여 버리고 다시 이 싸움에 합류하기를 바라고 있던 천귀로서는 당황하지 않을 수 없었다.

"우리도 그만 끝을 보자!"

당황스러운 표정을 짓고 있는 천귀를 향해 무광이 소리쳤다.

그러고는 왼손을 허리춤으로 돌려 작은 단검을 빼 들었다. 양손에 장검과 단검을 나눠 쥔 무광이 세 명의 마적들 사이로 거침없이 파고들었다.

"죽여 버렷!"

천귀가 이를 갈며 소리쳤다.

그러자 그의 수하들이 천귀와 함께 무광을 덮쳤다. 다른 때와 달리 죽어도 괜찮다는 듯 한꺼번에 무광을 덮친 것이다.

무광이 순식간에 시퍼런 검과 도의 광채에 휘감겼다. 마치 병기의 그물에 걸린 것 같았다.

그 모습이 무척 위태로워 보여서 무광의 실력을 알고 있는 시월조차 팔을 풀고 손을 움켜쥘 지경이었다.

하지만 무광의 표정은 달랐다. 그의 표정에는 아무런 변화가 없었다. 대신 그는 지금까지와는 전혀 다른 속도로 움직였다.

캉!

팟!

무광이 눈앞으로 파고드는 검을 장검으로 막으며 시선을 돌리지 않은 채 왼손에 들고 있던 단검으로 측면에서 달려들던 마적의 목을 날카롭게 베었다.

"컥!"

목을 베인 적이 목을 움켜쥐며 땅 위에 나뒹굴었다.

무광은 쓰러진 자에게 눈길도 돌리지 않고 여전히 자신과 검을 맞대고 있는 천귀를 향해 단검을 뻗었다.

"헉!"

천귀가 무광의 공격에 놀라 훌쩍 뒤로 물러났다. 순간 무광이 팽이처럼 회전하면서 장검을 휘둘렀다.

"컥!"

단번에 다른 쪽에 있던 마적이 무광의 검에 허리와 다리를 베이고 쓰러졌다.

"이 악귀 같은 놈! 두고 보자!"

순간에 자신의 수하들을 모두 베어버린 무광에게 욕설을 퍼부은 천귀가 몸을 돌려 도주하기 시작했다.

질풍처럼 풀밭을 달린 천귀가 재빨리 말고삐를 낚아채고 허공으로 떠올라 말 등에 올라탔다. 그런데 그 순간 어느새 허공을 날아온 단검이 천귀의 등을 뚫고 들어왔다.

"컥!"

천귀의 입에서 격한 신음 소리가 흘러나오더니 그대로 말 위에서 떨어졌다.

쿵!

히히힝!

주인이 떨어지자 놀란 말이 울음을 터뜨린 후 홀로 초원으로 달아났다.

"즉사한 것 같은데요?"

말이 떠난 곳으로 다가온 시월이 천귀를 살피며 중얼거렸다.

"심장이 관통됐을 거다."

시월의 등 뒤에서 무광이 장검에 묻은 피를 털어내며 무심하게 대답했다.

"싱겁네요. 그래도 사막의 주인을 자처하던 적풍단의 단주인데……."

"그래도 다른 자들에 비하면 제법 강한 자였다."

무광이 말했다.

"사형, 나 사형의 비검술 좀 가르쳐 주세요. 예전부터 배우고 싶었어요."

시월이 죽은 천귀의 몸에서 무광의 단검을 빼며 말했다.

"비검술을? 그러지, 뭐. 삼장로께서 이번 일이 끝나면 한동안 잠룡동에 머물 것이라고 했으니 돌아가서 가르쳐 주마."

무광이 대답했다.

"하! 약속했어요!"

"약속은 했다만, 넌 사제들의 무공을 모두 배우려 하니 큰일이다. 하나라도 제대로 배우는 게 중요한데."

"히히, 그래도 늘 새로운 걸 배우고 싶어요."

"알겠다. 하나를 깊게 수련하기 어려우면 다양한 무공을 배워두는 것도 나쁘지 않지. 가자!"

무광이 걸음을 옮기며 말했다.

"어쨌거나 이번 내기는 우리가 이긴 거죠?"

"당연하지. 적풍단주를 죽였으니 우리가 이긴 거지. 다들 다른 말 못 할걸?"

"히히, 은자 열 냥 생겼네."

시월이 실실거리며 무광 옆으로 달려갔다.

제6장

―

무림에 나서다

두두두!

세 필의 말이 길게 이어진 요하 강변을 달렸다.

말들이 어느 순간 왼편으로 방향을 꺾어 요하로 흘러드는 한 지류를 따라 이동했다.

강 주변으로 누렇게 익어가는 밀밭이 드넓게 펼쳐졌다. 그 밀밭 끝에 유유히 흐르는 강을 경계로 불쑥 솟은 산이 있었다.

신검산.

북방의 대산맥인 흥안령이 남쪽으로 달려 내려와 끝나는 곳에 우뚝 솟아 있는 신검산에는, 대산맥의 기운을 품은 한 무림문파가 자리 잡고 있었다.

강호무림에서 그리 큰 존재감을 가지는 문파는 아니지만, 열하 인근에서는 전통의 명문으로 대접받는 월문이었다.

번성하던 시절에는 이름 앞에 대(大)자를 붙여 대월문이라고 불리기도 했지만, 지금은 그저 월문으로 더 많이 불리고 있는 문파다.

강변을 따라 달려온 세 필의 말은 신검산 주변에 형성된 마을을 관통한 후 단숨에 신검산을 치달아 올라 월문의 장원 안으로 들어갔다.

백문보는 화려한 장식을 배제하고 투박하지만 단단한 무인의 기상이 엿보이는 집무전에서 세 명의 무인이 가져온 서찰을 받아 들었다.

서찰을 전한 세 무인은 백문보가 서찰을 읽는 동안 도도한 표정으로 백문보를 바라보고 있었다. 그들의 표정은 마치 빚을 받으러 온 사람들 같았다.

그런 그들을 월문의 일장로 고태와 이장로 마건이 적의를 담은 눈으로 지켜보고 있었다.

"잔마라."

서찰을 모두 읽은 백문보가 고개를 들며 중얼거렸다.

"모용대주께서 백무곡 앞에서 기다린다고 하셨소. 오 일 안에 도착해 달라시오."

"오 일… 오늘 출발해도 도착하기 어려운 시간이군."

백문보가 중얼거렸다.

"대주의 명이시오!"

사내가 단호하게 말했다.

그러자 백문보가 물끄러미 사내를 바라보다가 물었다.

"이름이……?"

"의천단의 왕개보요. 이번에 구성된 영웅대에서 모용대주를 호위하고 있소."

"그렇군. 그런데 모용지 어른의 이 서신에는 도움을 부탁한다고 쓰여 있지 명을 내린다는 말은 없는데?"

"그… 그것은… 대주께서 다만 월문에 대한 예를 차리느라 그리 쓰신 것 아니겠소?"

"그렇군. 고마우신 일이지. 그런데! 모용지 어른조차 내게 그런 예의를 지키는데 너는 왜 예의를 모르는 것이냐?"

백문보가 차가운 시선으로 왕개보를 응시하며 물었다.

갑작스러운 백문보의 힐난에 왕개보의 얼굴이 차갑게 굳었다.

"난… 모용지 어른을 보필하는 호위무사요. 그런 날 지금 겁박하려는… 억!"

팟!

한순간 왕개보가 헛바람을 토해내며 몸을 틀었다. 하지만 어느새 그의 얼굴엔 붉은 선혈이 그어져 있었다. 그의 뺨을 베고 날아간 검이 뒤쪽 벽에 강하게 꽂혔다.

퍽!

검은 검신의 절반 이상 깊숙이 벽에 박힌 후에도 그 힘을 이기지 못하고 부르르 몸을 떨었다.

"감히 전령 따위가 날 모욕하다니… 내가 너무 오랫동안 강호에 나가지 않았군."

저벅저벅!

백문보가 자리에서 벗어나 왕개보 앞으로 다가왔다.

그러자 왕개보가 당황한 채 뒤로 물러나며 소리쳤다.

"이, 이게 무슨 짓이오?"

소리치는 왕개보의 손에는 어느새 검이 들려 있었다.

그의 동료 두 사람도 검을 뽑아 든 상태였고, 당연히 월문의 두 장로 고태와 마건 역시 검을 뽑아 든 채 왕개보 등을 겨누고 있었다.

다행히 백문보는 왕개보를 공격하지 않고 지나쳤다. 그는 맞은편 벽으로 다가가 깊게 박힌 검을 빼 들었다. 그러고는 왕개보를 돌아보며 물었다.

"넌 이 검이 누굴 벤 검인 줄 아느냐?"

"……."

"이 검은 삼십육마 중 한 명인 유령마 단석괴를 벤 검이다. 넌 그때 무엇을 하고 있었느냐?"

"…유령마 단석괴……."

왕개보가 혼이 빠진 표정으로 중얼거렸다. 그리고 그제야 그는 자신 앞에 있는 사람이 누군지 새삼스럽게 깨달았다.

이제는 비록 사람들의 기억 속에서 희미해진 일이기는 해도 이 벽촌의 무가 주인인 백문보가 삼십육마의 일인 유령마 단석괴의 목을 벤 것은 분명한 사실이었다.

삼십육마의 난 당시 의천단에 갓 입단했던 혈기 왕성했던 왕개보에게도 그 소식은 큰 충격이었었다.

그런데 왜 그 사실을 잊고 있었을까.

불현듯 왕개보는 자신이 큰 실수를 저질렀다는 것을 깨달았다. 한동안 의천무맹과 거리를 두고 살아온 월문이었기에 이들이 다른 삼십육방문과 달리, 십팔장문을 능가하는 저력을 가진 문파라는 것을 잊고 있었던 것이다.

쿵!

왕개보가 그 자리에 무릎을 꿇었다. 그리고 머리를 조아리며 죄를 빌었다.

"문주께 사죄드리오. 제가 월문과 문주님이 마땅히 무림의 존경을 받아야 한다는 사실을 잠시 잊고 있었습니다. 부디 어리석은 필부의 행동을 용서해 주십시오."

왕개보가 무릎을 꿇고 죄를 청하자 백문보가 잠시 그를 바라본 후 자리로 돌아가며 입을 열었다.

"일어나게."

백문보의 말에 왕개보가 천천히 꿇었던 무릎을 펴고 일어났다.

"자네 말대로 자네는 모용지 어른의 전령이니 지금 자네를 베지는 않겠네. 자네 죄는 모용지 어른을 뵙고 따지기로 하지. 이제 그만 돌아가게. 오 일은 너무 짧고 칠 일 안에 백무곡에 도착하겠다고 전하게."

"문주님! 부디 노여움을 푸시고……."

"그만! 돌아가게. 두 장로는 이들을 배웅하시게."

백문보가 고태와 마건에게 차갑게 명을 내렸다.

그러자 고태가 앞으로 나서며 왕개보를 보며 말했다.

"나갑시다!"

고태의 말에 왕개보가 잠시 망설이다가 백문보를 향해 고개를 숙이며 다시 사죄를 했다.

"문주, 다시 한번 오늘의 무례를 사과드립니다. 그리고 모용대주께 미리 오늘 일의 죄를 고하고 벌을 청하도록 하겠습니다. 백무곡에 오시면 아마도 전 이미 벌을 받고 있을 것입니다. 그러니 부디 노여움을 푸시기 바랍니다. 그럼 백무곡에서 뵙겠습니다."

왕개보가 다시 한번 정중하게 사과를 하고 고태와 마건에게 떠밀리듯 백문보의 집무실을 떠났다.

"잔마(殘魔)… 백무곡이라. 바람이 부는가!"

혼자 남은 백문보가 강렬한 전의가 느껴지는 목소리로 중얼거렸다.

*　　　　*　　　　*

하늘은 청명했다. 볕은 여전히 따가웠다.

그러나 공기는 이미 찬 기운을 품고 있었다. 아침저녁으로 짙은 안개가 산 아래를 휘감았다. 이제 곧 서리도 내릴 것이다. 그리고 그 계절 끝은 혹독한 겨울이다.

시월은 잠룡동의 주 수련처인 동굴 밖 공터 한쪽에 앉아서 늦가을 오후의 햇볕을 쬐고 있었다.

냉혹한 북방의 겨울을 견디려면 가을에 최대한 햇볕을 많이 받아두는 것이 좋다는 것을 몸이 본능적으로 알고 있었다.

다른 사형제들 역시 공터에 나와 있었다. 적풍단을 제거하고 난 후에는 더 이상 잠룡동 밖을 나가지 않고 있는 월문의 제자들이었다.

"실전 경험은 충분하다. 도검이 만들어내는 처절한 죽음에도 충분히 익숙해졌다. 이젠 그동안의 경험을 바탕으로 각자의 무공을 조금 더 깊게 갈고닦을 때다. 다시 잠룡동에서의 수련을 시작한다."

적풍단을 몰살시키고 난 후 돌아온 시월 등 월문의 젊은 제자들에게 삼장로 천중한이 한 말이었다.

일곱 명의 제자들, 소문주 백유검을 포함하면 여덟 명의 젊은 수련자들은 천중한이 한 말의 의미를 충분히 이해하고 있었다.

그들도 그즈음 오 년 가깝게 이어온 수련을 위한 협행에 어느 정도 지쳐가고 있었다.

흉악한 마적들에게서 힘없는 사람들을 구한다는 면에서는 의미가 있었지만, 수련을 위한 실전이라는 면에선 더 이상 얻을 것이 없었다.

도검으로 사람을 죽이는 것에도 너무 익숙해져서 이젠 그 일이 마치 풀을 베거나 나무를 베는 것처럼 느껴질 때도 있었다.

소년들은 어느새 도검과 죽음을 친구처럼 자연스럽게 느끼는 무림인이 되어 있었던 것이다.

더군다나 지난 오 년여간 상대한 자들이 하나같이 흉포한 마적들이어서 그들의 검은 거칠고 독했다. 또한 그 독한 검만큼 그들의 심장도 독해져 있었다.

가끔 소년들, 아니, 이젠 청년이 된 월문의 제자들은 변한 자신들의 모습에 스스로 놀랄 때도 있었다. 그리고 이 전쟁 같은 협행을 언제까지 해야 하는 건가 하는 회의감을 느낄 때도 있었다.

그런 시점에서 천중한이 수련행이자 협행의 종료을 선언한 것이다.

월문의 제자들은 기쁜 마음으로 수련의 종료를 받아들였다.

그리고 그 순간부터 다시 자신들이 어린 시절 무공을 수련한 잠룡동에 칩거해 무공을 가다듬기 시작했다.

오 년간의 실전 이후의 수련이 이전과 같을 수는 없었다.

그들은 과거에는 이해할 수 없었던 초식들을 이해할 수 있었고, 또 그 이상의 경지에 도달하기 위해서는 무엇을 해야 하는지도 깨닫고 있었다.

그래서 다시 잠룡동에 머물게 된 이후의 수련은 그 이전과 비교할 수 없을 만큼 진지하고 치열한 면이 있었다.

시월 역시 볕을 쬐는 와중에도 손에서 검을 놓지 않았다. 최근 들어 시월은 비도들을 다루는 데 부쩍 재미를 붙인 상태였다.

적풍단의 단주 천귀를 죽인 대사형 무광의 비도술을 약속대로 전해 받았기 때문이었다.

대사형 무광은 사형제들 사이에선 십전(+全)의 무인이 될 거라는 소리를 듣고 있을 만큼 다양한 병장기를 능숙하게 다뤘고 내공도 충실했다.

특히 실전에 임해서는 자신이 수련한 모든 무공을 적재적소에 사용하는 능력도 탁월했다. 그래서 그의 무공은 실전의 측면에서 다른 사형제들에 비해 한 단계 위의 경지에 있었다.

사형제들은 그런 그를 전귀라고 부르며 놀리곤 했다.

그런 대사형 무광의 무공 중에서 가장 부러웠던 비도술을 오랜 조름 끝에 배우게 된 시월이었다.

빙글빙글!

시월의 손안에서 작은 비도가 바람개비처럼 쉬지 않고 돌아갔다.

무광은 비도술을 제대로 쓰려면 비도를 공깃돌처럼 손안에서 가지고 놀 수 있어야 한다고 시월에게 충고했다.

시월은 그 충고대로 비도술을 배운 이후 한시도 비도를 손에서 놓지 않았다. 그래서 볕을 즐기는 이 시간조차도 그의 손에서는 끊임없이 비도가 움직이고 있었던 것이다.

그런데 어느 순간 시월이 움직이던 비도를 멈췄다.

산 아래에서 한 줄기 신호음이 맑은 가을 공기를 뚫고 올라왔기 때문이었다.

삐이익!

하던 일을 중지한 것은 시월만이 아니었다.

다른 사형제들 역시 무공 수련을 중지하고 공터의 입구 쪽으로 모여들었다.

"어, 문주님이다!"

다른 사형제들에 비해 시력이 몇 배는 뛰어난 부리가 말했다.

"문주님이요?"

"정말요?"

쌍둥이 형제인 무릉과 도원이 동시에 물었다.

"그렇다니까. 아이구! 소후 녀석 꽁지에 불붙었네. 천천히 오지."

부리가 혀를 차며 말했다. 그의 눈에 놀란 토끼처럼 잠룡동으로 급하게 달려 올라오는 소후가 보였다.

신호를 보낸 사람은 잠룡동 아래로 내려가 주위를 경계하던 소후였다. 사형제들은 반나절씩 잠룡동 아래로 내려가 경계를 서고 있었다.

사형제들 중 가장 빠른 발을 가졌다는 소후가 순식간에 잠룡동 위로 올라왔다. 그러고는 숨을 헐떡이며 말했다.

"문주님이 오서, 헉헉!"

"알고 있어."

"뭐? 어떻게?"

"내 눈을 몰라?"

부리가 퉁명스럽게 되물었다.

"에이 씨, 그럼 천천히 걸어 올라올걸. 괜히 힘 뺐네."

소후가 투덜거렸다.

그러자 삼장로 천중한이 동굴 안쪽에서 걸어 나오며 물었다.

"홀로 오셨느냐?"

"아닙니다. 열 분 정도 함께 오셨습니다. 일장로님도 오시고……."

부리가 대답했다.

"고 노형께서도? 음… 무슨 일이 있는 건가?"

천중한이 얼굴을 굳히며 잠룡동으로 오르는 길로 시선을 돌리며 중얼거렸다.

그런 그의 시야에 어느새 잠룡동 가까이 이른 문주 백문보와 월문의 무인들이 들어왔다.

*　　　　　*　　　　　*

"상대는 잔마(殘魔)다!"

잠룡동에 도착한 백문보는 시월 등 월문의 젊은 제자들을 불러 모은 후 급작스러운 강호행을 명령했다.

그런데 이번 출행은 지난 오 년여간 대막과 초원의 마적들을 상대하는 것과는 전혀 다른 성질의 출행이었다.

백문보의 입에서 흘러나온 한 마인의 별호가 그 사실을 증명했다.

"잔마! 그가 나타났습니까?"

삼장로 천중한이 놀란 표정으로 되물었다. 무슨 일에든 좀체 당황하지 않는 그였지만, 삼십육마의 생존자 중 한 명인 잔마의 등장은 그조차도 놀라게 만든 모양이었다.

"두어 달 전 장성 근처에 있는 동모산장이 누군가에게 멸문을 당했네. 동모산장은 세력은 작지만 그래도 삼십육방문 중 한 곳이지. 무맹 의천단이 그 사건을 조사한 결과 흉수는 잔마와 그 수하들로 밝혀졌네. 맹에선 즉시 의천단을 중심으로 잔마 추격을 위한 영웅대를 조직해 추적에 나섰는데, 지금까지 잔마를 잡지 못하고 있었지."

"그런데 왜 본문에……?"

천중한이 의아한 표정으로 다시 물었다.

비록 맹의 영웅대가 잔마 추격에 실패했다고 해도 다급하게 월문의 출행을 요구할 이유가 없었다.

의천무맹 내에서 월문은 수십 개의 중소 방문 중 하나. 잔마 추격 같은 큰일은 구대천문이나 적어도 십팔장문에 속한 문파들이 도맡는 것이 보통이었다.

"잔마가 백무곡으로 들어간 모양이네."

"백무곡! 그래서 우리가 필요한 것이군요."

천중한이 이해가 간다는 듯 말했다.

그러자 백문보가 고개를 끄떡이고는 월문 제자들을 보며 입을 열었다.

"모두 들어라!"

"예, 문주님!"

시월과 월문의 젊은 제자들이 일제히 대답했다.

"이번 출행은 지금까지와는 전혀 다르다. 군이 말하자면 너희들의 첫 강호행이라고도 할 수 있다. 지금까지 상대한 마적들은 흉적들이기는 해도 무림을 벗어나 있는 자들이었다. 간혹 무공을 쓰는 자가 있었다고 해도 겨우 한둘… 하지만 이번에 너희들이 만나게 될 자는 잔마다. 흉성이기는 해도 명성으로만 따지만 무림백대고수 안에 드는 자와 그 수하들이다. 그러니 이번 출행에 대한 너희들의 마음가짐도 달라야 한다."

"예, 문주님!"

월문의 제자들이 군은 표정으로 대답했다. 본래 말이 많지 않은 백문보다. 그런 그가 이렇게 길게 말을 하는 것은 상대가 그만큼 위험한 적이라는 뜻이었다.

"아마도 영웅대주는 백무곡으로 진입하기 위한 길잡이가 필요해 월문을 불렀을 것이다. 하지만 난 그의 바람에 대로 길잡이만으로 만족할 수 없다! 백무곡에서 본문이 잔마를 잡는다!"

백문보의 선언에 시월 등 월문의 제자들은 물론 고태와 천중한 등 장로들 역시 놀란 눈으로 백문보를 바라봤다.

"잔마는 흉악한 자이나 월문에게는 보화(寶貨)다. 그를 잡아 월문이 의천무맹의 그 어떤 문파보다 강한 문파라는 것을 무림에 보여준다. 그리고 그들에게 월문의 새로운 시대가 시작되었음을 알려줄 것이다. 바로 너희들의 시대가 말이다! 할 수 있겠느냐?"

백문보가 제자들을 보며 물었다.

하지만 그 말의 무게감에 짓눌린 월문의 제자들이 쉽게 대답하지 못했다.

"자신 없느냐?"

백문보가 다시 물었다.

그러자 무광이 대답했다.

"아닙니다. 반드시 잔마를 잡아 월문의 위대함을 세상에 알리겠습니다."

무광의 대답에 백문보의 얼굴에 가볍게 미소가 지어졌다.

"그래. 난 너희들을 믿는다. 그리고 떠나기 전에 한 가지 사실을 말해주마. 너희들의 무공은 사실… 강호 일류의 경지를 넘어선 지 오래다!"

백문보의 말에 시월 등 월문의 제자들이 당황한 표정으로 백문보를 바라봤다.

그동안 백문보나 장로들로부터 무공에 대한 칭찬을 들은 기억이 없는 그들이었다. 그들 자신도 마적들이나 상대하는 자신들의 무공이 아직은 한참 부족하다고 생각하고 있었다. 그래서 갑작스러운 백문보의 칭찬은 곤혹스러운 일이었다.

그런 제자들을 보며 백문보가 다시 입을 열었다.

"너희들의 무공 진보는 이미 내 기대를 훨씬 뛰어넘고 있었다. 다만 그동안 그 사실을 말하지 않은 것은 너희들의 자만을 경계해서이다. 하지만 지금은 자만을 걱정하기보다 자신감이 필요한 시기! 너희 중 셋만 모여도 능히 잔마를 제압할 수 있을 것이다.

그러니 두려워하지 말거라. 알겠느냐?"

"…알겠습니다, 문주님!"

무광이 다시 제자들을 대신해 대답했다.

하지만 그의 말투에도, 다른 제자들의 표정에도 여전히 일말의 의구심이 남아 있었다.

"겪어보면 내 말이 사실임을 알게 될 것이다. 그런데 그런 너희들의 강한 힘을 온전히 사용하려면 반드시 한 가지가 필요하다. 독심(毒心)! 월문의 형제들을 위해 목숨을 걸고 반드시 상대를 베겠다는 독한 마음이 필요하다. 그 독심을 기르기 위해 그동안 수많은 마적들을 상대하게 한 것이다. 그 고된 수련을 헛되게 하지 마라."

"예, 문주님!"

이번에는 월문의 제자들이 일제히 대답했다.

"좋아. 그럼 지금 바로 출발한다. 준비들 해라."

"지금 말입니까?"

천중한이 놀란 표정으로 되물었다.

"그는 닷새 안에 도착하기를 원하더군."

"닷새라니요. 모용지… 그자는 정말 본문에 대한 존중이 없군요. 과거 약속을 지키지 못한 것에 대한 미안함도 없나 봅니다."

"후후… 그에게 월문은 언제든 밟아도 되는 잡풀 같은 존재일 테지. 어쨌든 닷새는 어렵고, 칠 일 안에 간다고 했네. 그 일정에 맞추려면 오늘 떠나야 하네."

"알겠습니다. 자! 모두 떠날 준비를 서둘러라."

"예, 장로님!"

천중한의 명에 월문의 제자들이 일제히 대답하고는 서둘러 잠
룡동의 동굴로 뛰어 들어갔다.

*   *   *

"왜 따라왔어? 위험한 일인데."

동굴 안 거처에서 짐을 챙기며 소후가 자신을 따라 들어와 함
께 짐을 챙겨주는 설우담을 책망하듯 말했다.

"설마 여자라고 날 무시하는 거야?"

설우담이 허리에 손을 올리며 물었다.

"내가 언제 널 무시한 적 있어? 걱정이 되니까 그런 거지."

소후가 퉁명스럽게 대답했다.

설우담은 오 년 전 월문의 여제자가 된 이후 가끔 잠룡동을 오
갔다.

잠룡동의 위치를 세상에 드러내지 않기 위해서 백문보는 필요
한 물품을 가져가는 일이나, 급히 연락할 일이 있으면 설우담을
잠룡동에 보내곤 했다.

그럴 때마다 설우담은 한동안 잠룡동에 머물면서 무공 수련을
했다.

그렇게 함께하는 시간이 많아지면서 자연스럽게 소후와 설우담
은 연인으로 발전했다.

두 사람이 연인으로 발전한 것을 다른 사형제들은 당연하게 생
각했다.

부리의 말에 따르면 소후는 세상에서 가장 아름다운 사내 녀석

이고, 설우담은 세상에서 가장 아름다운 계집애기 때문이었다.

고된 수련과 위험한 협행을 하는 동안 다른 사형제들은 얼굴이 거칠어지고 강인한 몸을 가지게 되었지만, 소후만큼은 전혀 무인 같지 않은 아름다운 청년으로 성장했다.

길거리에 나가면 누구라도 한 번쯤 눈길을 줄 수밖에 없는 그런 외모의 소유자가 소후였다.

반면 설우담은 이미 처음 잠룡동에 왔을 때부터 숨길 수 없는 빼어난 미모를 자랑했었다.

두 사람은 함께 있는 모습만으로 다른 사람의 기분을 유쾌하게 만드는 사람들이었다.

그래서인지 두 사람은 마치 태어나기 전부터 인연이 정해진 사람들처럼 자연스럽게 연인으로 발전한 것이다.

"내 걱정은 하지 마. 이젠 본가에서 비무를 해도 누구에게도 지지 않으니까."

"하지만 상대는 잔마와 그 일당이야. 잔마는 삼십육마 중에서도 가장 흉악한 자였어. 사람을 죽이는 데 이유가 없는 자라고 하잖아."

"설마 내가 잔마와 싸울 일이 있겠어? 너희들, 날 그런 위험에 빠뜨리지는 않겠지?"

설우담이 석실에서 짐을 챙기는 월문 제자들을 보며 물었다.

그러자 부리가 대답했다.

"글쎄… 일이 어찌 될진 아무도 모르지."

"애초에 부리 너에게는 기대도 하지 않았어. 사형! 절 지켜주실 거죠?"

설우담이 무광에게 물었다.

그러자 무광이 정색을 하며 되물었다.

"정말 따라갈 거야? 돌아가지 않고?"

"그럴 거면 애초에 여기까지 오지도 않았죠."

설우담이 단호하게 대답했다. 그녀의 미모와 어울리지 않는 단호함이다.

"난 그냥 후를 만나러 온 줄 알았지."

"그래서 제 앞가림은 제가 하라는 건가요?"

설우담이 따지듯 물었다.

"아니, 그게 아니라. 함께 가면 당연히 우리 모두 사매를 지켜야지. 그런데 굳이 그럴 필요가 있냐 이거야. 월문으로 돌아가면 좋지 않을까?"

"결국 제가 짐이 된다는 뜻이군요? 도움은 안 되고."

"또 오해한다. 말이 그렇다는 거지. 사매를 걱정해서 하는 말이야."

무광이 얼른 고개를 저으며 말했다.

그러자 설우담이 불쑥 시월을 가리키며 말했다.

"막내 사제도 가는데 왜 저만 가지고 그러세요?"

"음, 시월이는 좀 다르지."

"뭐가요?"

"시월은 어떤 상황이 일어나도 살아남을 테니까. 문주님도 말씀했듯이 시월의 생존력은 우리 중 제일이야."

"그런가요? 흠… 그럼 난 시월 옆에 붙어 있어야겠다. 적어도 시월 옆에 있으면 죽을 일은 없을 거란 뜻이니까."

설우담이 재빨리 걸음을 옮겨 시월의 팔짱을 꼈다.

그러자 시월이 어색한 듯 머리를 긁적이며 말했다.

"전… 누굴 지켜줄 실력은 없어요. 혼자 도망가는 일을 잘할 뿐이죠."

"누가 지켜달래? 무공은 내가 너보다 더 셀걸? 난 다만 네가 위험을 피하는 방법을 따라 하겠다는 거야. 그럼 나도 위험하지 않을 테니까."

설우담이 말했다.

그러자 시월이 멀뚱하게 설우담을 바라보다가 퉁명스럽게 입을 열었다.

"백무곡에서 돌아오면 비무 한번 해요."

"뜬금없이 웬 비무?"

"누님이 저보다 무공이 강하다는 말에 동의할 수 없으니까요."

"뭐? 정말 네가 나보다 세다고 생각하는 거니?"

"그러니까 비무로 가리자고요!"

"와… 요 녀석 봐라. 머리에 피도 안 마른 녀석이……."

"저도 벌써 열일곱이라고요."

시월이 퉁명스럽게 말했다.

"좋아. 돌아와서 비무다! 이 누님이 단단히 한 수 가르쳐 주겠어!"

"좋아요! 그렇게 해요."

시월이 망설이지 않고 고개를 끄떡이며 대답했다.

그 순간 갑자기 곽부가 소리쳤다.

"난 시월에게 걸겠다!"

"난, 우담 누님!"

"나도 우담 누님!"

무릉과 도원이 동시에 외쳤다.

"에… 나도 우담!"

뒤를 이어 부리가 손을 들어 우담을 가리키며 말했다.

"소후는 당연히 우담일 테니… 시월이 너무 외롭네. 그럼 난 시월에게 걸겠어."

평소 과묵한 무광조차 두 사람의 비무 내기에 끼어들었다.

그러자 우담이 무광을 한 번 흘겨보고는 한쪽에서 조용히 짐을 챙기고 있는 백유검에게 물었다.

"소문주님은 누구에게 걸겠어요?"

"응?"

"시월과 저 둘 중 누구에게 거시겠냐고요?"

"난… 뭐……."

"설마 시월이란 건가요?"

"그게… 난 우담 사매에게 걸게."

"이거 이거… 억지로 제게 거시는 것 같은데요?"

"아냐. 그래도 나이가 있는데 우담 사매가 조금이라도 유리하겠지."

백유검이 고개를 저으며 얼른 대답했다.

"자자, 그럼 각자 은자 다섯 냥씩 내고, 이기는 쪽이 나눠 갖는 걸로 하죠."

부리가 소리쳤다.

"은자 다섯 냥? 너무 적어! 좀 더 올려!"

무릉이 손을 저으며 소리쳤다.

"그럼 각자 은자 열 냥! 이의 없죠?"

부리가 판돈을 배로 올렸다. 부리의 말에 아무도 반대를 하지 않았다.

"좋아, 결정됐어. 각각 은자 열 냥으로! 우담! 너만 믿는다!"

동갑인 부리가 설우담을 보며 소리쳤다.

"이 우담 님을 의심치 마. 설마 내가 시월에게 지겠어?"

"그래, 그래. 넌 그야말로 독한 여자 중의 독종이니까."

"뭐?"

"아니, 말이 그렇다는 거지, 뭐. 강하다는 뜻이니까 기분 상하지 말고."

부리가 얼른 손을 저으며 변명했다.

그때 동굴 입구에서 삼장로 천중한의 목소리가 들려왔다.

"수다는 그만 떨고 준비 다 되었으면 어서 나오거라. 문주께서 기다리신다!"

"예, 삼장로님! 자, 어서 나가자!"

얼른 대답을 한 무광이 먼저 걸음을 옮기며 사형제들을 재촉했다.

그러자 월문의 젊은 제자들이 각자 작은 짐 꾸러미를 들고 석실을 뛰어나갔다.

＊　　　　＊　　　　＊

시월은 묘한 흥분을 느꼈다. 마치 수련을 위한 협행을 처음 나설 때와 비슷했다.

다른 것이 있다면 그때는 두려움에 가슴이 뛰었지만, 지금은 두려움이 없다는 것이었다. 오히려 다가올 잔마 일당과의 싸움이 기다려지는 시월이었다.

거친 시간의 경험은 자신도 모르는 사이에 사람을 변하게 만드는 힘이 있는 듯했다.

살아남는 것이 유일한 목적이었고, 그래서인지 가능한 싸움을 회피하려 하는 성격을 가진 시월이었지만, 오랜 실전 수련을 통해 가끔은 생사를 건 싸움에 흥분이 되기도 하는 시월이었다.

하지만 그럼에도 불구하고 그의 전의는 다른 사형제들에 비할 바가 아니었다.

자신의 속내를 묻어둘 줄 아는 무광을 제외한, 월문의 젊은 제자들은 본격적인 무림행에 강렬한 전의를 드러내고 있었다.

마치 오랫동안 굶주린 늑대들이 사냥감을 앞에 두고 흥분하는 것처럼.

그런 젊은 제자들의 모습을 백문보와 장로들은 가끔 걱정스러운 눈으로 바라봤다.

"적을 상대할 때, 특히나 강적을 상대할 때 자신의 감정을 드러내는 것은 어리석은 짓이다. 무림에 삼 푼의 힘은 항상 숨기라는 말이 있다. 그 말은 곧 자신의 모든 것을 사람들에게 보이지 말라는 뜻이다. 경계하는 적은 상대하기 어렵고, 방심하는 적은 상대하기 쉽다. 너희들의 마음과 무공을 숨길 줄 알아야 한다. 특히… 무림에서는 적아의 구분이 쉽지 않으니 더더욱 행동에 조심하라."

일장로 고태의 냉정한 충고가 있고 나서야 시월 등은 흥분을 가라앉혔다.

여행은 밤을 가리지 않았다. 애초에 월문 본가에서 잠룡동까지도 여러 날 걸리는 거리였다.

그 거리를 백문보와 월문 고수들은 잠도 자지 않고 말을 달려 나흘 만에 주파했었다. 그 무리한 여정은 백무곡으로 향할 때도 이어졌다.

월문의 무사들은 삼 일 동안 쉬지 않고 산과 숲 그리고 초원을 주파했다.

여행 중 눈을 붙이고 잠을 자는 시간은 하루 한 시진을 넘기지 않았다. 그 외의 시간은 말이 입에 거품을 물 때까지 달리고 또 달렸다.

그렇게 사흘을 달린 끝에 일행은 드디어 의천무맹에서 잔마 요찬을 잡기 위해 조직한 영웅대를 따라잡았다.

*   *   *

산을 벗어난 지 하루, 월문의 무사들은 북방의 겨울을 알리는 안개와 서리를 만났다. 안개를 토해내는 거대한 계곡이 서늘한 공포를 자아내며 입을 벌리고 있었다.

백무곡이다.

계곡 뒤쪽으로는 북쪽으로 치달리다 동쪽으로 꺾어지는 흥안령 최북단의 높은 산 준령들이 둘러싸고 있어서 안개 계곡은 마치 흥안령이라는 거대한 산맥의 입 같은 느낌이었다.

그러나 사실 입이라고 표현하기에는 백무곡의 넓이가 너무 넓었다. 사방 십 리가 넘는다고 알려진 백무곡이다.

홍안령 곳곳에 존재하는 깊은 계곡들 중에서도 가장 넓이가 넓고 험준한 계곡 중 하나로 알려진 곳이 백무곡이었다. 그 안에 사람이 숨으면 그들을 찾아내기가 거의 불가능한 곳이기도 했다.

의천무맹에서 천하무림의 소식을 모으고, 무림공적을 추격, 주살하는 일을 주관하는 의천무맹의 고수들조차도 잔마 추격에 누군가의 도움이 필요한 곳이 백무곡이었다.

그래서 잔마 추격을 위해 구성된 영웅대의 대주 모용지도 백무곡의 맞은편 숲에서 월문의 문주 백문보를 기다리고 있었다.

뚜걱뚜걱!

열여덟 명으로 이뤄진 월문 무사들이 숲으로 들어갔지만, 겨우 서너 사람 움직이는 것처럼 조용했다.

앞에서 일행을 이끌고 있는 백문보부터가 서두르지 않고 차분하게 말을 몰고 있었다.

높게 자란 북방의 침엽수림 사이에 숙영지를 구축하고 있던 영웅대 고수들도 딱히 별다른 움직임 없이, 숲으로 들어오는 월문의 무사들을 무심히 바라봤다.

그들에게 월문은 그리 중요한 문파가 아니었다. 숲으로 들어온 자들이 구대천문이나 십이장문의 고수들이었다면 하던 일을 멈추고 예를 표했을 테지만, 겨우 삼십육방문에 속해 있는 월문은 영웅대의 고수들에게 그런 존중을 받을 만한 사람들이 아니었다.

"젠장! 참 도도하기도 하군. 나와 마중하는 자가 한 명도 없다니. 마치 원숭이 구경하듯 바라만 보고 있구나."

시월 옆에서 곽부가 투덜거렸다.

"이번 영웅대는 주로 의천단의 고수들로 구성되었다고 하더군. 또한 충원된 자들도 구대천문이나 십팔장문 출신의 고수들이고… 우리 같은 방문의 무인들은 저들에게 관심 밖의 사람들이지."

소문주 백유검이 씁쓸한 말투로 말했다.

"그래도 자신들을 돕기 위해 온 사람들이 아닙니까?"

곽부가 투덜거렸다.

"저들은 그렇게 생각하지 않을 거야. 자신들을 돕기 위한 것이 아니라 의무를 다하기 위해 온 것이라 생각하겠지. 저들에게 우리 같은 방문(方門)들은 권한은 없지만 의무는 있는 문파이니까."

"고약한 자들이군요, 퉤엣!"

곽부가 입안 침을 모아 땅에 뱉으며 말했다.

"어쩌겠어. 천하가 의천무맹의 손안에서 움직이는데……."

백유검이 다시 한번 씁쓸한 미소를 지으며 말했다.

그런데 마중을 나온 사람이 아주 없는 것은 아니었다. 다만 조금 늦게, 월문 일행이 영웅대의 숙영지 안쪽으로 깊이 들어갔을 때 나타났을 뿐이었다.

"어서 오십시오, 문주님!"

숙영지 중앙에 위치한 큰 천막을 얼마 남겨 놓지 않았을 때, 한 사내가 다가와 월문의 문주 백문보를 맞았다.

나름 정중하게 인사를 한 사내는 월문으로 모용전의 전갈을 가져왔던 영웅대 소속 무사 왕개보였다.

"…월문에서의 일을 대주께 말씀드리지 않았나 보군. 난 그대가 벌을 받고 있을 거라 생각했는데 이렇게 마중을 나온 것을 보면."

백문보가 자유롭게 자신을 마중 나온 왕개보에게 물었다.

그러자 왕개보가 가볍게 고개를 숙이며 대답했다.

"큰 꾸중을 들었습니다. 그리고 그에 대한 용서를 구하라는 의미로 문주께서 원정대에 계시는 내내 곁에서 보필하라는 명을 받았습니다. 성심을 다해 모시겠습니다. 그러니 지난 잘못은 너그럽게 용서해 주십시오."

월문에서 백문보에게 쫓겨날 때보다는 훨씬 여유 있어 보이는 왕개보다. 물론 정중함을 잃지는 않았다.

"두고 보지. 그대가 어떻게 날 도울 수 있는지. 계시는가?"

백문보가 더 이상 왕개보의 일에는 관심이 없다는 듯 숙영지 중앙의 천막을 보며 물었다.

"기다리고 계십니다."

왕개보가 대답했다.

"잔마는?"

"…오늘 아침 해산 이하장 고수들이 백무곡 안으로 진입했습니다."

"이하장?"

"그렇습니다."

"…왜 본문을 기다리지 않고 하필 오늘?"

백문보가 물었다. 애초에 월문을 부른 것은 북방의 환경에 익숙한 월문 고수들을 앞세워 백무곡 안으로 들어가 잔마를 추격하기 위함이었다.

그러니 월문을 기다리지 않고 백무곡 안으로 무사들을 들여보낸 것은 이해할 수 없는 결정이었다.

"대주께서는 원치 않았지만, 이하장의 이공자께서 워낙 강하게 고집하시는 바람에……."

"이장원?"

"그렇습니다."

"후우……! 의욕이 지나치군."

"이하장에서 노련한 고수들이 제법 왔습니다. 북방의 지리에도 익숙하다고 하더군요."

"지리에 익숙한 것과 백무곡에 들어가는 것은 다르지. 아무튼 아직 소식은 없나?"

"그렇습니다. 대주께서도 소식이 오기를 기다리는 중입니다. 잔마를 찾았다는 소식만 오면 모두가 출전할 준비를 하고 있습니다."

왕개보가 대답했다.

"가서 뵙지."

"모시겠습니다."

왕개보가 대답했다.

그러자 백문보가 말에서 내려 고삐를 무광에게 맡기면서 말했다.

"유검과 두 사람은 나와 함께 모용노사를 뵈러 간다. 다른 사람들은 적당한 곳에 자리를 잡고 기다려라."

"천막을 칠까요?"

무광이 물었다.

"그렇게 해라. 어차피 하루 이틀에 끝날 일이 아니니까."

"알겠습니다."

무광이 대답하자 백문보가 고개를 끄떡이고는 조금 떨어진 곳에서 기다리는 왕개보를 향해 걸어갔다.

백문보가 영웅대주 모용지를 만나러 가자 월문의 무사들은 백문보의 지시대로 적당한 공터를 찾아 세 개의 큰 천막을 세웠다.

영웅대 고수들은 월문 무사들이 거처를 마련하는 것을 잠자코 지켜보고 있었다. 그렇다고 월문에 대한 호기심이 전혀 없는 것은 아닌 듯했다. 개중에는 그 호기심을 참지 못하는 사람도 있었다.

"안녕들 하시오. 지낼 준비는 모두 하셨소?"

간단하게 천막을 치고 잠시 휴식을 취하려는데, 영웅대 무인들 중 한 명이 월문 무사들 곁으로 다가와 말을 건넸다.

그러자 월문 무사들 중 가장 연장자인 조광현이 자리에서 일어나며 입을 열었다.

"대충 준비는 했소이다만 무슨 일이신지⋯⋯?"

"아, 특별한 일은 아니오. 그냥 한동안 함께 지낼 테니 인사나 하려고 왔소. 의천단에서 일하는 운찬이라 하오. 반갑소이다! 하하하."

자신의 이름을 밝힌 사내가 실없는 웃음을 터뜨렸다.

"운 대협이셨구려! 난 월문의 조광현이라고 하오."

"오! 월문 조 대협! 이야기 많이 들었소. 과거 삼십육마의 난 때 백 문주님을 보필해서 유령마 단석괴를 베었다는⋯⋯!"

"저야 그저 문주님을 따라다녔을 뿐이지요. 그런데 본문에 대해 많이 아시는구려."

조광현이 자신을 알고 있는 운찬에게 놀란 표정으로 말했다.

"하하하, 당시에도 난 의천단에 있었소. 그래서 그때 월문의 놀라운 공적을 잘 알고 있소이다. 솔직히 월문은 천문은 아니어도 적어도 장문에는 속해야 하는데……"

"음… 본문을 좋게 보아주시니 고맙기는 하지만, 그런 말은 자칫 다른 사람들이 오해를 살 수 있으니 조심해 주시오."

"아, 뭐 월문의 입장이 아니라 내 생각이 그렇다는 거니 무슨 상관이겠소. 그나저나 최근 들어서는 월문의 과거 공적보다 새로운 소식이 사람들의 관심을 끄는 것 같던데… 혹시 월문칠랑도 함께 오셨소?"

운찬이 날카로운 눈으로 월문도들을 살피며 물었다.

"월문칠랑이라… 본문에서는 그리 부르지 않지만 사람들은 이 친구들을 그렇게 부르는 모양이더구려. 함께 왔소."

조광현이 무광 등 젊은 월문 제자들을 가리키며 말했다.

"아, 이 젊은 사람들이 바로 그 유명한 월문칠랑이었구려. 반갑네. 난 운찬이라 하네!"

운찬이 무광 등을 보며 새삼스럽게 자신을 소개했다. 그의 표정을 보면 정말 만나서 반가운 듯 보이지만, 그의 눈은 월문 젊은 제자들의 허실을 살피려는 날카로운 기운이 느껴졌다.

"월문의 제자 무광입니다. 사제들을 대신해 운 대협께 인사드립니다."

무광이 담담하게 운찬에게 포권을 해 보였다.

그러자 운찬의 표정이 살짝 변했다. 자신의 의도를 알아챘을 것이 분명함에도 무광의 반응이 무척 여유 있기 때문이었다. 그건 스스로에 대한 자신감이 없으면 보이기 힘든 모습이었다.

"음… 월문의 젊은 제자들이 장성 이북 오지의 마적들을 수년

간 소탕해 초원과 사막을 다니기 안전한 땅으로 변화시켰다고 칭
송이 자자하더니 과연 출중한 사람들… 어?"

운찬이 무광을 칭찬하다 말고 놀란 눈으로 북쪽 숲을 바라봤다.

갑작스러운 운찬의 행동에 월문 무사들도 운찬을 따라 시선을 돌
렸다. 그 순간 두 사내가 피투성이가 된 채 숲으로 뛰어 들어왔다.

제 7장
—
죽음의 계곡

　모용지가 자신의 막사에서 달려 나왔다. 그 뒤를 따라 영웅대의
수뇌들이 적에게 기습을 당한 사람들처럼 검을 들고 따라 나왔다.

　모용지를 만나러 들어갔던 월문의 문주 백문보는 그들보다는
조금 늦게 막사를 벗어났다.

　"어찌 된 일인가?"

　모용지가 피투성이로 돌아온 두 사내를 보며 물었다.

　"백무곡에서 기습을… 이공자께서……."

　"어찌 되었단 말이냐?"

　"사로… 잡히셨습니다."

　"음……."

　모용지가 침음성을 흘렸다. 사내들은 백무곡으로 잔마를 찾기
위해 들어갔던 해산 이하장의 무사들이었다.

그들을 이끈 사람은 이하장의 이공자 이장원, 그런데 그 이장원이 잔마에게 사로잡혔다는 것이다.

"다른 사람들은?"

모용지 곁에서 초로의 노인이 물었다.

노인의 이름은 관경, 이번에 꾸려진 영웅대의 부대주로 구대천문 중 한 곳인 평산 철혈가의 장로로 평산 철혈가와 해산 이하장은 사돈 가문이었다. 그래서 그는 다른 영웅대 사람들보다 이하장의 무사들이 당한 참변에 더 큰 충격을 받을 수밖에 없었다.

"다른 사람들은… 모두 죽었습니다."

살아 돌아온 것이 부끄러운지 이하장의 무사들이 고개를 푹 숙이며 대답했다.

"음… 구하러 가야지 않겠소?"

관경이 모용지에게 물었다.

"계획을 조금 서둘러야겠구려. 놈이 이공자를 쉽게 죽이지는 않을 것이오. 죽이지 않고 사로잡았다는 것은 이유가 있을 테니 말이오."

"하지만 백무곡으로 함부로 들어갈 수는 없는 일 아닙니까?"

모용지와 관경의 이야기를 듣고 있던 백발의 무사가 문득 입을 열었다.

이름은 하종, 오랜 세월 의천단에서 활동한 노련한 고수로 천무문 출신의 고수였다. 그는 특히 의천단의 단주인 양계초의 심복으로 알려져 있었다.

이번 영웅대에 속하게 된 것도 양계초를 대신하는 성격이 강해서 모용지와 관경도 그의 말을 함부로 무시할 수 없었다.

"어느 정도 위험은 감수해야 할 것이오. 선봉과 본대의 간격을 최대한 좁힌 상태에서 신중하게 들어가 봅시다. 백 문주!"

모용지가 뒤쪽에 서 있는 백문보를 불렀다.

"말씀하시지요."

백문보가 대답했다.

"선봉에 서주실 수 있겠소?"

"저희가 말입니까?"

모용지의 말에 백문보가 되물었다. 예상치 못한 요구였다. 이번 추격전에서 월문의 쓰임은 영웅대가 백무곡 안으로 들어갈 때 길잡이 역할을 하는 것이었다.

잔마 일당을 상대로 최일선에서 싸워야 하는 선봉의 역할은 영웅대의 고수들이 할 일이었다.

"그렇소."

모용지가 망설이지 않고 대답했다. 순간 백문보의 얼굴이 차갑게 굳었다. 모용지의 요구는 지나치게 무례한 것이었다. 잔마 일당을 상대로 선봉을 요구하는 것은 월문을 존망의 위기에 빠뜨릴 수도 있는 일이었다.

선봉으로 백무곡에 들어갔다가 잔마의 공격을 받을 경우 월문의 고수들이 전멸할 수도 있기 때문이었다. 이미 이하장이 그 사실을 증명했다.

더군다나 월문 일행에는 문주 백문보와 소문주 백유검이 포함되어 있으니 월문으로서는 더더욱 위험한 일이었다.

"감히 그 일을 감당할 실력이 본문에는 없을 것 같습니다. 큰일을 그르칠까 두렵군요."

백문보가 완곡하게 거절했다.

그러자 모용지가 살짝 눈살을 찌푸렸다. 오랜 세월 백문보를 다뤄온 모용지였다. 그런데 오늘처럼 자신의 요구를 거절하는 경우는 없었다.

과거 삼십육마의 난 때 유령마를 벤 백문보에게 월문이 십팔장문의 위치에 오를 수 있을 것이라는 약속을 하고 막대한 금자를 받았던 모용지였다.

그런데 결과적으로 그 약속은 지켜지지 않았다. 그럼에도 불구하고 백문보는 금자를 돌려받지도 않았고, 자신을 원망하지도 않았었다.

그런데 오늘 선봉에 서라는 자신의 요구를 완곡하게나마 거절하고 있었다. 모용지로서는 당황스러운 상황이었다.

"음… 월문의 실력이야 유령마 단석괴를 죽인 것으로 증명된 것이고……."

모용지가 다시 한번 자신의 요구를 강요했다.

그러자 백문보가 조금 더 단호하게 말했다.

"그때와는 다릅니다. 당시에는 본문의 정예를 모두 투입했고, 그중 절반이 죽는 막대한 손실을 입었지요. 그러나 이번 출행은 단지 길잡이 역할을 하는 것으로 판단해, 본문의 정예를 데려오지 않았습니다. 더군다나 잔마의 세력이 삼십을 넘는다 하니 제가 데려온 문도들로서는 그들을 감당할 수 없을 것 같습니다."

백문보가 앞서와 달리 확실하게 자신의 의사를 밝혔다.

그러자 모용지가 백문보를 빤히 바라봤다. 감히 자신의 요구를 거절한 백문보에 대한 분노가 느껴지는 시선이었다.

그러나 백문보로서는 모용지의 분노가 문제가 아니었다. 이 일은 월문의 존망이 달린 문제였다.

월문의 생존이 걸린 문제라면, 모용지의 분노 따위는 능히 감당할 수 있는 백문보였다.

더구나 이미 모용지에게 그동안 충분히 모욕을 당해왔던 백문보였다. 그 모욕들이 당연히 받아들여지는 것이 아니라는 것을 모용지에게 알려줄 필요도 있었다.

그런 단호함이 백문보의 얼굴에 여실히 드러났다. 그러자 모용지의 분노가 곤혹스러움으로 변했다.

지금의 백문보는 그가 알던 백문보가 아니었다. 어떤 불이익과 모욕을 당해도 늘 참아내던 백문보는 더 이상 존재하지 않았다.

두 사람 사이의 긴장감이 너무 팽팽해서 자칫하다가는 서로를 향해 검을 뽑아 들 것 같았다.

그러자 평산 철혈가의 장로 관경이 분위기를 누그러뜨리기 위해 입을 열었다.

"자자, 진정들 하시고! 월문으로서도 선뜻 나설 수 없는 일일 것이오. 자칫 잔마의 함정에 빠지면 멸문의 위기에 처할 수도 있으니 말이오. 그러니 월문이 급박한 위험에 빠지지 않게 계획을 짜면 되지 않겠소?"

"어떻게 말이오?"

여전히 화가 풀리지 않는 표정으로 모용지가 물었다.

그러자 관경이 가볍게 미소를 지으며 말했다.

"여기 서서 할 이야기는 아닌 것 같소. 대원들이 보고 있소. 자! 안으로 들어갑시다. 자네도 들어오게. 어떤 일이 벌어졌는지 조금 더 자세히 알아야겠으니."

관경이 백무곡에서 살아 돌아온 이하장의 무사를 보며 말했다.

*　　　　　*　　　　　*

저녁 무렵 모용지의 막사에서 돌아온 백문보는 다른 어느 때보다는 침착해 보였다.

하지만 그를 따라갔던 장로 고태와 천중한은 무척 흥분된 표정이었다. 젊은 백유검 또한 마찬가지였다.

월문의 무사들이 세운 막사로 돌아온 백문보는 급히 문도들을 불러 모았다. 그리고 무겁게 입을 열었다.

"내일 새벽 백무곡으로 간다. 오늘 밤 푹 쉬어라."

"저희들이 앞에 서는 겁니까?"

이미 백문보와 모용지의 신경전을 모두 지켜본 월문의 무사들이었다. 그래서 백문보의 결정이 모용지가 말한 선봉을 의미하는 것인지 궁금할 수밖에 없었다.

"영웅대 고수 열 명이 합류한다. 또한 오십여 장의 거리를 두고 본대와 후대가 각기 따를 것이다. 그러니 설혹 잔마의 기습을 받아도 일각 정도만 버티면 원군이 오게 된다."

"그래도 너무 위험한 것 아닌지요?"

노련한 월문의 고수 조광현이 조심스럽게 물었다.

그러자 백문보가 대답했다.

"대가가 만만치 않아."

"대가라시면……?"

"일 년 전 섬서 북부에 위치한 십팔장문 도산문의 오대 독자이자 후계자가 죽었다. 도산문주 좌원이 그 충격으로 폐문에 가까운 생활을 하다 보니 도산문의 가세가 크게 기울었고, 몸을 의탁했던 뛰어난 무사들도 적지 않게 도산문을 떠났다고 한다. 그래서 의천무맹에서 도산문의 장문 지위를 박탈하려는 논의가 이뤄지고 있다고 한다."

"그럼……?"

조광현이 눈을 크게 뜨며 되물었다.

"음."

백문보가 고개를 끄떡였다.

"하지만 그 약속을 믿을 수 있습니까? 지난번 삼십육마의 난 때에도……."

"당시에 방해가 된 곳이 평산 철혈가! 이번에는 그들까지 지원을 약속했다. 모용세가와 평산 철혈가의 지원을 받는다면 가능한 일이지."

"그렇다면야… 약속이 지켜진다면야 좋은 기회군요."

조광현이 고개를 끄떡였다. 그만큼 무림에서 십팔장문의 지위에 오르는 것은 큰 의미가 있었다. 한 지역의 패자로서 인정받는 것이기 때문이었다.

"세상에 위험하지 않은 일은 없다. 무림에선 더욱! 이번 일은 삼십육마의 난 이후 수년 만에 본문에 찾아온 큰 기회다. 모두 최선을 다해주기 바란다."

"예, 문주!"

월문의 무사들이 일제히 대답했다.

"무광!"

"예, 문주님!"

"너희들에 대한 기대가 크다. 사제들을 잘 이끌어라. 이미 말했지만 너희들은 너희들이 생각하는 것 이상의 힘을 가지고 있다. 장담하건대 이번에 너희들은 세상과 너희들 자신조차 놀라게 할 것이다!"

"최선을 다하겠습니다."

"좋아. 그럼 모두 쉬도록 해라."

"예, 문주님!"

월문의 제자들이 굳은 표정으로 대답을 하고는 각자의 거처로 돌아갔다.

그러자 고태가 걱정스러운 표정으로 백문보에게 물었다.

"정말 그들을 믿으십니까? 특히 모용지는……."

"삼십육마의 난 때와는 다르네. 그때의 약속은 모용가와 우리 월문이 비밀리에 한 약속이지만, 이번 약속은 공개된 장소에서 한 약속이네. 그들도 함부로 깨기 쉽지 않아. 물론 최대한 조심해야지. 위급하면 싸우지 않고 돌아 나올 걸세."

"그렇게 생각하고 계신다면 안심입니다."

고태가 그제야 마음이 놓인다는 듯 고개를 끄떡였다.

"어쩌면 이 약속이 단번에 지켜질 수 없을지도 모르겠네. 아마 약속대로 일이 되려면 그들은 또 다른 뭔가를 요구할 거야."

"재물을 말씀하시는 겁니까?"

고태가 물었다.

"글쎄. 그게 뭐가 될지 지금은 모르지. 하지만 분명히 뭔가 더 원하는 게 있을 걸세. 그게 걱정이네. 당시에는 모용세가에 내줄 것이 있었지만 이제는 없으니……."

"대신 저 아이들을 얻지 않았습니까?"

고태가 한곳에 모여 있는 시월 등 젊은 제자들을 가리켜 말했다.

"그렇지. 사실 어쩌면 당시 약속이 어그러진 것이 더 나았던 것일 수도 있어. 저 아이들, 계획보다 훨씬 잘 커줬어."

"맞습니다. 다행히… 마성도 크게 발현되지 않는 것 같고 말입니다."

"그게 가장 중요하지. 그래서 그토록 비밀리에 긴 수련 시간을 가진 것이니까. 그 결과 저 아이들조차 그 무공들에 깃든 마성을 깨닫지 못하게 되었으니 큰 성공이지."

"영원히 통제될 수 있을까요?"

고태가 물었다.

"글쎄… 그건 누구도 장담할 수 없지. 하지만 당장은 청명환으로 통제가 되니까. 후… 사실 늘 불안하긴 하네. 나조차도."

백문보가 깊은 눈으로 시월 등을 바라보며 말했다.

                    *   *   *

후우웅! 후우웅!

낙엽이 쌓인 땅 위로 찬 바람이 불어왔다. 그리고 백색의 숲이 보였다.

백무곡 앞에 자작나무 숲이 신령스럽게 펼쳐져 있었다. 수리에 걸쳐 수만 그루는 족히 될 자작나무 숲이었다.

그리고 눈처럼 하얀 그 숲 뒤쪽에는 극적으로 풍경을 변화시키는 거대한 협곡이 줄지어 늘어서 있었다.

백무곡!

검은 절벽들이 하늘을 받치는 기둥처럼 까마득히 솟아 있고, 그 절벽들 사이에는 마치 자작나무에서 흘러나온 은빛들이 몰려간 것처럼 백색의 안개가 가득 차 있었다.

사람들에게 백무곡이라 불리는 협곡 지대다. 오랫동안 근방에서 살아온 유목민들조차 길을 잃을까 두려워 들어가길 꺼리는 곳이었다.

그 협곡 지대를 향해 새벽이슬을 헤치며 일단의 사람들이 전진했다. 잔마 추격에 나선 의천무맹의 영웅대가 드디어 백무곡을 향해 진격하고 있었다.

가장 선두에는 약속대로 이십여 명의 월문 무사들이 서 있었다. 그리고 월문 무사들 바로 뒤에 십여 명의 영웅대 고수들이 동행하고 있었다.

그렇게 월문을 중심으로 구성된 선봉을 앞서 보내고 영웅대주 모용지가 이끄는 본대가 오십여 장 뒤에서 느리게 전진했고, 다시 그로부터 오십여 장 뒤에는 부대주 관경이 이끄는 후대가 따라갔다.

툭!

문득 월문의 문도들 중에서도 가장 앞서가던 노련한 무사 조광현이 자작나무 숲 바로 앞에서 걸음을 멈췄다. 그러고는 고개를 돌려 백문보를 바라봤다.

끄떡!

백문보가 자신을 바라보는 조광현에게 고개를 끄떡였다.

그러자 조광현이 곁에 서 있는 월문의 무사들에게 낮고 빠른 목소리로 말했다.

"들어가세!"

＊　　　＊　　　＊

　노련한 무사 조광현 곁에는 부리도 있었다. 젊은 제자인 부리가 선두에 있는 것이 이상하게 보일 수도 있지만, 부리의 능력을 알고 있는 사람들에게는 전혀 이상한 일이 아니었다.

　부리는 새벽 자작나무 숲을 먼 곳까지 꿰뚫어 볼 수 있었고, 땅을 통해 전해지는 소리를 느끼고 그 주변의 움직임을 알아낼 수도 있었다.

　또 무엇보다 본능적인 육감을 이용해 공기의 흐름에서조차 위험을 감지할 수 있는 능력이 있었다.

　애초에 초원 유목민 출신이라 시력이 좋은 것에 더해, 잠룡동에서 수련한 그의 무공 월문심안공이 타고난 그의 육감을 최대치까지 끌어올려 주었기 때문이었다.

　"적어도 숲에는 적이 없는 것 같습니다."

　잠시 걸음을 멈추고 땅에 귀를 대고 있던 부리가 몸을 바로 세우며 조광현에게 말했다.

　새벽 자작나무 숲은 신령스러운 흰빛으로 좀 더 밝게 보였고, 그래서 숲 먼 곳, 백무곡과 자작나무 숲의 경계가 아스라이 보이는 지점이었다.

　"그럼 속도를 내자."

　조광현이 대답을 하고는 빠르게 전진하기 시작했다.

　　　　*　　　　　*　　　　　*

　선두에 선 부리와 조광현이 속도를 내자 월문 무사들 역시 바람처럼 자작나무 숲을 갈랐다. 그 덕분에 일행은 채 이각이 지나기 전에 백무와 검은 절벽이 묘하게 어우러진 백무곡 앞에 도착했다.

　백무곡 앞에 도착한 일행은 길을 알고 있는 것처럼 협곡의 군락을 이루고 있는 수십 개의 계곡 중에서 한 곳으로 이동했다.

　살아 돌아온 해산 이하장의 무사들이 자신들이 들어갔다가 기습을 당한 계곡을 알려주었기 때문이었다. 잔마의 함정이 있는 계곡이지만, 반대로 보면 그곳에 반드시 잔마가 있다는 뜻이기도 했다.

　목표로 한 계곡 입구에 도착한 부리가 다시 한번 모든 감각을 열어 계곡 안을 살피기 시작했다. 하지만 아무리 부리라 해도 백무로 가득 찬 계곡 안의 사정을 정확하게 파악하는 것은 불가능했다.

　그나마 가장 유용하게 쓰일 수 있는 것이 땅의 진동으로 계곡 안의 사정을 가늠하는 것 정도였다.

　"어떠냐?"

　한동안 귀를 땅에 대고 있는 부리에게 어느새 다가온 백문보가 물었다.

　"정확치가 않습니다."

　부리가 땅에서 귀를 떼며 말했다.

　"전혀 모르겠느냐?"

　"오십여 장쯤에서 색다른 진동이 느껴지는 것 같기는 한데……"

부리가 확실치 않다는 듯 말꼬리를 흐렸다.

"오십 장… 이하장 무사의 말로는 이 계곡으로 들어간 뒤 반 시진 정도 되어 기습을 당했다고 했다. 그럼 오십 장은 너무 가까운데……."

백문보가 중얼거렸다.

그러자 월문 무사들의 행동을 지켜보고 있던 영웅대의 고수 하종이 무심한 목소리로 입을 열었다.

"계곡의 안은 시야가 막히고 지형을 모르니 전진하는 데 어려움이 있었을 겁니다. 또 이하장의 이공자는 소심한 사람이라……."

전진이 늦었을 거란 뜻이다.

백문보가 시선을 돌려 말을 하는 하종을 바라봤다.

하종은 구대천문의 일문인 천무문 출신이어서 그런지 이하장의 이공자 이장원의 성정을 비하하는 것에도 거리낌이 없었다.

"본대의 위치는 확인하고 계시오?"

백문보가 물었다.

"지금까지는 그렇습니다."

계곡 안으로 들어가면 그때부터는 본대와 후대의 위치를 확인하기 쉽지 않다는 의미기도 했다.

"거리가 얼마나 되오?"

"눈으로 볼 수 있는 곳에 있습니다."

하종이 손을 들어 그들이 지나온 자작나무 숲을 가리켰다.

그의 손이 향한 곳에서 거무스름한 사람들의 움직임이 보였다. 모용지가 이끄는 영웅대 본대가 생각보다 가까이 다가와 있었던 것이다.

"안으로 들어가면 본대와의 연락이 끊기지 않게 신경 써주시오. 반드시 기습이 있을 테니까."

백문보가 하종에게 말했다.

"그렇게 하지요."

하종이 고개를 끄떡였다.

하종의 대답을 들은 백문보가 다시 시선을 월문의 무사들에게로 돌렸다. 그리고 낮지만 단호한 음성으로 말했다.

"이제 계곡 안으로 들어간다! 적의 공격은 피할 수 없는 일이다. 그래서 빠른 전진에 방해가 되어도 원형진을 형성해 전진할 것이다. 일단 적의 공격이 시작되면 절대 혼자 행동하지 말고 진형을 유지하며 대응하라."

"예, 문주님!"

"부리, 시월!"

"예, 문주님!"

"예."

시월과 부리가 얼른 대답했다.

"이번 일은 너희 둘에게 특별하게 의지해야 할 것 같구나. 전진하면서 계곡 안쪽의 움직임을 세심히 살펴라. 조금이라도 일찍 적의 공격을 알아챌 수 있으면, 그만큼 피해도 적을 것이다."

"알겠습니다!"

부리가 대답했다.

하지만 시월은 당황한 얼굴로 쉽게 대답하지 못했다.

"시월! 부탁한다."

백문보가 다시 시월에게 말했다.

"저, 전… 그럴 능력이……."

"시월, 네 자신을 믿어라. 넌 우리 월문의 문도들 중 가장 탁월한 생존 본능을 가지고 있다. 생존 본능이라는 것은 고난 속에서 살아 남는 능력이기도 하지만, 그것보다 위험을 먼저 감지하는 능력이기도 하다. 너에겐 부리와 같은 시력과 청력이 없지만, 위험을 감지하는 육감은 누구보다 탁월하다. 너 자신도 그걸 알고 있지 않느냐?"

백문보가 시월의 어깨에 손을 올리며 말했다.

"…알겠습니다. 최선을 다하겠습니다."

시월이 굳은 표정으로 대답했다. 이렇게까지 자신을 믿어주는 백문보에게 더 이상 자신 없는 모습을 보이고 싶지 않았다.

"좋아. 누구보다 난 널 믿는다. 그러니 두려움을 이기고 네 능력을 펼쳐봐라. 뒤에는 나와 네 사형제들이 있으니까."

"예, 문주님!"

시월이 얼른 대답을 하고는 부리 옆으로 다가섰다.

"자, 진형을 갖추고 다시 전진한다!"

부리와 시월에게 특별한 당부를 한 백문보가 월문의 문도들에게 명을 내렸다.

*   *   *

사악사악…….

뱀이 기어가는 소리 같았다. 하지만 뱀이 아님을 시월은 분명히 알고 있었다.

시월이 곁에서 걷고 있는 부리를 바라봤다. 부리도 그 순간 시월을 바라봤고 두 사람은 시선이 허공에서 만나는 순간 똑같이 고개를 끄떡였다.

부리가 고개를 돌려 백문보를 찾았다.

부리와 시월을 주시하고 있던 백문보가 손을 들어 월문 무사들을 세웠다. 그리고 재빨리 두 사람에게 다가왔다.

"놈들이냐?"

"그런 것 같습니다."

부리가 대답했다.

"시월 네 생각은?"

"저도 같은 생각입니다."

시월이 대답했다.

"거리는?"

"이십여 장 안쪽입니다."

부리가 자신 있게 대답했다.

"숫자도 가늠이 되느냐?"

"제 느낌으로는 열 명 남짓입니다. 시월 네 생각은 어때?"

"전 그것까지는. 하지만 중압감이 느껴지기는 해요. 그리고……."

"그리고 뭐지?"

백문보가 다시 물었다.

"동쪽 절벽 위에서 특별한 기운을 느껴졌습니다. 마치… 맹수가 도사리고 있는 것 같은……."

시월의 말에 백문보가 부리를 바라봤다.

그러자 부리가 재빨리 시월이 말한 곳으로 신경을 집중시켰다.

그리고 잠시 후 고개를 끄떡였다.

"시월의 말이 맞는 것 같습니다. 정말… 특별한 기운인 것 같습니다."

"잔마(殘魔)군."

백문보가 단정적으로 말했다.

그러고는 뒤로 물러나 영웅대 고수 하종을 손짓으로 불렀다.

백문보의 손짓에 하종이 은밀하면서 빠른 걸음으로 백문보 옆으로 다가왔다.

"이십 장 안쪽에 그들이 있소. 잔마의 위치는 아마도 동쪽 절벽 위인 듯하오."

백문보가 손을 들어 안개에 휩싸인 절벽을 가리켰다.

"확실합니까?"

하종이 그걸 어떻게 알아냈냐는 듯 되물었다.

"아이들이 조금 특별한 능력을 가지고 있소."

백문보가 숨기지 않고 시월과 부리를 가리켰다.

"…저 친구들도 월문칠랑인가 보군요?"

"저 아이들에 대해 알고 있소?"

"무림의 소문은 언제나 빠르지요. 특히 의천무맹 의천단의 경우는 더더욱… 장성 이북에서 최근 몇 년간 월문의 조용한 협행이 이뤄지고 있다는 걸 알고 있었습니다. 그 주인공들이 월문칠랑이라 불리는 젊은 월문 무사들임도……."

"맹 내부에까지 알려질 줄은 몰랐구려. 그저 약간의 재주를 지닌 아이들을 키워본 것인데……."

백문보가 별일 아니라는 듯 말했다.

"지난 몇 년간의 협행은 특별한 일이었지요."

하종이 말했다.

"음… 그 역시 상대는 마적 정도고……."

"변방의 마적들은 무림의 무인들보다도 거칠지요."

하종이 미소를 지었다.

"그래 봐야 마적 따위… 아무튼 본대에 연락해 주시오. 적들을 발견했으니 본대도 진입해 달라고 말이오."

"알겠습니다. 사람을 보내지요!"

하종이 고개를 끄떡이고 영웅대의 고수 한 사람을 손짓으로 불렀다.

영웅대 고수가 날렵한 움직임으로 하종 앞으로 다가왔다.

"돌아가서 본대에 전하게. 적들의 위치가 확인되었으니 즉시 진입하라고!"

"알겠습니다."

그런데 영웅대 무사가 대답을 한 후 물러나려는데, 갑자기 부리가 다급하게 소리쳤다.

"옵니다!"

부리의 외침에 백문보가 침착하게 명을 내렸다.

"진형을 단단히 하라! 시월, 뒤로 물러나라. 모두 화살이나 암기 공격에 대비하라!"

백문보의 명령에 월문의 무사들이 협곡에 들어오기 전 준비해 온 나무 방패들을 꺼내 들었다.

무림인에게 방패는 어울리지 않는 무기였지만, 이렇게 시야가 막힌 협곡에 들어올 때는 반드시 필요한 병기였다. 더군다나 상대

는 수단 방법을 가리지 않는 잔마의 무리였다. 방패를 준비한 것
은 당연한 일이었다.

스슥!

이십여 명에 이르는 월문의 무사들이 백보보를 중심으로 원형
의 진을 단단히 형성했다. 그리고 각자 들고 온 방패를 들어 적의
공격에 대비했다.

그들의 뒤쪽에 서 있던 영웅대 고수들은 월문 문도들 뒤에서
횡으로 포진했다. 여차하면 월문 고수들을 지나쳐 앞으로 달려 나
갈 태세를 하는 영웅대의 고수들이었다.

길을 안내하거나 적의 흔적을 찾는 일은 월문에 맡길지언정, 잔
마를 제압하는 일까지 양보할 생각은 없는 모양이었다.

그리고 그사이 하종의 명을 받은 영웅대 고수가 모용지가 이끄
는 본대에 소식을 전하기 위해 바람처럼 계곡을 빠져 나갔다.

파파팟!

한순간 백무를 뚫고 강전들이 날아들었다.

퍼퍼퍽!

"웃!"

강전들이 방패에 꽂히자 월문 무사들이 뒤로 밀리는 방패를 바
로 세우기 위해 힘을 썼다.

개중에는 나무 방패를 뚫고 들어온 화살에 상처를 입은 사람도
있었다. 그러나 월문 무사들 중 그 누구도 물러나거나 진형을 흩
뜨리지 않았다.

그래서 잔마의 일당이 가한 첫 번째 화살 공격은 월문의 문도
들에게 큰 피해를 주지 않았다.

그런데 그렇게 한차례 화살 세례가 퍼붓고 난 후 잠깐의 여유가 찾아오려는 찰나, 이번에는 좀 더 강한 파공음이 백무를 뚫고 들려왔다.

슈우욱!

"창이다! 조심해!"

백문보가 단지 파공음을 듣는 것만으로 적의 병기를 알아채고는 급하게 경고했다.

그리고 그 순간 백무를 뚫고 날아온 십여 대의 창이 그대로 월문 무사들의 방패를 뚫고 들어왔다.

*　　　　*　　　　*

번쩍!

검광이 번뜩였다. 그러자 월문의 고수들을 치고 들어온 십여 개의 창 중 다섯 개의 창대가 단번에 잘려 나갔다. 하지만 개중 몇 개는 월문의 문도들에게 심각한 부상을 입혔다.

"다시 진형을 갖춰라!"

단번에 적이 던진 창의 절반을 잘라 버린 백문보가 냉정하게 명을 내렸다. 그러자 월문 고수들이 잠시 흐트러졌던 진형을 바로잡았다.

"부상자는 뒤로 물러나라."

백문보가 다시 명을 내렸다. 백문보의 명에 따라 월문의 무사두 명이 뒤로 물러났다. 그런데 그 순간 갑자기 그들의 뒤쪽에서 꽝음이 터져 나왔다.

구르르릉!

절벽이 무너지는 듯한 굉음과 함께 협곡을 채운 안개가 앞뒤로 쓸려 나갔다. 그리고 안개가 사라진 곳에 거대한 바위 더미가 쌓이기 시작했다.

"퇴로가 차단됐습니다."

고태가 긴장한 표정으로 백문보에게 소리쳤다.

그러자 백문보가 고개를 돌려 뒤쪽 협곡을 막은 바위 더미를 살피다가 입을 열었다.

"방해는 받겠지만, 본대가 넘지 못할 장애물은 아니네. 약속대로 일각, 그 시간만 버티면 되네. 본대와의 거리가 멀지 않으니."

"알겠습니다."

고태가 굳은 표정으로 대답했다.

그런데 그 와중에 절벽 위에서 무너져 내린 바위 더미로 인해 흩어지기 시작한 백무가 월문 무사들이 있는 곳까지 밀려오더니, 순식간에 계곡 더 깊은 곳으로 빨려 들어가며 순식간에 시야가 트였다.

"놈들입니다."

안개가 사라진 계곡 안쪽을 주시하던 천중한이 굳은 목소리로 말했다.

그의 말대로 계곡 안쪽에 수십 명의 괴인들이 모습을 드러내고 있었다. 형형한 안광, 거친 천으로 만든 검은색 무복, 그리고 섬뜩하게 번뜩이는 병기들. 특히 더 두려운 것은 그들에게서 흘러나오는 강력한 마기였다.

마치 지옥에서 올라온 괴수들 같은 기운을 뿜어내는 잔마의 수하들은 사냥감을 앞에 둔 야수들처럼 월문의 문도들을 노려보고 있었다.

"검을 버리고 항복하면 목숨은 살려주마. 물론… 나의 노예로 살아야겠지만."

문득 동쪽 절벽 위에서 쇳소리 같은 음성이 들렸다.

사람들의 시선이 일제히 목소리의 주인을 찾아 이동했다. 그러자 수하들처럼 검은 무복을 입고, 머리를 산발한 채 월문 무사들을 내려다보고 있는 사내가 눈에 들어왔다.

"잔마……!"

천중한이 나직하게 뇌까렸다. 단 한 번 보는 것만으로도 모든 사람이 잔마임을 알 수 있는 독특한 기운이 잔마에게서 흘러나오고 있었다.

"월문, 백문보!"

잔마의 입에서 다시 사람의 신경을 곤두세우는 목소리가 흘러나왔다.

"잔마! 직접 나설 용기가 없는 건가?"

백문보가 잔마를 보며 소리쳤다.

"용기 따위는 모르겠고. 살육의 유혹은 참기 힘들군!"

펄럭!

한순간 잔마가 절벽 중간에서 뛰어올랐다. 그러고는 마치 추락하는 것처럼 절벽 아래로 떨어지다가 땅에 곤두박일 즈음 검을 강하게 절벽에 찔러 넣었다.

지지직!

절벽을 파고 들어간 잔마의 검이 그의 몸무게를 이겨내지 못하고 절벽을 가르며 아래로 밀려 내려갔다. 그 덕에 잔마의 속도가 늦춰지고 한순간 절벽에서 검을 빼낸 잔마가 가볍게 땅 위에 내려섰다.

잔마가 내려오자 그의 수하들이 일제히 두어 걸음 뒤로 물러났다. 잔마에 대한 그들의 두려움을 여실히 보여주는 모습이었다.

"유령마 단석괴가 너에게 죽었지?"

잔마가 백문보를 보며 물었다.

"설마, 마인 주제에 복수를 운운하려는가?"

백문보가 냉소를 흘렸다.

"복수는 무슨! 네 말대로 난 그런 의리는 조금도 없는 마인이지. 하지만! 단석괴보다 내가 강하다는 걸 증명할 기회라면 사양할 필요가 없겠지."

"나와 겨루겠느냐?"

백문보가 물었다.

그러자 잔마가 징그러운 미소를 지으며 실소를 흘렸다,

"흐흐… 그건 나중에! 일단 네가 데려온 자들을 모두 죽인 후에 마지막으로 너와 겨뤄주마! 그 즐거움은 사양할 내가 아니지. 자! 항복할 생각이 없는 모양이니 피 잔치를 벌여보자! 모두 공격해! 한 놈도 남기지 말고 죽여 버려라! 위대한 삼십육마의 부활이 시작되었음을 천하에 알리는 기념식이다! 시작해라!"

잔마의 명이 떨어지자 그의 뒤로 물러나 있던 마인들이 월문의 문도들을 향해 거침없이 달려들기 시작했다.

"젠장! 서른 놈이 아니잖아!"

곽부가 날이 넓은 도끼를 회초리처럼 휘두르며 소리쳤다.

콰직!

그의 도끼에 마인 한 명의 어깨가 처참하게 갈라졌다.

월문의 무사들은 용감하게 마인들과 싸우고 있었다.

그러나 그들은 뒤로 밀릴 수밖에 없었다. 영웅대가 가지고 있던 정보 중에 가장 중요한 정보가 틀렸기 때문이었다.

잔마의 수하는 대략 삼십 명 정도라고 알려졌었지만, 지금 백무곡에서 월문을 공격하는 자들의 숫자는 서른을 훌쩍 넘어 오십여 명에 가까웠다.

더군다나 잔마의 수하들은 마인들 특유의 성정대로 죽음을 도외시한 무모한 공격을 가해오고 있었다.

백문보의 독려하에 검진의 형태를 유지하면서 적의 공격을 막아내고 있는 월문 문도들이었지만, 적지 않은 사상자가 발생하면서 뒤로 밀릴 수밖에 없었다.

그런데 월문의 위기가 이어지자 예상치 못한 변화가 월문 진영에서도 일어나기 시작했다.

처음에는 노련한 월문 무사들이 진의 앞에서 마인들을 상대했지만, 사상자가 늘어나기 시작하자 어느 순간부터 월문칠랑이라 불리는 무광 등 젊은 제자들이 가장 앞쪽에서 잔마의 수하들을 막기 시작했다.

그리고 그들이 앞으로 나서자 전세가 묘하게 변하기 시작했다. 무광 등 일곱 명의 월문 제자들 무공은 사람들이 예상한 것보다 훨씬 강했다. 아니, 강한 것 이상의 그 무엇인가를 그들은 가지고 있었다.

월문칠랑은 강할 뿐 아니라 그들을 공격하는 마인들만큼 독했다. 그들은 철저하게 마인들의 급소를 노렸고, 부상을 입힌 후에는 반드시 목을 자르거나 머리를 갈라 버렸다. 그 모습이 확실히 보통 정파 무인들의 싸움과는 다른 월문칠랑이었다.

시월도 사형제들과 함께 열심히 적을 상대하고 있었다. 하지만 그의 모습은 다른 사형제들과는 달랐다.

무광 등 그의 사형들은 적의 공격을 막는 것을 넘어 적을 처참하게 죽이는 일에 집중하고 있었다.

반면 시월은 반격을 시도하지 않고, 오로지 적의 공격을 방어하는 데 온 힘을 쏟고 있었다. 그의 실력이 사형들을 따라가지 못하는 면도 있었지만, 그의 본성이 적을 부수는 것보다는 자신을 지키는 것에 익숙하기 때문이었다.

"뭣들 하는 것이냐? 쏟아부어!"

월문칠랑의 활약으로 생각처럼 쉽게 월문을 제압하지 못하자 잔마가 노한 목소리로 절벽 위를 보며 소리쳤다.

그러자 갑자기 절벽 중턱에서 지진이 난 듯한 소리가 일어났다.

구르릉!

땅을 울리는 소리와 함께 거대한 바위들이 절벽 중턱에서 쏟아져 내렸다.

"조심하라!"

침착하던 백문보의 입에서도 다급한 목소리가 흘러나왔다.

콰콰쾅!

절벽에서 떨어진 바위들이 월문의 문도들을 사방으로 흩어놓았다. 비록 바위에 깔려 죽은 사람은 없었지만, 단단하던 진형이 흐트러진 것은 월문에게 큰 위기였다.

"모두 죽여 버려라!"

월문의 검진이 깨지자 잔마가 다시 명을 내렸다. 그러자 수십 명의 마인들이 고함을 지르며 월문 문도들을 향해 달려들었다.

그렇게 싸움은 갑자기 혼란스러운 난전으로 빠져들어 갔다.

"악!"

"억!"

적아를 구분할 수 없는 비명이 계곡을 가득 채웠다.

쓰러지는 자는 월문 문도들보다 마인들이 배는 많았다. 그러나 월문의 문도들도 적지 않게 쓰러지고 있었다. 이미 십여 명쯤으로 숫자가 줄어 있었다.

"이대로는 어렵습니다."

사방으로 흩어져 난전을 펼치고 있는 문도들을 보며 고태가 백문보에게 소리쳤다.

"본대는 아직이오?"

백문보가 뒤쪽에서 싸우고 있는 영웅대 고수 하종에게 소리쳐 물었다.

"모르겠습니다. 이미 올 시간이 지났는데……."

하종이 자신 없는 말투로 말했다.

"젠장… 설마 이대로 버리겠다는 것인가?"

백문보의 얼굴이 일그러졌다. 어쩌면 모용지가 이끄는 영웅대 본대가 협곡 안으로 진격하지 않을 수 있다는 생각이 든 것이다.

"설마 그렇기야 하겠습니까?"

백문보를 호위하듯 싸우고 있는 천중한이 소리쳤다.

"자신들까지 위험해질 수 있다고 판단하면 그러고도 남을 자들이지."

백문보가 중얼거렸다.

"그럼 큰일 아닙니까?"

천중한이 걱정스러운 표정으로 말했다.

그러자 백문보가 잠시 전장을 살피다가 눈살을 찌푸리며 중얼거렸다.

"젠장… 절대 이렇게 가볍게 쓸 아이들은 아니었는데… 후우! 어쩔 수 없는 건가… 무광!"

백문보가 갑자기 무광을 불렀다.

"예, 문주님!"

적을 향해 가차 없이 검을 휘두르던 무광이 피에 물든 얼굴로 대답했다.

"사형제들을 이끌고 우두머리를 잡아라. 그래야 이 싸움을 끝내고 이 지옥에서 살아 나갈 수 있다!"

백문보의 명에 무광의 얼굴이 한순간 굳어졌다.

백문보의 명은 잔마를 죽이라는 말이다. 하지만 마인들의 호위를 받으며 싸움을 지켜보는 잔마를 죽이려면 사형제들이 목숨을 걸어야 한다.

그러나 무광의 망설임은 오래가지 않았다.

자신들이 희생하지 않으면 월문의 문도들이 전멸할 수도 있었다. 무광과 그 사형제들은 백문보와 백유검을 위해 목숨을 버릴 수 있는 충성심을 가지고 있었다.

어린 시절 비참한 운명에서 자신들을 구해주고 친아들과 차별 없이 가르침을 준 백문보이기 때문이었다.

"사제들! 흉마를 잡는다!"

무광이 사제들을 향해 소리쳤다.

"예, 사형!"

이미 백문보가 무광에게 내리는 명을 듣고 있었던 그의 사제들이 두려움 속에서도 전의를 불태우며 대답했다.

"가자!"

무광이 검을 빼 들고 마인들 사이에 서 있는 잔마를 향해 질주하기 시작했다.

그러자 월문칠랑이 바람처럼 무광을 따라 몸을 날렸다.

그런데 그 순간 갑자기 백유검이 월문칠랑의 뒤를 따라 달리기 시작했다.

"무광 형! 나도 갑니다!"

"유검!"

갑작스러운 아들의 행동에 놀란 백문보가 다급하게 백유검을 불렀지만 이미 백유검은 월문칠랑에 섞여 잔마를 공격하고 있었다.

"모두 나서라. 아이들이 고립되지 않게 해야 한다!"

백문보가 월문의 문도들을 보며 다급하게 명을 내렸다.

그리고 그 자신이 먼저 검을 휘두르며 앞으로 달려 나갔다. 애초에는 월문칠랑의 희생에 기댈 생각이었지만, 유일한 아들 백유검까지 희생시킬 수는 없었던 것이다.

백문보가 달리자 월문의 문도들이 위험을 무릅쓰고 백문보를 따라 적을 향해 전진하기 시작했다.

"빌어먹을!"

영웅대의 고수 하종이 입안에 고인 침을 씹어 뱉으며 욕설을 내뱉었다.

"어찌할까요? 저러다가는 전멸을 면치 못할 것 같은데."

함께 온 영웅대의 고수가 물었다.

그러자 하종이 씹어뱉듯 말했다.

"어쩌긴 뭘 어떻게 해! 같이 싸워야지. 월문이 전멸하면 우리도 모두 죽을 수밖에 없네. 죽지 않으려면 저들을 도와 싸울 수밖에!"

"본대는 정말 오지 않는 걸까요?"

"모용지, 이렇게까지 교활할 줄은 몰랐군. 생각보다 잔마의 세력이 많다고는 하나."

"오지 않을 거란 말이시군요."

"아마 어디선가 이 싸움을 지켜보고 있을 걸세. 우리가 전멸하면 물러날 것이고, 승산이 보이면 달려올 걸세. 그러니 모두들 최선을 다해 싸우게. 그가 오게 만들려면. 가세!"

하종이 씹어뱉듯 소리치고는 먼저 적을 향해 돌진했다.

제 8 장
—
지옥에서 살아남기

"마기(魔氣)?"

자상으로 가득한 잔마의 얼굴이 꿈틀거렸다.

자신을 향해 달려드는 여덟 명의 애송이들에게서 예상치 못한 기운이 느껴졌기 때문이다.

그러나 이내 냉소를 흘렸다.

"아니지. 정파 나부랭이들이 위대한 마기를 가질 수 있나. 다만 이놈들이 제법 독한 수련을 한 모양이군. 살기가 지독한 것을 보니."

잔마는 월문칠랑이 뿜어내는 기운을 살기로 판단했다. 그리고 천천히 예리한 곡선을 자랑하는 괴검을 뽑아 들었다.

"두어 놈은 내게 맡겨라!"

자신을 향해 달려드는 월문칠랑과 백유검을 막아서는 수하들에게 잔마가 소리쳤다.

그리고 그 순간 월문칠랑이 잔마를 호위하는 마인들과 충돌했다.

"악!"

콰직!

선두에 섰던 곽부의 도끼가 한 마인의 머리를 박살 내는 것을 신호로 잔혹한 싸움이 벌어졌다.

월문칠랑의 손속은 마인들까지 얼어붙게 만들 만큼 독했다.

월문칠랑은 이 싸움의 중요성을 누구보다 잘 알고 있었다. 잔마를 제압하지 못하는 한 이곳에서 월문은 멸문을 당하고 말 것이다.

앞뒤가 막힌 협곡에서, 영웅대 본대의 구원이 없다면 압도적인 숫자의 마인들을 이겨낼 수 없기 때문이었다. 특히 문주 백문보와 소문주 백유검의 죽음은 곧 월문의 멸문을 의미한다.

그래서 어떻게든 잔마를 몰아붙여 그를 제압하거나 그가 물러나게 해야 하는 월문칠랑이었다. 당연히 그 어느 때보다 적에 대한 전의가 강렬했다.

좌악!

적의 머리를 박살 내는 곽부를 날아 넘으며 쌍둥이 형제 무릉과 도원이 동시에 쌍도와 쌍검을 휘둘렀다.

"컥!"

"억!"

여지없이 두 사람의 도검에 마인들의 몸이 잘려 나갔다. 그러자 순간적으로 잔마에게 이르는 길이 열렸다.

그 틈으로 월문칠랑 중 가장 빠른 소후가 빠져 들어갔고, 무광과 백유검이 뒤를 바짝 따랐다.

"어서 오너라! 애송이들! 후후."

자신을 향해 달려드는 무광 등을 잔마가 비릿한 웃음으로 맞이했다. 강렬한 기운을 뿜어내지만 여전히 잔마에게 무광 등은 나이 어린 애송이들에 불과했다.

번쩍!

잔마의 괴검이 서늘한 검광을 만들었다. 그러자 검광이 세 개로 갈라지면서 마치 매의 발톱처럼 가장 앞서 달려드는 소후를 향해 뻗어 나갔다.

"헉!"

소후가 기이한 잔마의 검기에 놀라 헛바람을 토해내며 슬쩍 몸을 틀었다. 그 작은 움직임만으로 소후는 한순간에 일 장 이상 옆으로 움직여 잔마의 세 줄기 검기를 피해냈다.

"뭐냐? 이놈!"

잔마가 달려오는 속도를 줄이지 않고도, 쾌속하게 방향을 트는 소후의 무공에 놀라 소리쳤다. 하지만 그 놀람은 뒤를 이어 자신을 향해 떨어지는 두 자루 검에 의해 경악으로 변했다.

"마적! 죽어랏!"

백유검이 잔마를 향해 소리치며 날카롭게 검을 뻗었다.

팟!

백유검의 검기가 소후의 움직임에 놀라고 있던 잔마의 몸통을 갈랐다.

"이것들이?"

나이 때문에 경시했던 월문 제자들의 공격이 자신의 예상을 뛰어넘는 날카로움을 보이자 잔마가 마성을 폭발시켰다.

쩡!

"윽!"

잔마의 검에 공격이 막힌 백유검의 입에서 당황한 음성이 흘러나왔다.

무림백대고수 안에 든다는 잔마의 마공은 과연 무서웠다. 온 힘을 다한 백유검의 검을 더 강한 힘으로 튕겨낸 잔마 요찬이었다.

"놈!"

밀리는 백유검의 머리를 잔마가 서늘한 검기로 내려쳤다. 순간, 측면에서 무광이 잔마를 향해 뛰어들었다.

슈욱!

무광의 검이 소리 없는 그림자처럼 잔마를 파고들었다.

"음!"

백유검을 공격하던 잔마의 입에서 나직한 침음성이 흘러나왔다. 잔마는 무광의 공격을 무시할 수 없어 백유검을 공격하던 검로를 바꿔 파고드는 무광의 검을 내려쳤다.

빙글!

잔마의 검과 격돌하려는 순간 무광이 허공에서 가볍게 회전했다. 그러자 잔마의 검이 아슬아슬하게 무광의 검을 스쳐 지나갔다. 그리고 그 순간 잔마의 검을 피한 무광의 검이 사선을 그었다.

촤악!

"헛!"

무섭게 일어난 검기가 잔마를 스치고 허공으로 뻗어 올라가자 잔마의 입에서 헛바람이 흘러나왔다. 동시에 잔마가 급하게 뒤로 물러났다!

"대체 뭐냐? 네놈들!"

잔마의 길게 베어진 옷자락 안에서 붉은 선혈이 흘렀다. 그러나 잔마는 상처에는 관심이 없었다. 그의 눈은 자신을 위기에 몰아넣은 무광에게 고정되어 있었다. 분노보다는 무광의 무공에 놀란 듯 보였다.

그러나 월문의 제자들은 잔마와 말거리를 할 여유가 없었다. 한시라도 빨리 잔마를 제압해야 했기 때문이었다.

촤악!

물러난 잔마를 향해 소후가 무서운 속도로 검을 던졌다. 그의 손을 벗어난 검이 마치 창처럼 잔마를 찔러갔다.

본래 소후는 검술 외에 창술에도 일가견이 있었다. 그래서 백무곡에 진입할 때도 창을 가져왔으나, 그 창은 잔마의 수하들과 격돌하는 와중에 잃어버렸기에 창 대신 검으로 원거리에서 잔마를 공격한 것이다.

팟!

잔마가 그 자리에서 허공을 뛰어올랐다. 그러자 소후가 던진 검이 아슬아슬하게 그의 발밑을 스치고 지나갔다.

그렇게 소후의 검을 피한 잔마가 오른발로 왼발 등을 찼다. 그러자 그의 몸이 허공에서 한 번 더 도약하더니 독수리처럼 옷자락을 휘날리며 검을 던진 소후를 향해 날아갔다.

"젠장!"

회심의 일격으로 검을 던져 잔마를 죽이려 했던 소후가 검이 없는 손을 앞으로 모으며 욕설을 내뱉었다.

하지만 맨손으로 잔마를 상대할 수는 없었다.

"이놈!"

잔마의 검이 소후의 가슴을 찔렀다.

"흡!"

촤악

소후가 재빨리 몸을 틀었지만 잔마의 검기가 소후의 가슴을 훑고 지나갔다.

"물러나!"

뒤늦게 무광이 잔마에게 일검을 당한 소후 앞을 급하게 막으며 소리쳤다.

소후가 가슴을 부여잡고 뒤로 물러났다.

순간, 무광이 머리 위로 짧게 들어 올렸던 검을 벼락처럼 쳐 내렸다. 그러자 그의 검에 뿌연 검기가 서리더니 눈부신 섬광을 만들면서 잔마를 찔렀다.

잔마가 무광의 공격을 무시하지 못하고 재빨리 몸을 뒤로 물렸다.

그러자 기다렸다는 듯이 백유검의 검이 날카롭게 잔마의 허리를 갈라왔다.

순간 잔마가 허공으로 솟구쳐 백유검의 검을 피하면서 왼손을 휘둘렀다.

슈욱!

잔마의 왼팔이 기이한 형태로 늘어나는 것처럼 보이더니 그의 장력이 벼락처럼 백유검의 어깨를 강타했다.

쾅!

"욱!"

백유검이 잔마의 장력에 맞아 비틀거리면서 뒤로 튕겨 나갔다.

그런 백유검을 향해 잔마가 이번에는 검을 휘둘렀다.

쿠오!

잔마의 검에서 일어난 검기가 비틀거리는 백유검을 반으로 쪼갤듯이 떨어져 내렸다.

순간 무광이 다시 달려들어 잔마의 검을 막았다.

콰릉!

검기와 검기가 격돌하면서 터져 나온 충돌음이 공기를 찢으며 퍼져 나갔다.

주르륵!

무광이 잔마의 힘을 이기지 못하고 뒤로 밀려났다. 하지만 잔마 역시 즉시 무광을 공격하지 못했다. 그 역시 서너 걸음 뒤로 밀려났기 때문이었다.

"이놈… 정말 대단하구나!"

잔마가 물러나는 무광을 보며 놀란 음성을 토해냈다. 아무리 뛰어난 자질을 지닌 사람이라도 무광과 같은 나이에 잔마를 상대할 만한 무공을 얻는다는 것은 거의 불가능하기 때문이었다.

그러나 무광은 잔마의 칭찬 따위에 관심을 둘 여유가 없었다.

"사제들, 도와줘야겠다!"

무광이 뒤에서 다른 마인들의 접근을 막고 있는 사제들에게 도움을 청했다.

소후가 부상을 당했고, 백유검도 적지 않은 내상을 입은 듯 보였기 때문이다.

무광의 부름에 무릉과 도원 두 사람이 두 마리 늑대처럼 달려왔다. 그러고는 지체하지 않고 그대로 잔마를 향해 도검을 휘둘렀다.

콰아아!

무릉과 도원이 마치 한 사람처럼 잔마를 향해 검을 휘둘렀다. 무릉과 도원 두 사람의 합격은 잔마에게 새로운 위협을 가했다.

두 사람의 무공은 혼자일 때는 무광에 비할 수 없으나 둘이면 무광을 능가하기 때문이었다.

"월문주! 정말 놀라운 제자들을 길러냈구나!"

잔마가 감탄하면서도 번개처럼 검을 좌우로 휘둘렀다.

카캉!

"웃!"

"흡!"

잔마의 반격에 무릉과 도원이 숨을 들이켜며 뒤로 물러났다.

그러자 잔마가 두 사람 사이를 빠져나오면서 무광을 덮쳤다.

잔마의 검이 벼락처럼 무광에게 떨어졌다. 무광이 한쪽 다리를 굽히면서 검을 사선으로 쳐올렸다.

카릉!

무광과 잔마의 검이 허공에서 격돌하면서 다시 한번 눈부신 불꽃이 일어났다.

그런데 그 순간 잔마가 무광의 검이 밀어내는 힘을 이용해 허공으로 튕겨 오르더니 두세 번 제비를 돌아 무광 뒤쪽에 서 있는 백유검에게 기습적으로 다시 한번 장력을 떨쳐냈다.

쾅!

"욱!"

갑작스러운 잔마의 공격에 백유검이 미처 방어할 사이도 없이 가슴을 움켜쥐며 이삼 장 뒤로 날아가 떨어졌다.

"컥!"

땅에 떨어진 백유검이 한 모금 피를 토했다.

"네놈 먼저!"

쓰러진 백유검을 향해 잔마가 검을 들고 날아들었다. 누가 봐도 백유검의 죽음이 확실한 듯 보였다.

그런데 그 순간 어디서 나타났는지 시월이 달려들어 쓰러진 백유검을 안고 옆으로 뒹굴었다.

퍽!

백유검이 있던 자리에 잔마의 검기가 떨어지며 흙먼지를 일으켰다.

"쥐새끼 같은 것들이!"

잔마가 옆으로 굴러가는 시월과 백유검을 향해 재차 검을 내려쳤다.

순간 시월이 백유검을 온몸으로 감쌌다. 대신 그의 등이 잔마의 검에 노출됐다.

"멈춰!"

시월의 등이 잔마의 검에 반으로 갈라지려는 순간, 무릉과 도원이 좌우에서 동시에 도검을 뻗어 잔마의 검을 막았다.

순간 잔마가 검을 허공에 던지더니 양손을 앞으로 내밀어 무릉과 도원의 팔목을 벼락처럼 낚아챘다.

"이놈들! 이게 바로 천혈수다!"

콰직!

잔마의 입에서 호통이 터져 나오는 순간 무릉과 도원의 팔이 썩은 나무처럼 꺾였다.

"억!"

"욱!"

잔마의 손에 팔이 꺾인 두 사람이 비명을 지르며 손에서 도검을 놓쳤다. 순간 잔마가 허공에 던졌던 자신의 검을 받아 들고는 벼락처럼 꺾인 두 사람의 팔을 잘랐다.

"악!"

무릉과 도원이 동시에 비명을 터뜨리며 뒤로 물러났다.

순간 사방에서 월문의 제자들이 잔마를 향해 날아들었다.

"죽인다. 이 개새끼!"

곽부가 천둥 같은 호통을 내지르며 도끼를 휘둘렀고, 소후는 가슴을 베인 채로 땅에 떨어진 검을 주워 들어 잔마를 향해 던졌다. 부리의 손에서는 두 자루 비도가 날아올라 잔마를 심장을 파고들었다.

"이 쥐새끼들이!"

한 번에 쏟아지는 월문칠랑의 공격에 잔마가 어지럽게 검을 휘두르며 황급히 뒤로 물러났다.

카카캉!

잔마가 정신없이 휘두르는 검에 월문 제자들의 병기들이 사방으로 튕겨 나갔다.

그런데 그 혼란스러운 와중에 한 자루 검이 그림자처럼 은밀하고, 얼음처럼 차갑게 다가와 잔마의 등을 찔렀다.

그 어느 때보다도 냉혹해 보이는 무광의 검이었다.

푹!

"억!"

기습적으로 등을 찔린 잔마가 몸을 비틀며 검을 휘둘러 무광의
머리를 내려쳤다.

순간 무광이 몸을 회전하면서 잔마의 등에 박힌 검을 위로 그
어 올렸다.

팟!

한순간에 잔마의 왼쪽 어깨가 몸에서 떨어져 나갔다.

"커억!"

짧은 신음을 토해낸 잔마가 자신의 몸에서 잘려 나간 팔을
믿을 수 없다는 듯 바라보다가, 갑자기 몸을 날려 도주하기 시
작했다.

"물러난다!"

잔마가 수하들에게 후퇴를 명한 것은 그 자신이 이미 계곡 안
쪽의 안개 속으로 사라지고 난 이후였다.

                    *   *   *

"마귀 놈들! 전부 죽여 버리겠다!"

월문칠랑이 살기 가득한 모습으로 도주하는 잔마의 수하들을
도륙해 나갔다.

"악!"

"커억!"

곳곳에서 월문칠랑의 도검에 죽어가는 마인들의 비명 소리가 터져 나왔다.

월문칠랑은 잔마와 그 수하들을 세상 끝까지 쫓아서 모두 죽이겠다는 듯 깊은 계곡 안으로 적을 베며 전진했다.

그런데 한순간 백문보의 목소리가 계곡을 뒤흔들었다.

"추격을 멈춰라. 모두 돌아와라!"

백문보의 사자후에 적에 대한 원한과 살기에 정신을 잃은 듯하던 월문칠랑이 정신을 차리고 움직임을 멈췄다.

그러고는 온몸에 피 칠을 한 채 악귀 같은 모습으로 변한 자신들의 모습에 놀란 듯하다가 퍼뜩 뭔가를 깨달았는지 한곳으로 모여들었다.

"소문주님은?"

가장 먼저 달려온 소후가 여전히 백유검을 안고 있는 시월에게 물었다.

시월은 그제야 자신의 품속에서 백유검을 내려놓으며 정신없이 중얼거렸다.

"모르겠어요. 모르겠어요……."

"소문주님을 눕히고 물러나거라."

정신이 나간 것처럼 중얼거리는 시월 곁으로 다가온 장로 고태가 다급하게 말했다.

그러자 시월이 땅에 놓으면 백유검이 죽을 것 같은 생각이 드는지 백유검을 품에 안은 채 고태와 뒤따라온 백문보를 바라봤다.

"괜찮다. 내가 살펴봐야겠다."

백문보가 고태 앞으로 나서며 부드럽게 말했다. 그제야 시월이 백유검을 조심스럽게 땅에 눕히고 뒤로 물러났다.

그러자 백문보가 재빨리 무릎을 꿇고 백유검을 살피기 시작했다.

"모두 상처를 치료해라. 무릉과 도원은 이리 오너라!"

고태가 각기 한쪽 팔을 잃은 무릉과 도원을 불렀다.

그러자 두 사람이 통증으로 인상을 찡그리며 고태에게 다가갔다.

고태가 옷을 찢어 상처를 급히 동여맨 두 사람의 팔을 살피며 책망하듯 말했다.

"아무리 위급해도 몸을 아껴야지!"

"소문주님과 시월이 너무 위험해서 그만… 그리고 설마 그 마귀 놈이 그런 수공을 가지고 있는 줄은 몰랐지요."

고통 속에서도 무릉이 덤덤하게 대답했다.

"잔마의 천혈수다."

"천혈수요?"

"음, 나도 직접 본 것은 처음이다. 마치 숨겨놓은 비수처럼 평소에는 쓰지 않는다고 한다. 하지만 어둠 속에서 그 수공에 당한 자가 천 명이 넘는다고 해서 천혈수라고 부르지."

고태가 두 사람의 상처를 치료하며 말했다.

"하지만 이젠 그놈도 그 천혈수인지 뭔지를 제대로 사용할 수 없겠군요. 한 팔을 잃었으니!"

무릉이 이를 갈며 말했다.

"그래도 한 손이 남았으니 그를 다시 만나면 조심해야 한다."

"다음에 다시 만나면 반드시 놈을 죽일 겁니다."

조용히 치료를 받고 있던 도원이 차가운 살기를 뿜어내며 말했다.

"살기를 거두어라. 그렇잖아도 너희들에게 두려움을 느낀 것 같은데……."

고태가 나직하게 말했다.

월문의 문도들 뒤쪽에서 잔마 일당과의 싸움에서 살아남은 하종 등 영웅대의 고수 넷이 넋이 나간 표정으로 월문의 제자들을 바라보고 있었다.

"영웅대 따위… 약속도 지키지 않은 자들인데 신경 쓸 것도 없지요."

도원이 쓴침을 뱉으며 중얼거렸다.

"어허!"

고태가 나직하게 주의를 줬다.

그러자 도원이 더 이상 입을 열지 않았다.

"괜찮아?"

한쪽에서는 소후에게 달려온 설우담이 연인 소후의 가슴에 난 상처를 살피며 물었다.

"괜찮아. 다행히 놈의 검이 깊이 들어오지 못했어."

소후가 슬쩍 가슴을 열어 보이며 말했다.

아름다운 외모와 달리 단단한 근육으로 가득 찬 그의 가슴에 사선으로 혈선이 그어져 있었다. 잔마의 검에 당한 검상이었다.

"일단 금창약이라도 뿌려야겠다."

설우담이 급히 품속에서 흰색 가루약을 꺼내 소후의 상처에 뿌렸다.

"음······."

약을 바르자 일어난 통증에 소후가 나직하게 신음을 흘렸다.

"아파?"

설우담이 걱정스럽게 물었다.

"괜찮아. 효과는 좋은 약이니까. 그나저나 소문주님이 무사해야 할 텐데······."

자신의 상처는 별것 아니라는 듯 소후는 백문보가 치료 중인 백유검을 바라보며 걱정스럽게 말했다.

시월은 서너 걸음도 떨어지지 않는 곳에서 움직이지 않고 백유검을 치료하는 백문보를 지켜보고 있었다. 그런 시월의 어깨에 문득 한 사람의 손이 놓였다.

"대사형······."

시월이 고개를 돌려 자신의 어깨에 손을 얹은 무광을 바라봤다.

"걱정 마. 소문주님은 괜찮을 거다. 그리고··· 잘했다. 무서웠을 텐데. 온몸으로 소문님을 보호하다니."

"저··· 전··· 그냥."

"네가 아니었다면 소문주님은 정말 위험했을 거야."

"제가 미리 지켜 드렸어야 했는데 너무 늦었어요."

시월이 자책하듯 말했다.

그러자 백유검을 치료하고 있던 백문보가 입을 열었다.

"아니다, 시월! 유검의 목숨은 네가 살린 것이다. 조금만 늦었어도 유검은 잔마의 검에 죽었을 것이다."

"소문주님은 괜찮으신가요?"

시월이 얼른 물었다.

"일단 호흡과 맥이 있으니 당장 죽지는 않겠지만……"

백문보가 말꼬리를 흐렸다.

"문제가 있습니까?"

천중한이 걱정스러운 표정으로 물었다.

"정신만 차리면 죽지는 않겠으나 내상이 문제네. 어쩌면……"

"아……"

천중한이 탄식을 했다. 백문보가 차마 하지 못한 말이 무엇인지 알고 있기 때문이었다.

백문보는 백유검이 내공을 잃을 수도 있다고 생각하고 있는 것이다.

"일단… 본문으로 돌아가야겠다. 문도들의 시신을 수습하고 신속하게 백무곡을 벗어난다. 무광!"

백문보가 무광을 불렀다.

"예, 문주님!"

"유검을 부탁한다."

"예."

무광이 얼른 다가와 백유검을 등에 업었다.

월문의 문도들에게 명을 내린 백문보가 이번에는 당혹스러운 눈으로 자신들을 바라보고 있는 영웅대의 고수 하종에게 다가왔다.

"월문은 본문으로 돌아갈 생각이오."

"…저로선 드릴 말씀이 없군요."

하종이 무거운 음성을 대답했다.

본래 이런 결정은 영웅대주 모용지의 동의를 받아야 하는 것이지만, 모용지가 이끄는 본대가 제시간에 구원을 오지 않은 이상, 월문의 행동을 간섭할 자격이 모용지에게는 없었다.

아니, 오히려 월문에서 이번 일을 문제 삼고자 하면 모용지의 입장이 크게 곤란해질 상황이었다. 물론 모용지가 자신의 잘못을 인정할 리 없겠지만.

"하 대협은 어쩌시겠소? 이 상황에서 잔마를 계속 쫓는 것은 무모한 일 같소이다만."

백문보가 어느새 다시 안개가 스며든 백무곡 안쪽을 보며 물었다.

"일단은 저희도 계곡 밖으로 물러나야지요. 살아남은 사람이 겨우……."

하종이 씁쓸하게 미소를 지으며 대답했다. 동행한 열 명의 영웅대 고수 중 그를 포함해 네 명만이 살아남은 상태였다.

"그럼 같이 돌아갑시다. 준비는 되었나?"

백문보가 월문의 무사들을 보며 물었다.

"예, 문주님!"

죽은 동료들의 시신과 부상자들을 챙긴 월문 문도들이 일제히 대답했다.

"그럼 돌아간다!"

백문보가 명을 내리고는 먼저 걸음을 옮기기 시작했다.

*   *   *

산 사람과 죽은 사람의 숫자가 절반에 이르는 막대한 피해를 입은 월문 문도들의 걸음은 무거웠다. 그 무거운 몸을 이끌고 백무곡을 벗어나 자작나무 숲으로 나왔을 때, 그들 앞에 모용지가 이끄는 영웅대 본대와 관경이 이끄는 후대가 동시에 나타났다.

영웅대를 본 월문 무사들 사이에서 강렬한 적의가 일어났다. 그 적의를 읽은 백문보가 손을 들어 월문 문도들을 진정시킨 후 홀로 영웅대가 있는 곳을 걸어갔다.

"어찌 되었소? 길이 막혀 미처 약속한 시간에 진입하지 못했구려."

자신들이 백무곡에 진입하지 않은 것이 협곡 사이를 막은 돌무더기 때문이란 핑계를 대며 모용지가 백문보에게 물었다. 그의 얼굴에선 일말의 미안함도 보이지 않았다.

"잔마는 팔이 잘린 채 도주했고… 죽은 적의 숫자가 대략 삼십여 명 정도는 됩니다."

백문보도 감정을 드러내지 않고 대답했다.

"잔마가 도주를! 그리고 벤 자가 서른이라. 월문이 큰 공을 세웠구려. 잔마를 잡지 못한 것이 아쉽지만……."

"적의 숫자가 예상외로 많더군요. 싸움에 나선 자만도 오십이 넘고 백무곡 안에 얼마나 더 많은 적이 숨어 있을지 가늠할 수 없었습니다. 그래서 잔마를 추격하는 일은 불가능했습니다."

"음, 이해하오. 어쨌든 놈은 백무곡에 있으니 전력을 보강해 다시 쫓으면 될 것이고……."

모용지가 말하자 백문보가 단호하게 말했다.

"월문은 일단 본가로 돌아가겠습니다."

"귀환을… 하겠다는 것이오?"

"그렇습니다."

"그건… 차차 생각을 해봅시다. 월문이 아니면 잔마를 추격하는 일이 쉽지 않을 테니……."

"죄송하지만 이미 결정한 일입니다. 함께 온 문도 절반이 죽었고, 제자들의 부상도 심합니다. 이 상태로는 다시 잔마를 추격할 수 없지요. 또한, 제 아들놈도 정신을 잃고 사경을 헤매고 있으니 이곳에 남아 있을 수는 없습니다. 서둘러 본문으로 돌아가 치료를 해야겠습니다."

더 이상 모용지의 의사는 중요치 않다는 듯 냉정하게 귀환을 통보하는 백문보의 태도에 모용지가 한순간 당황한 표정을 지었다.

지금까지 백문보는 이런 모습을 보인 적이 없었다. 삼십육마의 난 당시 논공행상에서 모용세가가 약속을 지키지 못했을 때도 조용히 결과를 수긍했던 백문보였다.

모용지로서는 당황할 수밖에 없는 상황이었다.

"몰랐구려. 아드님이 위중할 줄은……."

백문보의 기세에 모용지가 한발 물러섰다.

"대주의 무운을 빌겠습니다."

백문보가 그 말을 하고 물러나려 하자, 모용지가 급히 입을 열었다.

"부디 아드님이 쾌차하길 바라겠소."

그러자 백문보가 걸음을 멈추고 냉정한 눈으로 모용지를 응시했다. 그러다가 한기가 느껴지는 목소리로 대답했다.

"나 역시 그러길 바랍니다. 모두를 위해서……!"

그 말을 남기고 백문보가 월문의 문도들에게로 돌아가 명을 내렸다.

"최대한 빨리 본문으로 돌아간다! 쉬지 않고 달릴 것이다. 가자!"

백문보의 명이 떨어지자 월문의 제자들이 바람처럼 자작나무 숲을 뚫고 달리기 시작했다.

"허! 이젠 정말 제대로 손을 잡아줘야 하나? 아니면 완전히 싹을 잘라야 하나."

멀어지는 월문의 문도들을 보며 모용지가 무거운 표정으로 중얼거렸다.

*　　　　*　　　　*

월문의 문도들은 정말로 한숨도 자지 않고 말을 달렸다. 백유검의 상태는 생각보다 더 좋지 않았다. 아주 가끔 의식을 차릴 때가 있었지만, 몇 마디 말을 하고는 곧바로 다시 혼수상태에 빠지곤 했다.

이동하는 동안은 아예 백문보가 백유검의 혈도를 짚어 의식을 잃게 만들기도 했다. 달리는 말 위에서 느낄 고통을 줄이기 위함이었다.

겉으로 보기엔 팔이 잘린 무릉과 도원의 부상이 훨씬 심해 보였지만, 두 사람은 신검산 월문 본가에 도착할 때쯤에 이미 잘린 상처가 아물어가고 있었다.

그에 비하면 여전히 혼수상태를 오가는 백유검의 상태는 정말 위험한 것이었다. 처음에는 목숨 걱정은 하지 않고 내공을 잃을까만 걱정했지만, 이제는 백유검의 목숨을 걱정하게 된 월문이었다.

당연히 백무곡으로 출행했던 문도들이 귀환한 이후 월문의 분위기는 어두울 수밖에 없었다.

그나마 백문보의 부인이자 월문의 안주인인 대부인 홍은이 아들의 큰 부상에도 불구하고 침착하게 문도들을 다독였다.

백문보는 백유검을 데리고 자신의 거처에 칩거했으므로, 대부인 홍은이 백문보를 대신해 동요하는 월문 문도들을 안정시킬 수밖에 없었다..

그 문도들 중에는 월문 본가가 낯선 월문칠랑도 포함되어 있었다.

"상처는 모두 아문 듯하구나. 유검을 구하려다 이리되었다니 너무 미안하구나."

대부인 홍은이 무릉과 도원의 잘린 팔을 직접 치료하다가 한숨을 쉬며 말했다. 진심으로 미안해하는 마음이 그녀의 목소리에서 느껴졌다.

"소문주님은 형제인걸요."

무릉이 일부러 미소를 지으며 대답했다.

"그래. 나도 너희들을 내 아들로 생각한다. 그래서 마음이 더 아프구나. 아들 둘이 팔 하나씩을 잃었으니……."

대부인 홍은이 흰 천으로 정성껏 두 사람의 상처를 동여매며 말했다.

"괜찮습니다. 본래 우리 두 사람은 쌍둥이여서 팔 하나씩 잃어도 한쪽 팔들은 남아 있으니 두 팔이 있는 거나 다름없습니다."

이번에는 도원이 그답지 않게 농담을 했다.

"그래, 어쨌든 서로 잘 의지하며 견뎌내야 한다."

홍은이 대견하다는 듯 두 사람을 보며 말했다.

그러자 무릉이 대답했다.

"알겠습니다. 걱정 마십시오. 귀환 여행 도중에 천 장로님이 그러시더라고요. 저희가 수련한 합격술인 일원공은 어쩌면 한쪽 팔이 없는 것이 더 도움이 될지도 모른다고요."

"그런 말을 하셨니?"

"예."

"음… 팔을 잃은 너희들에게는 잔인한 말씀을 하셨구나."

대부인 홍은이 못마땅한 기색으로 말했다. 천중한의 말이 팔이 잘린 제자들에게 할 말은 아니라고 생각한 듯했다.

"아닙니다. 위로하시려고 하신 말씀일 텐데요."

무릉이 얼른 고개를 저었다.

"물론 그러시겠지만… 아무튼 이제 상처는 더 이상 치료하지 않아도 될 것 같구나. 이젠 잘 먹고 잘 쉬기만 하면 될 것 같다."

대부인 홍은이 자리에서 일어나며 말했다.

"감사합니다."

무릉과 도원도 얼른 일어나 고개를 숙여 보였다.

그런데 그때 문득 월문칠랑이 모여 있는 숙소의 문이 열리면서 장로 고태가 들어왔다.

"주모님이 계셨군요."

고태가 대부인 홍은에게 고개를 숙였다.

"어서 오세요, 고 장로님. 아이들의 치료는 제가 했습니다만······."

고태가 무릉과 도원을 치료하기 위해 온 줄 알고 홍은이 말했다.

"주모께서 직접 하실 필요는······."

"그래도 내 아들이나 다름없는 아이들인데요. 유검 때문에 이리되었고······."

"무가의 사람이면 언제든 겪을 수 있는 일이지요. 아무튼 아이들을 잠시 데려가야겠습니다."

"무슨 일이라도?"

"문주께서 아이들을 보자고 하십시다."

"문주께서요?"

"특별히 하실 말씀이 있으신 듯하십니다."

고태가 말하자 홍은이 걱정스럽게 말했다.

"돌아온 지 얼마 되지 않아서 휴식이 필요한 아이들인데······."

"일단 데려가겠습니다. 모두 따라나서거라."

고태가 말하자 월문칠랑이 일제히 자리를 털고 일어나 고태를 따라 숙소를 벗어났다.

"무슨 일을 하시려고······."

숙소를 벗어나는 월문 칠랑을 보며 홍은이 걱정스럽게 중얼거렸다.

*　　　　*　　　　*

월문이 수백 년 터를 잡고 살아온 열하 인근 신검산은 그리 높은 산은 아니지만, 산세만큼은 험산이라 부를 만큼 위태로웠다.

　그 산세의 위태로움이 무가(武家)가 터전을 잡기에 적당한 환경을 제공한다. 외부의 침입을 위태로운 지형을 이용해 수월하게 막아낼 수 있기 때문이었다.

　그 견고함은 세월이 흐르면서 더욱 강화되어 지금의 월문은 마치 신검산에 세워진 단단한 성채 같은 느낌이 들었다.

　시월 등 월문칠랑이 문주 백문보를 만나러 간 곳은, 그 단단한 월문의 건물들 중에서도 가장 접근하기 어려운 곳에 있었다.

　절벽에 일백여 개의 계단을 만들고, 그 위 작은 공터에 지어진 한 채의 건물, 반은 산속으로 들어가 있고, 반만 밖으로 나오게 만들어진 기이한 건물이었다.

　시월 등이 백문보를 찾아갔을 때 백문보는 백염이 아름다운 선풍도골의 노인과 함께 앉아 있었다.

　그 안쪽 침상에는 백유검이 누워 있었는데, 잠이 들었는지 혹은 여전히 혼수상태인지 의식 없는 듯했다.

　"문주님, 데려왔습니다."

　월문칠랑을 데리고 간 고태가 다른 때보다도 더 정중하게 입을 열었다. 아마도 백염의 노인을 의식하는 듯 보였다.

　"모두 이리 오너라."

　백문보가 고개를 한 번 끄떡이고 시월 등을 자신이 있는 곳으로 불렀다.

　그러자 월문의 젊은 제자들이 긴장한 얼굴로 백문보 앞으로 다가갔다.

"이 아이들입니다."

시월 등이 가까이 오자 백문보가 백염의 노인에게 말했다.

"음… 생각했던 것보다도 훨씬 좋구려."

백염의 노인이 고개를 끄떡였다.

그러자 백문보가 시월 등을 보며 말했다.

"모두 인사드리거라. 이 분은 본문의 오랜 은인이자, 손님이신 군자의(君子醫) 공천보 어른이시다. 너희들이 심신의 기운을 기르고, 사기를 풀어내기 위해 복용하는 영단 청명단은 군자의 어른의 도움으로 만든 것이다. 선대 문주님과 의형제를 맺은 분이시니 월문의 큰 어르신이라고 해도 과언이 아니다."

백문보가 노인을 소개하자 무광이 앞으로 나서 포권을 하며 노인에게 인사를 했다.

"제자 무광이 사제들과 함께 어르신께 인사드립니다."

당당하면서도 정중한 무광의 인사에 백염의 노인이 고개를 끄떡였다.

"네가 바로 무광이구나. 십전(十全)의 무인이 될 수 있는 자질을 가진!"

"십전이라니요. 감히 제가 어떻게……."

십전(十全)의 무인이란 말에 무광이 당황해 머리를 조아렸다.

"자질이 그렇다는 말이다. 정말 십전의 무인이 되려면 자질은 기본이고, 뼈를 깎는 노력과 기연까지 있어야 하지. 물론 네가 월문과 인연을 맺은 것은 그 기연 중의 하나라고 할 수 있지만. 아무튼… 기대가 크구나. 너와 같은 자질을 가진 아이를 본 적이 거의 없으니까."

공천보가 부드러운 미소를 지으며 말했다.

"실망시켜 드릴까 두렵습니다."

무광이 재차 고개를 숙였다.

"후후, 설마 네가 십전의 고수가 되지 않는다고 내가 실망까지야 하겠느냐? 그냥 월문주님의 은혜를 생각해 최선을 다하라는 의미다. 그리고 설혹 네가 십전의 고수가 된다고 해도 그때쯤이면 난 아마 썩어서 흙이 되어 있을 것이다, 허허허!"

공천보가 가벼운 농담을 하며 너털웃음을 터뜨렸다.

"군자의께서도 참… 그런 농담을 하시다니요. 이렇게 정정하신데."

백문보가 책망하듯 말했다.

"문주 올해 내 나이가 딱 칠십다섯이오. 살 만큼 살았지. 이제부터는 한 해 한 해가 다를 것이고… 자! 아이들을 보았으니 난 그만 일어나겠소."

군자의 공천보가 자리에서 일어났다.

"정말 이대로 가시렵니까?"

"유검에 대해선 이미 그 처방을 내려주었으니 내 할 일은 다 끝난 것이고, 한곳에 머무는 것이 내겐 고통이니 역시 지금 떠나는 것이 좋을 것 같소. 그리고… 내가 말한 것을 잘 생각해 보시오. 월문을 위해 어떤 선택이 좋을지."

"알겠습니다."

"월문이 지금까지 변방의 문파로 남아 있는 것은 문주를 포함해서 역대 월문의 문주들께서 너무 선한 분들이기 때문이었소. 하지만 험난한 무림에서 가끔은 독해질 필요도 있다오."

군자의가 미소를 지으며 말했다.

"후우… 군자의께서 좋게 봐주셔서 그런 겁니다. 사실 저도 독한 일을 많이 한 사람입니다."

"…그래도 조금만 더 독해지시구려."

"알겠습니다. 그렇게 하지요."

"…그 말은 내 충고에 따르겠다는 뜻이오?"

"…그렇습니다."

"하하하! 좋소. 좋아. 월문은 앞으로 크게 번창할 것이오. 의천무맹 구대천문을 능가할 정도로……"

군자의 공천보가 호탕한 웃음을 터뜨렸다. 조용하고 부드럽던 지금까지의 모습과는 조금 다른 모습이었다.

그러나 그의 변화에 관심을 두는 사람은 장내에 없었다.

사람들은 다만 군자의 공천보가 백문보에게 한 충고가 무엇인지를 궁금해할 뿐이었다.

"그럼 유검이 회복될 즈음 다시 한번 들르겠소."

한바탕 웃음을 터뜨린 군자의 공천보가 휑하니 백문보의 거처를 나갔다. 백문보가 미처 배웅할 틈도 주지 않은 공천보였다.

"참 특이한 분입니다."

공천보가 떠나자 고태가 그의 행보를 이해할 수 없다는 듯 고개를 저으며 말했다.

"특별한 분이기도 하지. 사정이 좋지 않아 약을 구하지 못하는 사람들을 위해 어두운 곳에서 자신의 의술을 펼치는 분이니까. 저분의 손에 살아난 사람을 모으면 성 하나를 꾸릴 수 있을 걸세."

"그렇기는 하지요."

고태가 고개를 끄떡였다.

"본문에는 더욱 중요한 분이고……."

"소문주께서는 어떻다 하십니까?"

고태가 물었다.

"생명이 위험할 일은 없을 걸세. 군자의께서 위험하지만 효과가 확실한 혈에 침을 놓으셨네. 그분의 침술은 천 일 동안 달여 먹는 약과 비견되니……."

"최근 근처에 머물고 계셔서서 큰 다행이었습니다. 그래서 소문주를 치료하실 수 있었으니 말입니다."

고태가 안도의 한숨을 쉬며 말했다.

"그렇긴 한데… 역시 예상대로 내공을 회복하기 어려울 것 같다고 하시더군."

"군자의 어른의 의술로도 어려운 일인지요?"

"그렇게 말씀하시더군. 맥은 있지만 선천지기가 훼손되었다고 하더군. 알다시피 선천지기란 내공의 씨앗과 같은 것이어서……."

"아! 정말 큰일이군요. 이 일을 어찌하면 좋습니까?"

고태가 낙담한 얼굴로 물었다.

그러자 백문보가 걱정스러운 얼굴로 서 있는 일곱 명의 제자들을 보며 말했다.

"한 가지 방법이 있기는 한데… 그게 그리 쉬운 일이 아니어서."

"그 방법이 무엇입니까? 소문주님의 내공을 회복시킬 수 있는 일이라면 제 목숨이라도 내놓겠습니다."

곽부가 눈을 부라리며 말했다.

"맞습니다. 저희들이 할 수 있는 일이라면 무엇이든 하겠습니다."

무광 역시 단호한 표정으로 말했다.

그러자 백문보가 눈을 감고 괴로운 듯 생각에 잠겼다.

제 9장
—
화노(花奴)의 천년화정

　―이런 일은 정말 시키고 싶지 않았다.

　백문보는 망설였고, 말을 하면서도 시월 등 월문칠랑의 눈을 제대로 보지 못했다. 그만큼 그가 부탁한 일은 그동안 그의 가르침에서 많이 벗어난 일이었고 위험한 일이었다.

　그러나 그럼에도 불구하고 시월 등 칠랑은 서슴없이 그 일을 하겠다고 대답했다.

　애초에 이 월문의 일곱 제자들은 무림 정의를 지킨다거나 의를 위해 목숨을 거는 협사가 될 생각은 없었던 젊은이들이었다.

　다만 정파의 제자들로서 지켜야 할 가치와 행해야 할 행동을 백문보가 가르치고 지시했기에 따라왔던 것이다.

　그들 자신은 어린 시절 인간 본성의 밑바닥을 경험한 사람들이어서 정의협사에 대한 환상 같은 것은 크게 없었다.

그래서 그들은 백문보가 말한 일이 그렇게 미안해할 일이라는 생각조차 하지 않았다. 그래서 당연히 그 일을 받아들이는 데 망설일 이유조차 없었다.

천중한은 월문칠랑이 월문 본가에 들어온 지 며칠 되지도 않았는데 다시 떠날 준비를 하는 모습을 무거운 시선으로 바라보고 있었다.

이번 일에 대한 그의 생각은 월문칠랑이 생각하는 것보다 훨씬 심각한 듯했다.

"오늘 밤 떠나겠습니다."

짐을 모두 챙긴 무광이 천중한을 보며 말했다.

"밤에?"

"사람들이 눈을 피해야 하는 일이라 하시니⋯⋯."

"음, 그렇구나. 본문의 문도들도 몰라야 하는 일이니. 본가를 감시하는 구대천문과 십팔장문의 눈도 피해야 하고."

"저희들 일곱이 월문을 나서는 것을 신경이나 쓰겠습니까?"

부리가 되물었다.

"너희들의 명성이 지금쯤 무림에 널리 알려졌을 것이다. 백무곡에서 살아남은 영웅대 고수들이 너희들이 잔마를 상대하던 모습을 세상에 전했을 테니까."

"협공을 했고 우리 쪽 피해도 만만찮은 일이었는데요. 그게 사람들의 관심을 끌까요?"

부리가 다시 물었다.

"아직도 너희들의 실력을 과소평가하느냐? 아무리 협공을 했다고 해도 상대가 잔마다. 삼십육마의 일인 잔마⋯ 그리고 삼십육마

중 한 명이라도 벤 무인은 손에 꼽힌다. 그중 대부분 구대천문의 사람들이었지. 또한 당시 그들 역시 합공을 했다. 더군다나 너희들은 삼십육마를 베기엔 너무 어려. 무림에 적지 않은 충격을 준 건 분명하다. 이제 곧 너희들에 대한 조사가 시작될 거다. 그리고 너희들의 실력을 인정하게 되면 그때부터는 견제가 시작되겠지. 특히 월문을 도전자로 보는 십팔장문들은 특히 더……."

"설마 죽이러 오기야 하겠습니까?"

"그럴지도 모른다. 기회가 온다면."

"예?"

부리가 천중한의 대답에 화들짝 놀랐다.

"믿기지 않느냐?"

"당연하죠. 저희가 무슨 큰 잘못을 한 것도 아니고, 단지 실력 좀 있다고 해서 죽이려 하다니요?"

"너희들이 알아야 할 것이 있다. 사실 구대천문을 제외한 장문과 방문들은 그동안 끊임없이 권력을 다퉈오고 있었다. 그동안 두 개의 장문이 바뀐 것도 그런 결과지. 그래서 장문들은 언제나 삼십육방문들의 동태에 신경을 쓴다. 그리고 어느 문파가 장문에 도전할 힘을 갖게 되면 수단과 방법을 가리지 않고 그 방문을 도태시키려 혈안이 되지."

"…같은 의천무맹인데 말입니까?"

부리가 믿을 수 없다는 듯 물었다,

"그게 무림이다. 자파의 이익을 위해선 정의와 도의 따위는 헌신짝처럼 버리는 곳이지. 당장 백무곡에서 경험하지 않았느냐?"

시월 등은 천중한의 말을 수긍할 수밖에 없었다.

백무곡에서 예상보다 잔마의 세력이 강한 것으로 확인되자 모용지와 관경은 백문보와의 약속을 깨고 월문을 구원하지 않았었다.

그 결과 월문의 문도 십여 명이 목숨을 잃고, 백유검이 무공을 잃었다. 그리고 무릉과 도원은 한 팔씩을 잃어 외팔이 무사가 되고 말았다.

생각해 보면 참혹한 배신을 그들이 직접 체험한 것이었다.

"듣고 보니 장로님의 말씀이 맞군요."

무광이 고개를 끄떡였다.

"그러니 이제부터는 무척 조심해야 한다. 특히 우연이라도 의천무맹에 속한 문파들의 고수들을 만났을 때는 말이다."

"알겠습니다."

무광이 무겁게 대답했다.

"그리고 이 일은……."

천중한이 무슨 말인가를 하려다가 입을 닫았다. 그러자 무광이 담담하게 말했다.

"걱정 마십시오. 반드시 원하는 것을 가지고 돌아올 것입니다."

"너희들의 실력을 믿지 못하는 것은 아니지만… 그에 대해 너무 모른다는 것이 걱정이구나. 나조차 그런 인물이 있다는 것을 이번에 처음 들었으니까."

천중한이 말했다.

"문주님께서도……?"

듣고 있던 소후가 물었다.

"음, 그러신 것 같더구나."

천중한이 고개를 끄떡였다.

"그런데 의원이라면서 왜 그런 괴팍한 사람이 되었을까요?"

소후가 고개를 갸웃했다.

"글쎄… 뭔가에 큰 충격을 받았거나. 아니면 애초부터 사람을 치료할 심성이 아니었던 거지."

"그럼 의술을 뭐 하러 배웠을까요?"

"후후, 그러게 말이다. 나 역시 그에 대해 궁금하구나. 어쨌든 조심해야 한다. 문주님의 말로는 범상치 않은 무공도 가지고 있다고 했으니까. 특히 독술에도 능하다니 걱정이다. 의술과 독술은 손의 앞뒤와 같아서……."

"가능한 그를 만나는 일이 없도록 하겠습니다."

무광이 대답했다.

"그러길 바란다만 그게 가능할지……."

천중한이 다시 말꼬리를 흐렸다.

"어떤 일이 있어도 물건은 가져올 겁니다."

무광이 차갑게 굳은 얼굴로 말했다.

"…무리하지 말라는 말은 하지 못하겠구나. 소문주님과 본문의 미래가 걸린 일이니… 후우……."

천중한이 길게 한숨을 내쉬었다.

시월과 그의 사형제들은 그날 밤 신검산 월문을 조용히 떠났다. 마치 월문에 들어왔던 도둑들이 도주하는 모습 같았다.

그들을 배웅하는 사람은 아무도 없었다. 문주 백문보도, 장로들도 배웅을 나오지 않았다.

하지만 배웅을 하지 않았다고 해서 그들이 떠난 것을 모르는 것은 아니었다. 백문보와 월문의 장로들은 각자의 처소에서 어둠을

틈타 신검산을 떠나는 일곱 젊은이들의 무운을 기원하고 있었다.

*   *   *

시월과 사형제들은 배를 타고 열흘 가까이 요하를 따라 내려온 후 바다에 닿았다.

그들은 그곳에서 배를 내려 해안가를 따라 동쪽으로 달렸다. 기암절벽과 백사장, 해풍을 이기며 형성된 소나무 숲들이 앞을 막았으나 그들을 막지는 못했다.

부리는 귀신처럼 길을 찾았고, 소후는 어떤 지형에서도 길을 만들어냈다.

그리고 무광은 그런 사형제들이 지치거나 두려워하지 않게 든든하게 대형의 품으로 그들을 격려했다.

그렇게 신검산을 떠난 지 한 달여 만에 그들은 바다와 산이 만나 길게 산맥을 형성한 해안가에 이르렀다.

그곳에서 와서야 월문의 사형제들은 해안가 아늑한 곳에 노숙처를 만들고 하루 온종일 휴식을 취했다.

건량에 질려 식사는 소후가 잡아온 물고기를 구워 대신했다.

"아이고, 이제 좀 살 것 같다. 역시 사람은 고기가 배에 들어가야 힘이 나! 물고기든 네 발 달린 짐승이든!"

곽부가 산처럼 솟은 배를 두드리며 말했다.

"날개 달린 짐승이 서운해하겠다."

무릉이 농을 던졌다.

"흐흐, 그런가? 그럼 서운치 않게 이번 일이 끝나면 네가 오리구

이를 좀 만들어봐. 잠룡동에서 가끔 해줬잖아? 참 맛있었는데……."

더 이상 들어갈 공간이 없을 만큼 배를 채운 뒤에도 식욕이 돋는지 곽부가 입술에 침을 바르며 말했다.

"좋아, 그렇게 하지. 그나저나 사형!"

무릉이 문득 무광을 불렀다.

"응, 왜?"

"그 화노라는 사람, 무공을 안다지만 엄청난 고수는 아니겠지요?"

"왜? 겁나?"

무광이 되물었다.

"겁이 난다기보다… 문주께서 우리 일곱 명을 모두 보낸 것이 좀 이상해서요."

"그게 뭐가 이상한데?"

듣고 있던 도원이 물었다.

"우리 모두를 보낸 것은 그를 상대하려면 우리가 전부 필요하다는 의미인 것 같아서……."

"에이, 그건 아닐 거야. 일을 확실히 하려는 의도셨겠지. 안 그런가요?"

도원이 무광을 돌아보며 물었다.

"나도 그렇게 생각한다. 실수를 하지 않길 바라신 거겠지. 특히 가장 좋은 것은 그를 만나지 않고 천년화정을 가져오는 것이니까. 그러려면 사제들의 재능이 모두 필요하다고 생각하셨을 거다."

무광이 침착하게 대답했다.

"하긴… 우린 각자 다른 재능들이 한두 개씩은 있으니까요."

무릉이 무광의 말에 수긍한다는 듯 고개를 끄떡였다.

"내일이다. 모두 각오 단단히 해!"

무광이 사제들을 돌아보며 당부했다.

"알겠습니다, 사형!"

시월 등이 나직하지만 굳은 목소리로 일제히 대답했다.

백문보가 월문칠랑에게 부탁한 것은 세상에 알려지지 않은 한 괴의(怪醫)로부터 특별한 영약을 훔쳐 오는 것이었다.

괴의의 이름은 백문보도 알지 못했다. 다만 그가 화노(花奴)라 불리고, 만화원이라 불리는 심심산속 신비로운 화원의 주인이라는 것만 알고 있었다.

화노는 군자의조차 넘볼 수 없는 의술을 가지고 있다고 했다. 그런데도 그는 그 누구도 치료하지 않는 괴의였다. 당연히 그가 정말 군자의를 능가하는 의술을 가지고 있는지 자신의 눈으로 확인한 사람은 없었다.

하지만 월문의 오랜 손님이자 큰 은혜를 베푼 군자의 공천보의 말이기에 신뢰하지 않을 수 없었다.

공천보는 화노가 가지고 있는 천년화정이라는 신비로운 영약만이 백유검의 내공을 되살릴 수 있다고 말했다.

다만 문제가 되는 것은 괴의 화노가 그 누구도 치료하지 않는 사람이므로, 그에게서 선천지기가 파괴된 자를 치료할 수 있는 영약 천년화정을 받아내기란 불가능한 일이란 것이었다.

그래서 결국 백문보가 선택한 것은 만화원에 숨어 들어가 천년화정을 훔쳐 오는 것이었다.

결코 쉬운 일은 아니었다. 일단 그의 장원이라는 만화원의 위치조차 알고 있는 사람이 세상에 없었다.

그런데 다행스럽게도 군자의 공천보가 만화원의 위치와 장원의 지형까지 알고 있었다. 그래서 백문보는 월문칠랑을 보내 화노의 천년화정을 가져올 계획을 세웠던 것이다.

그리고 드디어 월문칠랑은 만화원이 있는 요동의 해안 산맥에 도착해 있었다.

"후우!"

사형제들 앞에서 길을 열고 있는 부리가 길게 숨을 내쉬었다. 몸에 지닌 내공을 이용해도 숨이 찰 정도로 가파른 절벽을 오르고 있기 때문이었다.

길조차 없는 깊은 산속의 절벽, 과연 이런 곳에 꽃이 만발하고, 사람이 사는 장원이 있을 수가 있을까 의심이 될 정도의 지형이었다.

"힘내! 거의 다 왔어."

뒤에서 소후가 격려했다.

"소후, 네 녀석의 천만금짜리 다리가 부럽구나. 이런 지형도 가볍게 오르니……"

부리가 소리쳤다.

"엄살 부리지 말고 얼른 올라서! 한 번 도약이면 되잖아!"

소후가 다시 소리쳤다.

그러자 부리가 소후의 말대로 훌쩍 몸을 날렸다. 그러고는 길게 팔을 뻗어 절벽 위쪽에 손가락을 걸었다.

"으챠!"

부리가 손가락 힘으로 자신의 몸을 끌어 올려 절벽 위로 가볍게 올라섰다. 그리고 그 순간 부리의 입에서 탄성이 흘러나왔다.

"와우! 정말이네. 정말 저런 곳이 있네!"

부리의 탄성이 끝나기도 전에 다른 사형제들이 절벽 위로 속속 올라섰다. 그리고 그들은 바다를 향해 서 있는 한 채의 장원을 바라봤다.

"하루아침에 만들어진 장원이 아니야……."

소후가 중얼거렸다.

장원은 먼 바다를 바라보는 바위산 능선에 있었다.

그런데 만약 장원의 존재를 알고 있는 사람이 아니라면, 멀리서 보이는 것이 한 채의 장원임을 알지 못할 것이다.

사람들은 그저 그곳에 세상에서 가장 아름다운 꽃의 숲이 존재한다고 생각했을 것이다.

수직에 가까운 산세(山勢), 나무와 바위가 사이로 드문드문 이어진 담장이 자연이 만든 돌무더기처럼 보이고 그 앞뒤로는 숲 전체가 꽃으로 가득 차 있었다.

언뜻 보면 사람의 손이 전혀 닿지 않은, 그냥 신이 그곳에 꽃씨를 흩뿌려 만든 자연이 형성한 꽃의 숲 같았다.

"후우… 저곳을 털어야 한다는 거지?"

무엇인가를 훔치러 들어가기에는 너무 아름다운 곳이라는 듯 소후가 중얼거렸다.

그러자 무광이 냉정하게 말했다.

"소문주와 월문의 미래가 달린 일이다. 감상에 젖을 때가 아니야! 모두 집중해!"

*   *   *

시월과 사형제들이 움직인 것은 자정이 다 되어서였다. 그때까지 그들은 백문보에게서 전해 들은 꽃의 정원, 만화원의 지형이 그들이 알고 있는 것과 차이가 없는지 세심하게 살폈다.

그들의 목적지는 정해져 있었으므로, 전해 들은 것과 지형이 같으면 큰 문제가 되지 않지만, 지형에 차이가 있으면 장원으로 들어간 후 목적지를 찾아야 했다.

다행히 반나절 넘게 살펴본 만화원의 지형은 백문보가 전해준 내용과 크게 다르지 않았다.

그렇게 만화원의 지형을 살핀 후에도 일행은 조금 더 기다렸다.

장원을 밝히는 서너 개의 불빛이 꺼지고 만화원에 사는 사람이 잠들 때를 기다려야 했기 때문이었다. 그런 면에서 보자면 자정도 좀 이른 면이 있었다.

어쨌든 무광은 자정이 되자 사형제들을 이끌고 신비한 꽃의 정원, 만화원을 향해 움직이기 시작했다.

일은 생각보다 수월하게 진행됐다. 장원에 들어서자 문주 백문보가 준 정보들이 무척 정확하다는 것이 확인되었기 때문이었다.

그 정보들은 약간의 오차도 없었다. 장원을 지키기 위해서가 아니라 화초들의 자리를 정하고 짐승의 침입을 막기 위해 만들어진 담장의 위치와 각 건물의 특징까지도 대부분 맞아떨어졌다.

그 덕에 일행은 마치 살아봤던 장원에 들어온 사람들처럼 가파른 장원의 비탈을 달려 목적지인 북쪽 작은 석동 앞에 도착했다.

"후우……."

석동의 입구가 보이는 나무 그늘에 모인 일곱 사형제들이 누가 먼저랄 것도 없이 한숨을 내쉬었다. 이곳까지 어떤 방해도 받지 않고 온 것이 거짓말처럼 느껴지는 일행이었다.

"어때?"

소후가 부리에게 물었다.

밝은 곳에서도 뛰어난 시력과 청력을 자랑하는 부리지만, 그의 능력은 어둠 속에서 더욱 빛을 발했다.

그의 시력은 대부분의 어둠을 꿰뚫어 볼 수 있었고, 청력은 더욱더 어둠에 적합한 감각이었다. 거기에 육감까지 더한 부리의 능력은 지금 월문의 제자들이 가장 의지하는 것이었다.

"사람의 인기척은 없어."

부리가 대답했다.

"역시… 문주님의 말씀처럼 이 큰 장원을 혼자 관리한다는 건가……."

소후가 믿을 수 없다는 듯 중얼거렸다.

백문보가 만화원을 지키는 사람은 화노 한 명뿐이라고 했었다. 그 말을 믿지 않은 것은 아니지만, 만화원의 규모와 그 아름다움을 보고 나니 이런 장원을 홀로 가꾸고 지킨다는 것이 믿기지 않는 일행이었다.

"잘됐지, 뭐. 정말 혼자라면."

부리가 대답했다.

"동굴 안의 상황도 읽을 수 있겠어?"

무광이 부리에게 물었다.

"장원의 다른 곳과는 달라요. 아무래도 문이 닫혀 있으니까요. 하지만 일단은 아무도 없는 것 같아요."

"다행이군."

"그런데……."

"다른 문제가 있어?"

얼굴을 찌푸리는 부리를 보며 무광이 물었다.

"문제라기보다는……."

"왜?"

옆에서 소후가 답답하다는 듯 부리를 다그쳤다.

"뭔 놈의 벌이 이렇게 많은지. 그리고 벌이 밤에도 꿀을 따나?"

부리가 주위를 돌아보면서 투덜거렸다.

"벌?"

소후가 되물었다.

"응, 사방에서 벌 소리가 들리잖아. 꽃이 지천인 곳이니 벌이
많은 것은 당연하지만 밤에도 이렇게 왕성하게 활동을 하는 것은
좀 이상해. 이 정도 숫자면 벌집 한번 잘못 건드리면 정말 곤욕을
치를 수도 있어. 벌 떼에게 쏘인다고 소리를 지를 수 있나. 도망을
갈 수 있나. 모두 조심해야 할 것 같아."

부리가 사형제들을 돌아보며 말했다.

그러자 월문의 사형제들이 저마다 고개를 끄떡이며 주위를 살
폈다. 혹시라도 벌 떼가 날아들까 싶은 걱정 때문이었다.

"벌에 쏘일 것을 걱정할 때가 아니다. 들어가자. 곽부, 저 석문
은 네가 맡아!"

무광이 석동을 가로막고 있는 석문을 가리키며 말했다.

"알았어요, 대사형!"

곽부가 대답을 한 후 주변을 한 번 살피고 석문을 향해 은밀히
다가갔다.

그륵그륵!

여는 법을 모르면 장정 서넛이 달려들어도 움직일 것 같지 않은 석문이 곽부 한 사람의 힘에 들썩이기 시작했다.

그리고 잠시 후 낮게 짐승 울음소리 같은 마찰음을 내며 석문이 옆으로 밀려나며 작은 공간을 만들었다.

곽부가 재빨리 그 틈에 자신의 무쇠 도끼를 밀어 넣어 석문이 닫히지 않게 한 후, 고개를 돌려 사형제들에게 고개를 끄떡였다.

"가자!"

곽부의 신호를 받자 무광이 먼저 달려 나갔다. 그러자 시월 등이 재빨리 무광의 뒤를 따랐다.

사삭!

무광과 월문의 제자들이 바람처럼 곽부가 만들어놓은 석문으로 달려 들어갔다.

"난 여기서 망을 볼게요!"

사형제들이 모두 들어가자 곽부가 문을 지키며 말했다.

"부탁한다."

무광이 곽부를 돌아보며 대답했다.

"서둘러야 할 것 같아요. 이 도끼가 오래 버티지 못할 것 같으니까."

"알았어, 최대한 서두르마."

대답을 한 무광이 들고 화섭자에 불을 붙인 후 석동 안으로 들어가기 시작했다.

"엄청나군요."

부리의 입에서 탄성이 흘러나왔다. 석동 십여 장 안쪽까지 전진했을 때, 시월 일행은 열두 개의 약실이 원을 그리며 둘러싼 커다란 석실을 만날 수 있었다.

각각의 약실에는 정체를 알 수 없는 약재들로 가득했다. 어떤 것은 아주 오래되어서 먼지를 뒤집어쓰고 있는 것도 있었다.

하지만 그 약재들이 모두 귀중한 것이라는 것은 한눈에 보아도 알 수 있었다. 약재들을 보관한 함들이 하나같이 귀한 목재이거나, 금과 은으로 도금한 것들이기 때문이었다.

어떤 의원도 가치 없는 약재들을 이렇게 귀한 약함에 보관하지는 않는다.

"사형, 저기요!"

사형제들이 거대한 약실에 놀라고 있을 때, 시월이 무광을 부르며 한 곳을 가리켰다.

"저기 있었군."

무광이 고개를 끄떡였다.

시월이 가리킨 곳은 다른 약실과 달리 약을 보관한 약함의 숫자가 그리 많지 않았다. 하지만 누구라도 그 약실에 있는 약재들은 다른 약재들보다 귀한 것들이란 것을 알 수 있었다.

벽은 귀한 청석으로 둘러쌓고, 약함 하나하나가 모두 황옥이나 청옥, 혹은 백옥으로 만들어져 있었다.

"들어가 보자."

무광이 망설이지 않고 옥함들이 가득한 약실로 달려 들어갔다.

누가 가르쳐 주지 않아도, 혹은 그 물건을 눈으로 보지 않아도 그게 무엇인지 알 수 있는 것들이 있다.

천년화정이 그랬다.

약실에 수십 개의 옥함이 있었지만, 천년화정이 든 옥함을 찾는 것은 너무 쉬웠다. 빛이 나는 것도 같고, 옥함을 뚫고 만 리를 떠다닐 향기가 흘러나오는 것도 같았다.

그리고 고맙게도 옥함에 화정(花精)이란 글씨가 투명하게 음각되어 있었다. 약함이 올려진 단(壇) 역시 다른 곳과 달리 은은한 홍색이 흘러나오는 석단이었다.

슥!

무광이 한 치의 망설임 없이 천년화정이 들어 있는 것이 분명한 옥함을 들어 올려 월문에서부터 가져온 조금 더 큰 검은색 목함에 집어넣었다.

다행히 천년화정을 담은 옥함은 크기가 그리 크지 않아서 가지고 온 목함에 충분히 들어갔다.

목함에 옥함을 넣은 무광이 빈틈을 천으로 메워 흔들리지 않게 한 후 단단히 몸에 묶었다.

"가자!"

"다른 약재들은 그냥 두고요?"

부리가 물었다.

"소문주를 위해 필요하니까 이런 짓을 하는 거다. 다른 약재를 욕심낸다면, 그게 도적과 다를 게 뭐냐? 물론 지금 이 일도 도둑질이긴 하지만, 욕심으로 다른 약재를 훔치고 싶지는 않다."

무광이 단호하게 말했다.

"아, 알았어요, 대사형! 물론 다른 건 욕심내면 안 되죠."

무광의 서슬에 놀란 부리가 얼른 대답했다.

"서둘러 나간다. 운이 좋아 천년화정을 빨리 찾았으니 하늘이

돕는다 생각하고 다른 욕심들은 내지 마."

"예, 대사형!"

월문의 사형제들이 일제히 대답하고는 서둘러 약실을 떠나기 시작했다.

쾅!

굉음이 들린 것은 시월과 그의 사형제들이 약실을 떠나 곽부가 지키고 있는 석동 입구에 가까워졌을 때였다.

"욱!"

뒤를 이어 곽부의 신음 소리도 들렸다.

"사제!"

무광이 입구로 달려 나가며 튕겨지듯 날아오는 곽부를 안아 들었다.

주르륵!

곽부를 안아 든 무광이 대여섯 걸음 뒤로 밀려났다.

"사형!"

"사형!"

다른 사형제들이 너 나 할 것 없이 달려들어 곽부를 안아 든 무광의 몸을 부여잡았다.

"괜찮아!"

무광이 사제들의 손을 떼어놓으며 말했다. 그러고는 곽부를 살폈다.

"사제! 괜찮으냐?"

"괘, 괜찮아요. 그런데……."

곽부가 옷자락의 찢어진 가슴을 어루만지면서도 자신이 지키던 석동 입구를 바라봤다.

석동의 문은 이미 닫혀 있었다. 대신 그 앞에 마의(麻衣)를 입은 괴인이 구불거리는 지팡이를 짚고 서 있었다.

"…화노……."

월문의 사형제들 중 누군가 나직하게 중얼거렸다.

그러자 지팡이를 짚고 선 노인이 입을 열었다.

"내 정체를 안다는 것은, 내가 누군지도 알고 왔다는 뜻이겠지? 어디서 온 녀석들이냐?"

"……."

노인의 질문에 월문의 제자들이 아무도 대답을 하지 못했다. 자신들이 천년화정을 훔치러 온 월문의 제자들이란 말은 죽어도 입 밖으로 낼 수 없었다.

"하긴, 정체를 말할 거면 이렇게 도둑고양이처럼 들어오지도 않았겠지."

노인이 중얼거렸다.

"정말 화노십니까?"

무광이 한 걸음 앞으로 나서며 물었다.

"아니면 누가 만화원의 약동에서 이렇게 태연하겠느냐? 그래… 뭘 훔쳤노?"

노인이 물었다.

"……."

노인의 물음에 무광이 다시 입을 닫았다.

"보아하니 약실을 통째로 쓸어 담아 가려는 것은 아닌 것 같고. 분명 목적한 약재가 있었다는 뜻인데. 뭘 가져가려느냐?"

노인이 다시 물었다.

"…천년화정이 필요합니다."

무광이 대답했다.

순간 노인의 눈에서 한 줄기 섬광이 번쩍였다. 그 기운이 너무 강렬해서 월문의 제자들은 두려움에 몸을 떨었다.

짐작하고 있었지만 화노는 뛰어난 의원일 뿐 아니라, 놀라운 무공을 가지고 있는 무인이었던 것이다.

그리고 그의 무공은 월문주 백문보가 말했던 것 이상임이 분명했다.

"화정……! 이곳에 들어오기 전부터 그걸 목표로 했단 거지? 누구냐? 너희들에게 화정을 가져오라 명을 내린 자가?"

노인이 다시 물었다. 그의 말투가 조금 변해 있었다. 처음에는 살기가 느껴지지 않았는데, 이제는 소름 끼치는 살기가 묻어나고 있었다.

"……"

노인의 질문에 월문의 사형제들이 다시 침묵했다.

"말할 수 없다는 거지? 그럼 좋아. 나도 내 방법대로 너희들의 입을 열겠다."

노인이 지팡이를 앞으로 들어 올리며 말했다.

"이대로… 보내주십시오. 오늘의 죄는 나중에 목숨으로 갚겠습니다. 또한 가져가는 약재의 값 역시 분명히 갚지요. 아니면 저희도 싸울 수밖에 없습니다!"

무광이 간절한 말투로 말했다. 그러면서 그의 손이 검을 집었다.

"화정! 세상에서 가장 귀한 약재 중 하나지만 줄 수도 있다. 그러나 네놈들이 어떻게 이곳에 왔는지는 반드시 알아야겠다. 만화원과 화정의 존재를 알고 있는 자의 정체가 나에게는 천년화정보다 더 중요하니까. 그래서… 너희들은 갈 수 없다."

노인이 지팡이를 머리 위로 들어 올렸다.

*   *   *

"사제들! 어쩔 수 없다!"

무광이 나직하게 말했다. 하지만 목소리와 달리 그의 몸에서는 강렬한 투기가 흘러나왔다.

무광의 말이 의미하는 바를 모르지 않는 시월 등이 각자 병기를 뽑아 들었다.

"좋아. 너희들에게 화정을 탐낼 능력이 있나 보자!"

노인이 일곱 명의 적을 앞에 두고도 전혀 긴장하지 않은 표정으로 말했다.

"죄송합니다!"

무광이 화노를 향해 달려들었다.

"누가 미안할지는 두고 볼 일이다!"

슥!

화노가 가볍게 지팡이를 휘두르자 무광이 뻗어낸 검이 단번에 노인의 나무 지팡이에 휘감겼다.

"흡!"

순간 무광이 자신도 모르게 재빨리 뒤로 물러났다. 그는 마치 물에 빠질 뻔한 것처럼 훌쩍 뒤로 물러났다.

"재주가 제법 있구나."

자신의 손에서 벗어나는 무광을 보며 화노가 고개를 끄떡였다.

"사제들… 지금까지 만난 사람 중에 가장 강한 사람이다. 협공한다. 곽부!"

"예, 사형!"

"곽부, 문을 부탁한다."

"알겠습니다."

곽부가 얼른 대답했다. 사형제들이 화노를 상대하는 동안 곽부가 다시 문을 열게 하는 것이 무광의 계획이었다.

"가자!"

무광이 재차 몸을 날렸다. 그리고 이번에는 그 혼자가 아니었다. 곽부를 제외한 다섯 명의 사제들이 무광과 함께 노인을 공격하기 시작했다.

노인의 무공은 놀라웠다. 강력하기보다는 신비로운 무공이었다.

그는 실전으로 단련된 월문 사형제들의 날카롭고 위험한 공격들을 부드럽게 막거나 피해냈다.

그가 들고 있는 나무 지팡이는 마치 금강석으로 만든 것처럼 월문 제자들의 날카로운 병장기를 막아내면서도 끄떡없었다.

그리고 그 이유가 사실은 나무 지팡이의 강도 때문이 아니라 노인의 고절한 무공 때문이란 것을 시월 등도 이미 알고 있었다.

그래서 시간이 지날수록 월문의 사형제들은 두려워지기 시작했다. 그들은 무공을 배운 이후 화노와 같은 고수를 만나본 적이 없었다.

화노는 정말 그저 단순한 의원이 아니었던 것이다.

'어쩌면 세상에서 가장 강한 사람일 수도 있어!'

다른 사형제들보다 화노와의 격돌이 훨씬 적은 시월이 순간순간 거짓말처럼 쉽게 사형들의 공격을 물리치고 반격을 가하는 화노를 보며 생각했다.

그의 사부이자 주군인 백문보 혹은 백무곡에서 만났던 잔마도 화노와도 비교할 수 없을 것 같았다.

그런데 월문의 제자 여섯을 상대하면서도 여유가 있던 화노의 얼굴이 한순간 변했다.

"잠깐 물러나라!"

휘이잉!

콰쾅!

화노가 차가운 표정으로 소리치며 나무 지팡이를 회전시키자 강력한 진기의 바람이 일어나 한순간에 자신을 공격하던 월문의 제자들을 밀어냈다.

"후욱, 후욱!"

화노의 진기에 밀려 뒤로 물러난 월문 제자들이 너무 지쳐 반격을 하지 못하고 급하게 호흡을 하며 뛰는 심장을 진정시켰다.

"같이 온 자가 있느냐?"

화노가 숨을 고르는 월문 제자들을 보며 물었다.

"…우리뿐이오."

무광이 솔직하게 대답했다.

순간 화노의 표정이 일변했다.

"미끼였군! 네놈들은 잠시 후에 상대해 주마. 도망갈 생각은 아예 말거라. 이 장원을 떠난다 해도 이 산을 벗어나기 전에 잡힐 테니까."

그 말을 남기고 화노가 훌쩍 몸을 날려 곽부가 다시 힘겹게 열어놓은 석동의 문을 바람처럼 통과해 사라졌다.

"대체 뭐지? 저 늙은이?"

갑자기 자신들을 내버려 두고 달려가는 화노를 보며 곽부가 어안이 벙벙한 표정으로 중얼거렸다.

"다른 침입자가 있는 모양이다."

무광이 침착하게 말했다.

"누가 여길 알고요?"

소후가 물었다.

"그야 모르지. 하지만 우리에겐 행운이다. 빨리 이곳을 벗어나자!"

무광이 찾아온 기회를 놓치지 않겠다는 듯 열린 문을 향해 달려갔다.

                    *   *   *

뿌우우우!

멀리서 뿔피리가 불리는 소리가 들렸다. 하지만 그 소리가 뿔피리 소리가 아니라는 것을 시월과 사형제들 모두 알고 있었다. 그 소리들은 벌 떼가 내는 소리였다.

어두운 밤, 온 사방이 벌 떼 천지였다. 만화원이야 꽃들이 가득한 곳이라 벌 떼가 있을 수 있다지만 장원을 벗어난 이후에도 사방에서 벌들이 날아다녔다. 그것도 한밤중에…….

"젠장, 이놈의 벌들이 사라지지를 않네."

벌에 쏘이는 것을 걱정하는 것보다 벌이 있는 곳이라면 화노가 언제라도 올 수 있다는 생각이 들어서인지 곽부의 입에서 욕설이 흘러나왔다.

"산만 벗어나면 그의 추격을 벗어날 수 있을 테니 힘들 내라."

무광이 지쳐가는 사형제들을 격려했다.

오랜 수련과 초원과 사막을 달리며 거친 협행을 해온 월문칠랑은 육체의 고단함을 정신력으로 극복할 수 있는 사람들이었다.

그래서 그들은 은은한 빛이 새벽임을 알려올 때까지 달리고도 여전히 발을 멈추지 않았다.

그리고 드디어 그들은 새벽 공기에 묻어오는 바다 냄새를 맡을 수 있었다. 하지만 희망의 빛이 보이는 그 순간 절망이 덮쳐왔다.

우우우웅!

뿔피리 소리 같던 벌 떼의 소리가 갑자기 태풍처럼 강해졌다. 그리고 갑자기 수만 마리의 벌들이 구름처럼 날아들어 시월 등 월문 제자들을 포위했다.

아무리 벌이라고 해도 수만 마리의 벌을 뚫고 나가는 것은 무공을 가진 무인에게도 어려운 일이다. 월문의 제자들이 시야를 막아버린 벌 떼를 뚫고 나가지 못하고 걸음을 멈췄다.

다행인 것은 벌 떼들이 월문 제자들을 공격하지 않는다는 것이었다. 그리고 그 이유는 곧 밝혀졌다.

"산을 벗어날 수 없다고 했는데, 헛힘을 쓰는구나."

한순간 벌 떼가 좌우로 갈라지면서 화노가 나타났다.

그런데 다시 나타난 화노의 모습이 조금 변해 있었다. 얼굴이 붉게 상기되어 있었는데, 그것은 그가 화가 났거나 혹은 흥분했다는 뜻이었다.

"사제들! 준비해!"

무광이 다시 검을 빼 들었다.

그러자 시월 등 월문의 제자들이 굳은 표정으로 병장기를 들었다.

"음… 짐작했지만 정말 말로 해선 안 될 놈들이군. 좋아! 죽어도 좋다면 그렇게 해주마!"

화노가 화가 난 듯 소리치면서 들고 있던 나무 지팡이를 가볍게 휘저었다. 순간 벌 떼들이 무섭게 요동치기 시작했다.

애애앵!

시월이 정신없이 검을 휘둘렀다.

그럼에도 불구하고 달려드는 벌 떼를 모두 막아낼 수는 없었다. 벌들은 죽음을 두려워하지 않는 것처럼 시월을 향해 날아들었다.

그럴수록 시월의 검도 더 무서운 속도로 움직였지만, 결국 수십 마리의 벌이 쏘아대는 벌침이 시월의 몸에 꽂혔다.

그리고 그 벌침으로부터 들어온 독이 시월의 혈관을 타고 흐르자 시월의 몸이 갑자기 뜨거워지기 시작했다.

"하앗!"

시월이 뜨거워지는 몸을 애써 진정시키며 좀 더 강렬하게 검을 휘둘렀다.

하지만 아무리 검을 휘둘러도 끝없이 밀려드는 벌 떼를 막아내는 것은 불가능했다.

다시 수백 마리의 벌들이 날아들어 시월이 벌집이라도 되는 것처럼 시월의 몸에 붙었다. 벌에 둘러싸인 시월의 몸이 괴물처럼 보였다.

그런데 그 순간 갑자기 시월의 입에서 피를 토하는 듯한 고함이 터져 나왔다.

"크하앗!"

그 순간 시월의 몸에서 자색의 빛이 검처럼 뻗어 나와 몸에 붙어 있는 벌들을 헤집기 시작했다.

애애앵!

벌들의 공격도 더 강해졌다. 벌들은 절대 시월에게서 떨어지지 않겠다는 듯 맹렬하게 날갯짓을 하며 시월에게 달라붙었다.

하지만 시월에게서 흘러나오는 자색 기운이 워낙 강해서 벌들도 처음처럼 쉽게 시월의 몸에 붙지 못했다.

"하앗!"

시월의 입에서 다시 기합성이 흘러나왔다. 시월이 더 강렬한 기세로 검을 휘둘렀다.

후두득!

자색 기운이 서린 시월의 검에 벌들이 낙엽처럼 땅에 떨어졌다.

벌 떼가 떨어져 나간 시월의 얼굴에서 마기 가득한 안광이 흘러나왔다. 시월의 눈은 화노를 찾았다. 그리고 자신의 변화를 놀란 눈으로 바라보고 있는 화노를 찾자마자 무서운 속도로 달려들었다.

"어떤 자가 이런 소마귀들을 길러냈을까?"

화노가 자신을 향해 달려오는 시월을 보며 어두운 빛으로 중얼거렸다.

시월이 가장 앞서서 달려오고 있기는 했지만, 변한 것은 시월만이 아니었다. 월문의 다른 제자들 역시 억제되어 있던 마성을 폭발시키고 있었다.

마기의 폭발이 죽음의 위기가 닥치자 본능적으로 나타난 것인지, 아니면 수천 마리 벌의 맹독이 혈맥으로 들어와서 만들어낸 것인지는 알 수 없었다.

하지만 어쨌든 잠재된 마기를 폭발시킨 월문 제자들의 힘은 놀라웠다. 그들의 강력한 마기는 살기로 변해 자신들을 에워싼 벌떼들을 순식간에 태워 버렸다. 그리고 당연히 그 살기가 화노에게로 향했다.

그중에서도 가장 먼저 시월이 화노를 덮쳤다.

"대단하지만, 이런 불완전한 마공으로는 날 어쩔 수 없다!"

화노가 자신을 향해 달려드는 시월을 향해 가볍게 손을 흩뿌렸다. 그러자 그의 손에서 흰색 가루가 흘러나와 시월을 덮쳤다.

"죽엇!"

마기가 극성에 달한 시월이 흰색 가루를 뒤집어쓴 채 화노를 향해 검을 후려쳤다.

그런 시월의 검을 화노가 나무 지팡이로 가볍게 때렸다. 그리고 화노의 지팡이가 시월의 검신(劍身)을 때리는 순간 놀라운 일이 벌어졌다.

쿵!

단지 검이 막혔을 뿐인데, 시월이 화살 맞은 사냥감처럼 허공에 붕 떠올랐다가 땅에 떨어졌다. 그러고는 죽은 사람처럼 전혀 움직이지를 않았다.

"죽인다!"

시월이 죽은 듯 보이자 마성을 폭발시킨 월문 제자들이 악귀처럼 화노를 향해 달려들었다.

그러자 화노가 다시 양손으로 흰색 가루를 허공에 흩뿌리며 중얼거렸다.

"네놈들의 정체를 반드시 알아야겠다! 대체 누가 이런 사악한 괴물들을 길러냈는지……."

쿵! 쿵! 쿵!

화노가 흰색 가루를 흩뿌리며 전진하자 월문의 제자들이 시월처럼 하나둘 땅에 쓰러지기 시작했다.

"…다… 당신……."

쿵!

가장 마지막까지 남아 있던 무광이 자신들에게 일어난 일을 도저히 믿을 수 없다는 화노를 바라보다가 그대로 그 자리에 고꾸라졌다.

제 10장
—
모든 일에는 이유가 있다

철렁!

정신을 차린 시월이 가장 먼저 들은 소리는 자신의 몸에서 나는 쇠사슬 소리였다.

시선을 내려보니 온몸이 쇠사슬로 묶여 있었다. 발목에는 족쇄가 채워져 있고, 손목은 질긴 가죽끈으로 묶여 있었다.

시월이 다시 주변을 돌아보았다. 그러자 자신처럼 온몸이 묶여 정신을 잃은 채 나무 의자에 앉아 있는 사형들이 보였다.

"사형……"

시월은 큰 소리로 사형들을 불렀다고 생각했지만, 그의 입에서 나온 소리는 바로 옆에 있는 무광의 귀에도 들리지 않을 정도로 작았다.

그런데 그 소리를 들은 사람이 있었다.

"역시 네놈이 가장 먼저 깨어났구나."

시월에게 화노의 목소리가 들렸다.

시월이 얼른 고개를 돌려 화노를 찾았다. 화노는 작은 화롯불 옆에 앉아서 나무지팡이를 짚은 채 시월을 바라보고 있었다.

그의 표정에서 분노나 적의는 찾아볼 수 없었다. 대신 참을 수 없는 강렬한 호기심이 느껴졌다.

"왜… 죽이지 않았습니까?"

시월이 자신들을 살려둔 화노의 의도를 경계하며 물었다.

"왜? 죽지 못해서 서운하냐?"

"……."

화노의 반문에 시월이 얼른 대답을 하지 못했다. 사실 월문칠랑 중에서도 생존 본능이 가장 강한 사람이 시월 자신이었다.

그래서 그는 처지야 어떻든 일단 살아 있다는 것에 안도하고 있었다.

"서운하지는 않은 모양이구나. 내가 그래도 명색이 의원인데 함부로 사람을 죽이겠느냐?"

"하지만 사람을 치료하지 않는다면서요."

"그 말을 누구에게 들었느냐?"

화노가 기다리지 않고 물었다.

그러자 시월이 다시 입을 다물었다. 월문의 존재를 절대 드러내면 안 된다는 것을 새삼스레 떠올렸기 때문이었다.

"네가 어디서 왔는지 말하지 않겠다는 거냐?"

"……."

시월이 대답 없이 화노의 시선을 회피했다.

그러자 화노가 그런 시월을 바라보다 불쑥 물었다.

"고통을 견딜 자신이 있느냐?"

"의원이 고문도 하나요?"

"필요하다면!"

화노가 고개를 끄떡였다.

"…그래도 제게서 들을 말은 없을 겁니다!"

시월이 입술을 깨물며 말했다. 고문이 두렵지 않은 것은 아니었다. 하지만 그렇다고 월문에 해가 되는 일을 할 수는 없었다.

사막에서 죽을 운명이었던 자신을 구해주고, 무공까지 전수하면서 당신의 아들과 차별 없이 길러준 월문주 백문보를 배신할 수는 없었다.

두려움을 이기며 대답하는 시월을 화노가 가만히 바라보다가 고개를 끄떡였다.

"그렇겠구나. 고문으로 입을 열 것 같지는 않아. 하지만… 다른 사람들도 그럴까?"

화노가 아직 깨어나지 않은 월문칠랑을 가리키며 물었다.

"사형들은 저보다 훨씬 강하니까. 당연히 입을 열지 않을 겁니다."

시월이 자신 있게 말했다.

"너보다 강하다고? 누가 그래?"

"누가 말하기 전에 제가 알고 있죠. 하루 이틀 함께한 것도 아니고……."

"도검을 쓰는 것은 그럴지 몰라도 다른 면에선 네가 그들보다 훨씬 강한데, 모르고 있었느냐?"

화노가 고개를 저으며 말했다.

"다른 면이라뇨?"

"뭐랄까… 내공과 심장의 단단함이랄까."

"들은 것만큼 대단한 의원은 아니신가 보네요. 사형들은 내공도 저보다 훨씬 강해요. 무공을 수련한 시간도 제가 훨씬 짧고요."

"지금 네놈들이 가지고 있는 내공의 크기를 말하는 게 아니다. 내공의 성질을 말하는 것이지. 네가 어떤 무공을 수련했는지는 모르겠지만, 네놈들 맥을 짚어보니 네놈의 내공이 가장 단단했다. 다른 놈들은 강해도 흐름이 불규칙하거나 허점이 보였다. 그러나 네놈의 내력은 마치 금강석처럼 단단했지. 그래서 네놈이 다른 놈들보다 일찍 깨어난 거다."

화노의 말에 시월이 문득 자신이 수련한 무공의 이름을 떠올렸다.

―묵천금강공

백문보가 이 무공을 전수할 때도 화노와 같은 말을 했었다.

적과의 싸움에서 강한 힘을 낼 수 없을지는 모르겠지만, 적어도 자신의 몸을 지키고 보호하는 데는 최고의 무공이 될 거라고. 대성하면 어떤 병기도 뚫을 수 없고, 어떤 독도 침범하지 않는 몸이 될 거라고.

처음 그 말을 들었을 때는 그냥 무공의 특징을 설명하느라 과장해서 한 말이거니 했는데, 오늘 천하에서 가장 신비한 의원이라는 화노에게서 같은 말을 들으니 자신이 수련한 묵천금강공에 대해 조금 다른 느낌이 드는 시월이었다.

"누가 가르쳐 줬지?"

화노가 불쑥 물었다.

"그야 당연히… 흡!"

시월은 무심결에 문주님이라 대답하려다 급히 입을 닫았다.

그러자 화노가 씨익 미소를 지었다.

"어린 고기가 미끼를 물었다가 뱉었구나."

"어리다고 절 희롱하시는군요."

"무공에 대해 한 말은 거짓이 아니다. 다만……."

화노가 말꼬리를 흐렸다.

시월은 화노의 다음 말을 듣고 싶었지만. 그 순간 그의 옆에 있던 무광이 깨어나 두 사람의 대화가 끊겼다.

"음… 사제!"

정신을 차리면서 잠시 혼란스러워하던 무광이 고개를 돌려 시월을 발견하고는 어눌하게 입을 열었다.

"사형, 괜찮으세요?"

"넌?"

무광이 먼저 시월의 상태를 물었다.

"전 괜찮아요. 사형은요?"

"…나도 괜찮은 것 같다."

서로의 몸 상태를 확인하는 두 사람에게 화노가 말을 건넸다.

"죽을 독은 아니었으니까 엄살들 떨지 말거라."

"…그럼 다른 사제들도 괜찮은 겁니까?"

"너희들이 죽지 않았으니 다른 놈들도 당연히 죽지 않겠지. 그나저나 두목이 깨어났으니 이야기를 제대로 할 수 있겠군."

"두목이라니, 우릴 마적 취급 하지 마십시오."

무광이 화를 냈다.

"남의 물건이나 훔쳐내는 주제에 무슨 대접을 받기를 원하느냐?"

화노가 빈정거렸지만 무광은 반박하지 못했다. 자신들이 화노의 물건을 훔치러 온 것은 맞기 때문이었다.

"그나저나 네놈들은 너희들 자신에 대해선 제대로 알고 있기나 한 거냐?"

화노가 물었다.

"무엇을 말입니까?"

무광이 되물었다.

"네놈들의 무공 말이다."

"설마 내가 익힌 무공을 모르겠습니까?"

"하는 말을 들어보니 모르는 것 같은데?"

화노가 고개를 무광을 똑바로 바라보며 말했다.

"대체 우리가 뭘 모르고 있다는 겁니까?"

"네놈들… 마공을 익혔다는 걸 아느냐?"

"…무슨 말도 되지 않는……."

무광이 예상치 못한 화노의 말에 어처구니없다는 듯한 표정을 지었다.

"정말 모르고 있군. 그렇게 짐작했다. 하는 말이나 행동은 정파라 자처하는 문파의 문도들 같았거든. 하지만 너희들이 몸에 지닌 무공은 분명 마공이다! 그건 나 화노의 명예를 걸고 단언할 수 있다. 그래서 한 가지 추론이 가능하지."

화노가 팔짱을 끼며 흥미로운 표정을 지으며 말했다.

시월 등 월문칠랑의 정체와 배경을 추리하는 것이 그에게는 재미있는 놀이처럼 보였다.

"도둑질을 하려고 온 우리를 조롱할 수는 있으나 본문과 문주님을 비하하지는 마십시오. 그건 용납할 수 없습니다."

무광이 분노를 억누르며 말했다. 그런데 말을 하는 그의 눈에서는 자신도 모르게 차가운 살기가 묻어났다.

"바로 그거다. 지금 네놈이 드러내는 그 적의와 살기! 그것이야 말로 마공을 익혔다는 증거다! 너 자신이 그걸 느끼지 못한다면 넌 무척 둔감한 녀석이지."

화노의 말에 무광이 흠칫했다. 그 순간 조금 전 주체할 수 없는 살기가 가슴속에서 솟구쳤음을 깨달았던 것이다.

무광이 당황하자 화노가 다시 입을 열었다.

"네놈들이 마공임을 모르고 무공을 수련했다면, 네가 말한 그 문주라는 자는 참으로 무서운 자일 것이다. 또한 속마음을 숨긴 간웅이라 할 수도 있겠고."

"이 늙은이! 문주님과 우리를 이간질하려고 하는구나!"

갑자기 가장 끝에 앉아 있던 곽부가 욕설을 내뱉었다.

어느새 다른 월문칠랑도 모두 깨어나 화노와 무광의 언쟁을 듣고 있었던 것이다.

"음, 모두 깨어났군! 어어! 손목 묶은 줄을 끊으려고 애쓸 필요 없다. 그건 사람 힘으로 끊을 수 없는 줄이니까. 그나마 손이라도 편하라고 쇠줄이 아니라 가죽끈을 쓴 거니 고마운 줄 알고! 내공을 쓰면 끊을 수 있겠지만, 네놈들 내공은 내일 아침이나 되어야 회복될 거다."

"우릴 어쩌실 생각입니까?"

무광이 어두운 표정으로 물었다. 화노가 쉽게 그들을 풀어줄 것 같지 않았기 때문이었다.

"음… 어찌할까? 처음에는 내공을 없앤 후 쫓아내려고 했는데, 네놈들이 마공을 지닌 것을 보고 다른 생각이 들었다."

"우릴… 죽일 생각입니까?"

무광의 표정이 어두워졌다.

"죽이긴 왜 죽여! 난 사람을 자주 치료하지는 않지만, 죽이지도 않아. 명색이 의원인데……."

"그럼……?"

"내 제자들이 되는 건 어떠냐?"

화노가 불쑥 물었다.

"그게 무슨……?"

갑작스러운 화노의 말에 무광이 미친 소리를 한다는 듯 되물었다.

"말 그대로다. 내 제자가 되어 만화원을 이어받는 거지. 난 너희들이 수련한 마공에서 마기를 제거해 줄 수 있다. 그러면서도 무공은 그대로 가지고 있을 수 있게 할 수 있지. 엄청난 행운 아니냐. 마공이란 결국 그 부작용을 억제하느냐 못 하느냐에 따라 그 주인의 운명이 결정되니까. 더군다나 고금제일의 의술을 배울 수도 있다. 그렇게 되면 너희들은 언젠가 소위 말하는 천하제일인의 경지에 이를 수도 있어. 어때, 구미가 당기는 제안이지?"

"빌어먹을 늙은이! 사형! 대꾸도 하지 마세요. 저 늙은이가 우릴 놀리고 있는 거라고요!"

곽부가 다시 소리쳤다.

그러자 화노가 벌떡 일어나 곽부 앞으로 다가갔다. 그러고는 가는 침 하나를 뽑아 턱 옆에 꽂으며 말했다.

"넌 입 좀 닫자!"

"으으으!"

침이 꽂힌 곽부가 말을 하지 못하고 신음 소리를 냈다.

"걱정 마라. 죽지 않아. 말을 하지 않으면 고통도 없을 거고. 그러니까 조용히 있어."

툭!

화노가 곽부의 머리를 손바닥으로 한 번 툭 치고는 다시 자리로 돌아가 앉아 무광을 바라봤다.

"어떤 조건도 없이 우릴 제자로 삼겠다는 겁니까?"

무광이 물었다. 그러자 화노가 고개를 저었다.

"그건 아니지."

"그럼 대가로 원하는 게 뭡니까?"

"너희들을 이곳으로 보낸 자가 누군지 말해야 한다. 오늘 밤 누군가 만화원에서 가장 중요한 물건을 훔쳐 갔다. 그 도둑이 누군지는 대충 짐작이 간다. 그리고 난 반드시 그 물건을 회수할 것이다. 그러니까 너희들을 이곳으로 보낸 자가 누군지 말해라. 그자라면 그 도둑의 행방을 알고 있을 테니."

"……."

지금까지와 달리 화노의 표정이 무척 진지했다. 그래서 무광 등도 쉽게 입을 열지 못했다. 그러자 화노가 다시 입을 열었다.

"단언하건대 너희들이 내 제안을 수락한다 해도 그건 너희들을 보낸 자에 대한 배신이 아니다. 왜냐하면 그자는 운이 좋아야 너희들 중 절반 정도 살아 돌아올 수 있다고 생각했을 테니까. 하지만 내 실력을 제대로 알았다면 모두 죽을 거라고 생각해서 다른 방도를 찾았겠지. 아무튼! 그자는 너희들을 죽을 자리로 보낸 것이다. 이래도 그자를 위해 입을 다물겠느냐?"

화노가 형형한 안광을 토해내며 무광에게 물었다.

무광은 눈을 감은 채 침묵을 지켰다.

아무리 백문보에 대한 믿음이 강해도 화노의 말은 그저 한 귀로 흘려보내기에는 너무 중대한 일이었다. 그리고 화노가 들이대는 근거들은 그의 마음을 흔들어놓기에 충분했다.

특히 의심할 수 없는 사실이 있었다. 그와 그의 사제들이 수련한 무공이 뭔가 문제가 있다는 사실이었다.

마적을 상대로 협행을 나갔을 때나, 혹은 잔마의 무리와 대결할 때도 불쑥불쑥 나타나곤 했던 강렬한 살기들, 그 살기를 억누르기 위해 가끔 무광은 억지로 검을 멈춰야 할 때도 있었다.

그런데 만화원에 와서 독벌들의 공격에 노출되었을 때는, 그 살기들이 통제할 수 없을 정도로 강하게 터져 나왔었다.

적어도 무광 정도 되는 고수가 그 살기의 정체를 의심하지 않는다는 것은 말이 되지 않았다. 마공을 수련했을지도 모른다는 의심이 드는 것은 결코 지나친 것이 아니었다.

그러나 그럼에도 불구하고 그는 백문보에 대한 믿음을 저버릴수 없었다.

삶에서 가장 비참했던 시기에 손을 내밀어준 백문보였으므로, 그리고 지난 세월 혈육인 소문주 백유검과 어떤 차별도 없이 자신들을 보살펴 준 사람이기에 백문보에 대한 믿음과 충성심은 절대적일 수밖에 없었다.

그래서 무광은 이성과 감정의 혼돈 속에서 묵묵히 시간을 보낼수밖에 없었다.

*   *   *

"아무래도 그 제안은 거절해야겠습니다."

긴 침묵 끝에 무광이 눈을 떠 화노를 응시하며 말했다.

"어리석구나."

화노가 탄식하듯 말했다.

"설혹 문주께서 우리를 이용하셨다 해도 상관없습니다. 그분에게는 그럴 자격이 있으니까요."

무광이 담담히 대답했다.

"어떤 인간도 타인을 이용할 자격이란 건 없다!"

화노가 단호하게 말했다. 스스로 누군가의 이용물이 되는 것에 분노하지 않는 무광에게 화가 난 듯 보였다.

"그건 화노께서 우리의 지난날을 모르시기 때문에 하시는 말씀입니다. 우린… 벌레보다 못한 삶을 살던 시절 문주께 구원받은 사람들입니다. 그분이 아니었다면……."

"독한 자구나. 어린놈들의 정신을 완전히 지배해 버렸어! 맹목적인 충성심이란 약도 없는 병이지. 하지만 다시 말하지만! 어떤 인간도 다른 사람의 희생을 당연하게 받을 자격이란 없는 거다. 인간인 이상!"

탁!

화가 난 듯 쏘아붙인 화노가 자리를 털고 일어났다.

그의 갑작스러운 행동에 월문의 제자들이 몸을 움찔했다.

그러나 화노는 월문칠랑에게 어떤 행동도 하지 않았다. 대신 측

은한 시선으로 월문칠랑을 보며 말했다.

"오늘 밤 하루 시간을 주마. 그때까지 곰곰이 생각들 해보거라. 너희들이 누군가의 도구가 되어도 상관없는 사람들인지. 그리고 다시 이야기를 해보자."

말을 마친 화노가 곽부에게 다가가 턱에 꽂았던 침을 뽑았다.

"캐캑!"

곽부가 마른기침을 해댔다.

"내일 아침에 다시 오마!"

화노가 그 말을 남기고 월문칠랑을 가둔 석실을 떠났다.

화노가 석실을 떠나자 부리가 무광을 보며 물었다.

"내일 아침에는 우리를 죽일까요?"

부리도 화노의 제안을 수락할 생각은 없는 모양이었다.

"모르지. 하지만 죽인다 해도 어쩔 수 없는 일 아니냐. 문주님을 배신할 수는 없으니까."

"그야 당연하죠. 하지만… 이대로 죽는다면 소문주님은 어쩌죠?"

부리가 소문주 백유검을 걱정했다.

"문주께서 어떻게든 방법을 찾으시겠지. 그런데… 누구였을까?"

무광이 중얼거렸다.

"누구요?"

"우리가 약실에 들어가 있을 때 만화원에 침입해서 다른 중요한 물건을 훔쳐 갔다는 사람 말이야."

"…그러고 보니 대체 그자는 누굴까요?"

부리가 고개를 갸웃하며 중얼거렸다.

그러자 소후가 굳은 표정으로 말했다.

"그가 누구든 우리가 이곳에 왔다는 걸 아는 자였을 겁니다. 이런 일이 우연히 일어날 수는 없지요."

"그래서 하는 말이야. 대체 누굴까? 정말 우리가 이용당한 것일까?"

무광이 중얼거리자 부리가 눈을 크게 뜨며 물었다.

"설마… 문주님을 의심하시는 건가요?"

"아니, 그런 게 아니고. 어쩌면 문주님도 이용당하셨을 수도 있으니까. 문주님께 만화원과 화노, 그리고 천년화정의 존재를 알려준 사람에게……."

"그건… 그 군자의라는 분이 말씀해 주신 것 같은데요."

소후가 말했다.

"아무래도 그렇지?"

무광이 되물었다.

"당시 소문주님의 병세를 보기 위해 온 의원은 그분밖에 없으니까요."

소후가 대답했다.

"음……."

무광이 낮게 신음 소리를 내며 눈을 감았다.

"정말 그라면 위험한 사람 아닙니까? 소문주님의 병세를 이용해 우릴 움직이고, 그사이에 만화원에 들어와 자신이 원하는 것을 훔쳐내었다면. 오랫동안 월문과 인연이 있던 분이라고 했는데……."

소후가 걱정스럽게 말했다.

"어떻게든 살아 돌아가야 한다. 전부가 아니면 한 사람이라도……."

무광이 감았던 눈을 뜨며 말했다. 그의 눈에서 강렬한 열기가 느껴졌다.

"하지만 어떻게요?"

소후가 물었다.

그러자 무광이 곽부를 보며 물었다.

"사제, 손목을 묶은 가죽끈을 끊을 수 없겠어? 우리 모두 독에 중독되어서 내공을 쓸 수 없으니 믿을 건 사제의 힘밖에 없는데."

무광의 질문에 곽부가 고개를 저었다.

"저도 시도해 봤는데 쉽지가 않아요, 사형!"

"그래도 해봐! 사제의 선천적인 힘은 내공만큼 강했잖아!"

부리가 곽부를 다그쳤다.

"그런데 이 빌어먹을 가죽끈이 정말 질겨서요."

곽부가 다시 힘을 쓰는 듯 낑낑거리면서 대답했다.

"어쨌든 지금 믿을 건 너뿐이니까 팔이 부러지는 한이 있더라도 어떻게 해봐!"

부리가 곽부에게 소리쳤다.

"그렇다고 팔을 부러뜨려요?"

곽부가 벌컥 화를 냈다.

"말이 그렇다는 거지. 그리고 한 번 부러진 뼈가 더 강해진다더라."

"아이고, 말을 말자, 내가. 아무튼 기다려 봐요. 어떻게든 한번 해볼 테니까."

곽부가 이를 악물며 말했다.

곽부의 힘은 월문의 문주 백문보도 탄복한 것이었다.

백문보는 곽부에게 내공이 없어도 무인으로 살아갈 신력이 있다고 말하곤 했었다.

그리고 그 신력이 월문의 제자들에게 결국 기회를 만들어주었다.

뚜둑뚜둑!

근 반 시진을 씨름한 끝에 곽부의 손목을 묶고 있던 질긴 가죽 끈이 소리를 내며 끊어지기 시작했다.

"됐다! 젠장할!"

곽부가 쾌재를 부르며 마지막 힘을 썼다.

뚝!

그의 팔목을 묶고 있던 가죽끈이 드디어 끊어졌다. 팔이 자유로워진 곽부가 몸과 의자를 묶고 있는 쇠사슬을 잡았다. 그리고 강하게 힘을 쓰자 쇠사슬 중간이 단번에 끊어졌다.

뒤를 이어 곽부가 발을 묶은 족쇄를 부수려 했지만, 족쇄는 쇠사슬과 달리 쉽게 부서지지 않았다.

"이건 열쇠가 없으면 쉽지 않겠는데요?"

곽부가 자신을 바라보고 있는 사형제들을 보며 말했다.

"힘으로 안 되겠어?"

소후가 물었다.

"망치라도 있으면 모를까."

"저기 네 도끼 있잖아?"

소후가 고갯짓으로 한쪽에 수북이 쌓여 있는 자신들의 병기를 가리키며 말했다.

"아! 그렇지. 눈앞에 두고도 몰랐네. 너무 흥분해서… 죄송합니다. 사형들! 잠시만 기다리세요. 곧 풀어드릴게요."

곽부가 머리를 긁적이고는 자리에서 일어나 양발이 족쇄에 잠긴 채 병장기가 쌓여 있는 곳으로 달려가려다가 바닥에 나뒹굴었다.

쿵!

"아얏!"

곽부가 바닥을 들이박은 이마를 매만지며 비명을 질렀다.

"저거 정말 멍청한 놈일세. 좀 침착하게 해! 발목에 족쇄를 차고 달리려는 놈이 어딨냐?"

부리가 눈살을 찌푸리며 소리쳤다.

"알았어요. 에이, 기어가자!"

두 발이 묶인 채로 움직이는 게 불편했는지, 곽부가 엉금엉금 기어서 병장기들이 모여 있는 곳으로 이동했다.

그러고는 자신의 도끼를 찾아 들고 사정없이 족쇄를 내려쳤다.

쾅, 쾅!

철컹!

보통 사람이라면 아무리 도끼를 들었어도 절대 깨뜨릴 수 없는 족쇄가 곽부의 무지막지한 힘에 의해 반으로 갈라졌다.

곽부가 다시 한번 족쇄를 내려치자 앞뒤로 족쇄를 이은 이음새가 부러지면서 곽부의 두 발이 자유로워졌다.

"됐다!"

곽부가 그 자리에서 솟구치듯 일어나며 소리쳤다.

"얼른 와서 풀어줘!"

부리가 소리치자 곽부가 도끼를 들고 사형제들에게로 걸어갔다.

곽부의 도끼가 금세 사형제들을 자유롭게 만들어줬다.

몸이 자유로워진 월문의 사형제들이 재빨리 병장기를 찾아 들고 석실의 입구 쪽으로 달려갔다.

철컹!

소후가 문을 열려는데, 문 바깥쪽에서 자물쇠 철컹이는 소리가 들렸다.

"망할 노인네, 단단히도 걸어놨네."

소후가 열리지 않은 문을 흔들며 중얼거렸다.

"내게 맡겨요, 사형!"

곽부가 소후를 제치고 앞으로 나서서 다시 도끼를 휘둘렀다.

서걱!

곽부가 힘을 쓰자 도끼가 두부를 가르는 것처럼 나무 문을 뚫고 들어갔다. 그렇게 두어 번 도끼질을 하자 자물쇠를 달아놓은 부위가 문에서 떨어져 나갔다.

"다 됐어요, 대사형, 나갈까요?"

문을 연 곽부가 무광에게 물었다.

그러자 무광이 손을 들며 말했다.

"잠깐 기다려!"

무광이 사형제들을 잠시 멈추게 한 후, 앞서 화노가 앉아 있던 곳으로 다가가 서탁 아래에서 뭔가를 들어 올렸다.

"어? 그건 천년화정이잖아요?"

무릉이 놀란 표정으로 물었다.

무광이 들어 올린 물건은 그들이 약실에서 훔쳐낸 천년화정을 담은 목함이었다. 천년화정은 훔칠 때 모습 그대로 석실에 놓여 있었던 것이다.

"그래. 그가 이걸 놓고 가는 것을 지켜보고 있었다."

무광이 대답했다.

"아니, 그 귀중한 것을 왜 놓고 갔을까요?"

부리가 이해가 가지 않는다는 듯 물었다.

"깜빡 잊은 거겠지. 절대 우리가 풀려날 수 없을 거라 방심했을 테니까."

소후가 말했다.

"그래도 그냥 놓고 가기에는 너무 귀중한 건데……."

부리가 고개를 갸웃했다.

"이곳에는 천년화정에 버금가는 약재가 많으니까."

소후가 다시 말했다.

"그런가?"

부리가 여전히 미심쩍은 표정으로 중얼거렸다.

"어쨌든 상관없다. 천년화정을 찾았고, 족쇄에서도 풀려났으니 서둘러 여길 떠난다. 이번에는 들키지 말아야 해. 우린 지금 내공이 없어서 들키면 다신 기회를 얻지 못할 거다."

"여기가 어딘지부터 알아야 할 텐데요."

소후가 말했다.

"일단 석실을 나가자!"

무광이 말을 하고는 문을 열고 앞장서서 석실을 나섰다.

석실과 이어진 복도는 그리 길지 않았다. 그리고 그 복도를 벗어나는 순간, 시월 일행 앞에 거대한 절벽 중턱의 낭떠러지가 나타났다.

"젠장! 길이 없어요."

곽부가 어둠 속에서 끝이 보이지 않는 절벽을 내려다보며 욕설을 내뱉었다. 기껏 탈출을 했는데, 나온 곳이 절벽으로 끊긴 막다른 길이니 화가 나지 않을 수 없었다.

"길이 없긴 왜 없어!"

소후가 손으로 절벽 아래를 가리키며 말했다.

"내려가자고요?"

곽부가 놀란 눈으로 소후를 보며 물었다.

"가기도 어렵지만, 쫓기도 어려운 길이야. 어차피 모험이 필요할 때고."

"하지만 내공도 없이 이런 절벽을 내려가는 건……."

"잠룡동에서 절벽 오르내리는 수련을 수없이 했잖아!"

"그래도 거긴 아는 곳이었으니까요."

곽부가 겁을 먹은 표정으로 말했다. 한 번만 실수해도 절벽 아래로 추락해 즉사하고 말 것이기 때문이었다.

"다른 길은 없다. 가자."

결정은 결국 무광이 내렸다. 그리고 스스로 먼저 절벽에 매달려 발과 손을 이용해 아래로 내려가기 시작했다.

"후우… 정말 이번 일은 한순간도 편한 적이 없네."

겁을 내던 곽부가 고개를 젓고는 어쩔 수 없다는 듯 용기를 내 무광의 뒤를 따라 절벽을 타기 시작했다.

"할 수 있겠어?"

곽부가 내려가자 소후가 앞서 곽부에게 한 말과 달리 걱정스러운 표정으로 시월에게 물었다.

내공이 없는 상태에서는 가장 근력이 약한 사람이 시월이기 때문이었다. 내공이 사라져서 그런지 다른 때보다도 더욱 왜소해 보이기도 했다.

하지만 소후의 걱정과 달리 시월이 미소를 지으며 대답했다.

"제가 제일 유리한 길이에요. 전 사형들보다 훨씬 가벼우니까요. 먼저 갈게요."

소후를 안심시킨 시월이 서슴없이 절벽을 타고 아래로 내려가기 시작했다.

*   *   *

"거참… 그놈들, 사람 말을 믿지를 못해. 가봐야 이용만 당하다가 버려질 텐데. 지독한 자야. 마공(魔功)이라니. 저렇게 뛰어난 자질을 가진 아이들에게. 후우… 사라진 물건이 화정의서라면 당연히 사형이겠지. 저 아이들을 따라가다 보면 사형을 만나게 될 것이고……"

절벽 위에서 화노가 어두운 절벽을 타고 내려가는 월문칠랑을 보며 중얼거렸다.

주르륵!

"윽!"

무릉의 입에서 신음 소리가 흘러나왔다. 그래도 다행히 절벽을 미끄러지던 몸은 손으로 절벽에 자란 작은 소나무 줄기를 잡음으로써 멈춰 섰다.

"괜찮아?"

위쪽에서 도원이 걱정스럽게 물었다.

"괜찮아. 그런데 빨리 끝나야 할 텐데. 지혈을 해야 할 것 같아."

무릉이 고개를 숙여 길게 찢어진 자신의 허벅지 옷자락을 보며 말했다. 찢어진 옷자락 속에서 피가 묻어 나오고 있었다.

무릉과 도원은 다른 사람들보다 훨씬 힘겹게 절벽을 내려가고 있었다. 잔마와의 싸움에서 한 팔씩을 잃은 두 사람이어서 내공도 없이 가파른 절벽을 내려가는 것은 위험천만한 일이었다.

그럼에도 두 사람은 잠룡동 수련 기간에 단련된 인내심과 용기로 다른 사형제들보다는 늦지만 조금씩 조금씩 절벽 아래로 내려가고 있었다.

"소후! 멀었어?"

부리가 힘겨워하는 무릉과 도원을 보고 아래쪽을 향해 소리쳤다.

내공이 없어도 뛰어난 경공을 가진 소후가 가장 빨리 절벽을 내려가고 있기 때문이었다.

"다 왔어! 끝이 보여!"

아래쪽에서 소후의 대답이 들렸다.

"끝이 보인단다. 조금만 힘을 내자."

부리가 무릉과 도원을 격려했다.

"걱정 마세요, 사형! 떨어져 죽지는 않을 테니까요."

무릉이 씩 웃으며 대답했다.

"좋아. 어서 가자. 내려가야 금창약을 바르지."

부리가 무릉과 도원을 격려하며 다시 절벽을 내려가기 시작했다.

쿵!

털썩!

소후의 말대로 어느새 월문칠랑은 절벽 아래 끝에 이르러 있었다.

가장 먼저 소후가 내려섰고, 뒤를 이어 곽부가 돌덩이처럼 떨어져 내려 쓰러지듯 땅바닥에 누웠다.

"후욱후욱! 와! 두 번은 못 하겠다. 빌어먹을 절벽일세."

곽부가 누운 채 투덜거렸다.

뒤를 이어 다른 사람들도 하나둘 절벽을 내려와 곽부처럼 몸을 누인 채 지친 몸을 땅에 뉘었다.

그리고 가장 늦게 무광이 절벽에서 날아 내렸다.

"모두 괜찮아?"

바닥에 내려선 무광이 사제들을 돌아보며 물었다.

"예, 사형!"

"괜찮아요."

월문칠랑이 일제히 대답했다.

"무릉, 다친 곳은?"

"내려오자마자 금창약을 뿌려서 지혈했습니다. 그렇게 깊은 상처는 아닙니다. 움직이는 데 전혀 문제가 없습니다."

"좋아. 그럼 일각을 쉰다. 더 오래 쉬게 하고 싶지만 우리가 없어진 것을 알면 화노가 반드시 쫓아올 것이다. 독벌을 이용할 수도 있고."

"예, 사형!"

위급한 사정임을 알고 있는 월문칠랑이 무광의 말에 수긍했다.

그러자 무광이 한쪽에서 가쁜 숨을 몰아쉬는 시월에게 다가갔다. 가장 어린 사제이므로 신경이 쓰이는 모양이었다.

"시월, 몸은 괜찮은 거니? 다친 곳은 없어?"

"예, 사형. 괜찮아요. 그런데……."

"왜? 무슨 일이 있어?"

무광이 망설이는 시월을 걱정스럽게 보며 물었다.

"내공이 조금씩 되살아나는 것 같아요."

"정말? 벌써?"

무광이 놀란 표정으로 되물었다.

"예… 절벽을 거의 다 내려왔을 때 느꼈어요. 아마 제가 독에 가장 적게 중독된 모양이에요."

시월이 자신이 먼저 회복되는 것이 미안한 일인 듯한 표정으로 말했다.

그러자 무광이 고개를 저었다.

"그래서가 아니다, 사제. 그건 사제가 수련한 무공 때문일 거야."

"제 무공이요?"

"응. 문주께서 사제가 수련한 묵천금강공은 몸을 보호하고 회복하는 데 있어서는 다른 신공에 비해 훨씬 뛰어나다고 했잖아. 지금 그 금강공의 위력이 발휘되는 것 같다. 내공의 증진이 느려 수련하기 지루하고, 도검에 진기를 주입해 위력을 발휘하는 데는 둔감하다고 해도 회복력은 가장 뛰어나니까."

"…정말 그런 걸까요?"

시월이 확신할 수 없다는 듯 되물었다.

"생각해 보면 사제가 이번에만 그런 모습을 보인 것은 아니야. 예전부터 약해 보이면서도 우리 중에 가장 강한 인내력과 회복력을 보였으니까. 아마도 금강공 때문일 거야."

무광이 침착하게 자신의 생각을 설명했다. 그러자 옆에서 소후가 맞장구를 쳤다.

"맞아. 문주께서 사제의 몸이 허약한 것을 걱정하셔서 일부러 금강공 같은 강력한 호신의 무공을 전수하셨을 거야."

"…그렇게 말씀하시기는 했죠."

시월이 고개를 끄떡였다.

"망할 늙은이, 그런 문주님을 험담하다니!"

곽부가 누운 채로 화를 냈다.

화노가 자신들의 사부 백문보에 대해 했던 경고가 떠올랐기 때문이었다.

"이렇게 외진 곳에서 외톨이로 혼자 살아가는 늙은이 성격이 정상이겠냐? 그러려니 해라."

부리가 소리쳤다.

"하긴 그러니까 저러고 외톨이로 살고 있겠죠. 별이나 부리면서… 카악, 퉤엣!"

곽부가 입에 고인 침을 뱉으며 투덜거렸다.

"그나저나 돌아가는 길을 찾을 수는 있으려나?"

도원이 새벽빛이 스며들기 시작하는 주변을 둘러보며 중얼거렸다.

그러자 부리가 말했다.

"길 찾는 건 걱정 마. 어차피 해안이 멀지 않아. 남쪽으로 내려가서 해안가에 이르면 해안가를 따라 서쪽으로 이동하면 돼. 바다가 길을 안내해 줄 거다."

"아, 그런 방법이 있었구나. 역시 길 찾는 데는 부리 사형이 최고예요."

도원이 부리를 향해 엄지를 치켜세우며 소리쳤다.

월문칠랑은 짧은 휴식을 마치고 남쪽 해안가를 향해 다시 길을 나섰다. 그리고 한 시진 정도를 이동하자 비릿한 바다 향이 코끝에 느껴졌다.

그리고 그즈음 그들의 내공도 회복되기 시작했다. 그때부터 월

문칠랑은 해안가를 따라 무섭게 질주하기 시작했다. 그들을 기다
리고 있을 월문을 향해서.

*   *   *

"좋아! 아주 좋아!"

군자의 공천보가 작은 촛불에 의지해 오래된 서책을 들춰 보며
연신 중얼거렸다.

그의 표정은 마치 세상에서 가장 귀중한 보물을 얻은 듯했다.
그런 그의 시선은 온통 서책에 빠져 있었다. 만약 누군가가 와서
그의 머리를 잘라도 눈치채지 못할 것 같았다.

"풀리지 않던 문제들이 이제야 풀리는구나. 이제 천하에서 나
공천보를 두려워하지 않는 자가 없을 것이다. 왜냐하면 내가 그들
의 모든 병을 만들기도 하고, 치료하기도 할 테니까, 후후후!"

공천보가 계속해서 웃음을 흘렸다. 그러다가 문득 갑자기 얼굴
에서 웃음기를 거두더니 서책을 덮었다.

"그런데 사제가 날 찾으려 할 텐데. 어떻게 해야 하나……."

공천보가 갑자기 다른 사람이 된 것처럼 얼굴에 그늘을 만들었다.

그러고는 손으로 턱을 괸 채 곰곰이 생각에 잠겼다가 다시 입
을 열었다.

"일단 월문을 손에 넣어야겠어. 백유검의 무공을 회복시켜 주면
월문은 내가 어떤 요구를 해도 들어줄 것이다. 월문칠랑이라는 녀
석들은 십중팔구 죽었을 테고. 천년화정을 욕심내고 화정의서를
탈취당한 것에 대한 사제의 분노를 결코 감당하지 못할 거야. 또한

월문에 대한 녀석들의 충성심을 생각하면 죽으면 죽었지 월문의 존재를 발설하지도 않았을 것이고. 월문주가 참 좋은 사냥개를 만들었어. 그 덕에 내가 평생의 숙원을 이룰 수 있었지만! 후후."

공천보가 다시 손으로 서책을 쓰다듬으며 중얼거렸다.

"자, 그럼 월문주를 만나러 가볼까! 그는 모르겠지만 그래도 은혜는 갚아야 하니까."

공천보가 홀쩍 자리를 털고 일어났다.

＊　　　　＊　　　　＊

백유검은 잠을 자듯 누워 있었다.

공천보는 그런 백유검의 몸에 눈부신 금침 수백 개를 꽂았다. 방 안은 약 향으로 가득했고, 백문보와 장로들이 공천보의 시침을 침묵 속에 지켜보고 있었다.

푹!

공천보가 다른 침보다 서너 배 큰 대금침(大金鍼)을 백유검의 단전에 꽂아 넣었다.

"끄윽!"

고통스러운지 백유검이 가슴을 들어 올리며 신음 소리를 냈다.

장로 고태가 놀라 백유검 쪽으로 걸어가려는데, 백문보가 손을 들어 고태를 제지했다. 그리고 천천히 고개를 저었다. 그사이 백유검의 호흡은 다시 편하게 가라앉았다.

"후우!"

단전에 대금침을 꽂는 것을 끝으로 공천보가 길게 한숨을 내쉬며 자리에서 일어났다.

그러고는 손을 백유검의 코앞에 들이대 숨결을 확인하고, 뒤를 이어 가볍게 손목을 눌러 맥을 살폈다.

"좋아!"

백유검의 상태를 살핀 공천보가 만족한 듯 고개를 끄떡이고는 뒤를 돌아 백문보 앞으로 걸어왔다.

"다 된 것입니까?"

백문보가 긴장한 표정이지만 애써 긴장을 누르며 침착하게 물었다.

"잘되었소이다. 호흡과 맥도 좋고… 일부러 깊은 잠에 들게 했으니 걱정 마시고. 깨어나면 다시 운기를 시작할 수 있을 것이오."

"아! 이 은혜를 어찌 갚아야 할지……."

"은혜는 무슨… 의원이 환자를 치료하는 것은 당연한 일이지 않겠소. 또 내가 마침 망가진 단전에 작은 불씨라도 만들 수 있는 침술을 최근 들어 우연히 알게 되었으니, 이 또한 소문주의 복일 것이오."

"아닙니다. 아닙니다. 군자의께서야말로 본문 최고의 은인이십니다. 약속드립니다. 본문은 향후 군자의 님의 어떤 요구라도 들어드릴 것입니다."

"이런 이런, 내가 무슨 대가를 바라고 한 일이 아니라는데도 그러시는구려. 그리고 사실 단전에 작은 불씨를 만들었을 뿐, 그걸 키워서 잃었던 내공을 회복하는 것은 소문주에게 달린 일이오. 쉽지 않은 일이고, 길고 지루한 싸움이 될 것이오. 물론, 그 아이들이 천년화정을 가져오면 단번에 무공을 회복할 뿐 아니라, 그 이상의 놀라운 성취를 얻을 테지만. 아직 연락이 없소?"

공천보가 넌지시 물었다.

"아직 소식이 없군요. 당연하겠지요. 절대 쉬운 일은 아니니까. 말씀하신 대로 화노라는 자가 그렇게 독하고 무서운 인물이라면… 사실, 몇이라도 살아 돌아오면 다행한 일이 아니겠습니까."

"물론 그렇긴 하오. 그 괴의가 성정이 워낙 광인과 같아서 만약 들키기라도 했다면… 살아오기가 쉽지 않을 것이오."

공천보가 걱정스러운 표정으로 말했다.

그런데 그때 문득 문밖이 소란스러워지더니 이장로 마건의 다급한 목소리가 문밖에서 들려왔다.

"문주님! 아이들이 돌아왔습니다!"

"아이들이?"

"그렇습니다."

"모두 말인가?"

"그렇습니다!"

믿을 수 없다는 듯 되묻는 백문보의 질문에, 장로 마건의 기쁨에 들뜬 대답이 돌아왔다.

『칠마선문』 2권에 계속…